ANNABELLE COMBES

Annabelle Combes a été marketing manager avant de suivre des cours d'histoire de l'art à l'École du Louvre. Son premier roman, *La Grâce de l'éclat de rire* (Salvator, 2018), a remporté le prix littéraire des Rotary Clubs 2018. *La Calanque de l'Aviateur* est son deuxième roman, paru aux éditions Héloïse d'Ormesson en 2019 et repris par Pocket, suivi de *Baisers de collection* en 2021.

LA CALANQUE DE L'AVIATEUR

ANNABELLE COMBES

LA CALANQUE DE L'AVIATEUR

Éditions Héloïse d'Ormesson

FSC
www.fsc.org
MIXTE
Papier issu de sources responsables
FSC® C003309

L'éditeur de cet ouvrage s'engage dans une démarche de certification FSC® qui contribue à la préservation des forêts pour les générations futures.

Pour en savoir plus :
www.editis.com/engagement-rse/

ISBN : 978-2-266-30942-4
Dépôt légal : mars 2021

« Je dois bientôt m'en aller, partir. Vous quitter.
C'est la dernière nuit que je passe en tête à tête
avec votre absence. »

Pierre Cendors, *Minuit en mon silence*[1]*

À mes fils,
À Clément, en qui je crois.
À Adélaïde.

* Toutes les notes se trouvent en p. 391.

. 1 .

Des fils électriques pendent du plafond noyés dans des fissures qui ont l'apparence de saignées, elle prend. Les murs noircis de crasse et de salpêtre suintent d'humidité, elle prend. L'évier dans un coin, son émail à demi rongé d'éclats qui font comme des éclaboussures d'encre, un dessin dézingué, elle prend. Le parquet s'effondre, ses lattes dégondées par la vermine, elle prend. La vitrine, le carreau fendu sur toute la largeur en diagonale, laisse à peine entrer une clarté glauque, égoïste, elle prend.

Elle a juste hoché la tête, l'a stoppé net dans ses explications. Il lui tend les papiers, dérouté. Il avait autre chose à lui proposer, un planning de visites. Des biens plus centraux, plus conviviaux. Il y a travaillé toute la semaine. Elle a à peine jeté un coup d'œil sur ses propositions. Elle a voulu voir ce local en premier.

Maintenant, elle écrit sa détermination. Sur une feuille cornée, un peu sale, qu'elle a appuyée sur son genou. La masse de ses longs cheveux retombe. Une échassière, c'est l'image qui lui vient à l'esprit. Prise dans une nasse, qui lutte, debout, sur une seule patte, d'une hauteur interminable. Elle s'applique. Elle signe. Elle n'a jamais signé de papiers officiels. Elle ne l'entend pas évaluer le montant des travaux. Ne résonne que cette phrase au creux de ses tempes : Elle prend. La rue encombrée, boueuse, un boyau qui dégorge sur une place étriquée et le clocher au loin, triangle millénaire qui défie les ruades de l'averse, l'orage qui monte, la crasse, l'atmosphère sordide, la puanteur, la tristesse qui ne l'effraie plus, cette solitude qui la soulage.

Elle prend tout.

Elle est arrivée ce matin en ville. Par le train, puis un taxi. Elle l'a su immédiatement. En voyant la photo du taudis sur les documents de l'agent immobilier. C'est là qu'elle va s'installer. Dans cet endroit où elle est la seule à discerner un élan.

L'appartement du dessus, on le visite ?

Elle fait non d'un signe de tête. Elle se doute qu'au-dessus, ce sont les mêmes défis, la même usure du temps.

Un claquement rebondit, écho noir qui traverse la fente du carreau. La pluie pénètre sous la porte. Il tente de plaisanter : « Après l'averse, toujours le beau temps. Après le déluge, retour du printemps. » Elle fouille dans son sac, sort un portefeuille, le déplie, remplit un chèque, lui tend, la totalité du prix, fouille encore, lui laisse la photocopie de sa carte d'identité. Il ne lui dit pas qu'il ne peut pas accepter son chèque. Pas comme ça. Que les choses ne se font pas comme ça. Subjugué. La masse de ses cheveux sur son genou. Sa jeunesse. Ce mélange de docilité, de candeur, de force farouche.

Il ne sait pas. Comme si elle avait été faite pour le lieu, préparée pour lui. Cela ne lui était jamais arrivé, en trente ans de carrière. Cette force farouche derrière un regard voilé. C'est tout ce qu'il a senti. Une forme de mise en danger. Mais il a vieilli à présent, peut-être ne sait-il plus bien discerner. Il lui tend les clés, sa carte de visite. Il se reprend, lui propose de repasser à l'agence d'ici quelques heures, dès demain matin, il n'est pas bien loin à pied, le temps pour elle de mettre les choses à plat, de découvrir la totalité du bien, il lui fait confiance, le temps pour lui de contacter le propriétaire, de préparer l'acte de vente. Il ajoute : « Il faudra récupérer un chèque certifié. » Elle acquiesce. Toujours un signe de tête. Il n'a pas entendu le son de sa voix.

Un murmure : *Vite.*
Il lui serre la main. Il est dehors.

Vite ?
De toute façon, personne n'en voulait de cette ancienne mercerie. Elle traîne dans ses papiers depuis une vingtaine d'années. Il va réveiller le propriétaire d'outre-tombe lorsqu'il lui annoncera le prix qu'il en a tiré. Sans emprunt. Plus qu'à prier pour qu'elle ne se rétracte pas. Elle a sept jours. Elle doit le savoir. Ou alors elle est folle.

Il repousse la grille en accordéon jusqu'au mur, lui fait un dernier signe de la main en détournant la tête. Elle s'est assise sur un tabouret, celui qui traînait près de l'évier. Il a oublié de lui dire : l'appartement du dessus est meublé.

.2.

Vite, c'est le premier mot qu'elle a prononcé.

Mais elle n'est pas certaine de l'avoir expulsé. Parce qu'elle n'a pas entendu le son remonter de ses profondeurs pour se graver sur le monde. Elle l'a soufflé. Un chuintement, une pulsation de vent qui s'enfuit.

Peut-il réenclencher quelque chose, ce mot ? Il est si court. Peut-il rendre au *décortiqueur* tous ses silences, l'absolu du silence dans lequel elle s'est enfoncée ?

Vite. Cela exprime tant. Tant de retard à rattraper, d'opportunités non saisies, de vibrations d'amour devenues étrangères.

Un soir, elle l'a décidé.
Suite au départ de sa mère sans une explication.
Le matin de ce même jour.
Un éblouissement – et ce n'était pas si douloureux.
Elle a compris qu'elle non plus
n'aurait plus d'explications à donner.
Simple.
Un pacte entre elles deux, par-delà l'absence.

Elle a éteint les mots.
Tous les mots, les uns derrière les autres.
Peu à peu.
Plus question d'enchaînements.
De sens.
De dialogue.

Éteindre les mots, c'était comme défaire un sapin de Noël. Pas si compliqué. D'abord, en éteindre les guirlandes lumineuses, ces propositions relatives et ces compléments circonstanciels qui ne faisaient qu'enjoliver la vie. Dépouiller l'arbre de ses décors. Un à un. Étouffer les adverbes, les substantifs, les adjectifs qui dessinaient l'irradiance que Leena avait lue, parfois, dans un regard de Sheenan, sa mère, dans la caresse d'une de ses mains tendues. Détacher des branches, chaque boule. Verte, rouge, or. Chaque verbe. Cet acte de dire de soi, d'exister. Scier les branches du tronc, crissement de métal à crissement de métal. Chaque connecteur, chaque déterminant. Éliminer la poussière du bois, entaille nette, chaque pronom personnel dans le va-et-vient de la scie. Plus de je, de tu, de elles, de nous.

Jusqu'à atteindre l'étoile, tout en haut.
Le seul mot qui connectait encore au monde.
Qui disait une naissance à chaque aube.

Arracher l'étoile-bonjour.

Et déposer le tronc mort, amputé, non sur un trottoir, mais à l'entrée d'une plaine couverte d'une profonde poudreuse. Puis avancer. Jusqu'à l'intime jonction du blanc de la plaine et du blanc du ciel. S'enfoncer dans la nudité du paysage. Sentir son poids s'alléger à chaque pas. Perdre la présence du tronc. Loin derrière soi. Loin.

Gagner le silence.
Pénétrer en soi.
Ne se dire qu'à soi.

Comment peut-elle avoir rompu ce pacte
avec un murmure ?
Et un murmure qui dit *Vite* ?

.3.

Depuis son tabouret, elle discerne dans l'ombre l'ossature imposante de la cheminée, son âtre noirci, son linteau aux lignes pures, les angles, la pierre grise, schématique. Les joints ont été poncés pour mettre en relief la mosaïque des blocs. Esthétique, pas d'esbroufe. La pierre, c'est dur, c'est tout : voilà ce que dit cette cheminée.

Une cheminée dans une boutique, elle a aimé ce contraste. D'instinct. Comme s'il pouvait servir ce projet dont elle ne maîtrise pas les contours. Cette cheminée monumentale est une invitation à s'attarder. Pourvu qu'elle fonctionne.

Il y a une porte sur le mur opposé à la vitrine, avec un loqueteau en ruine. Bois gonflé. Pourtant, elle cède sous ses doigts. Elle s'ouvre sur une grande cour envahie d'herbes folles et un escalier en fer qui tremble sous les assauts mouillés. Un colimaçon dans une débauche de graminées. Dès la troisième marche, le tableau est saisissant : un Van Gogh pour les lignes qui s'affolent sous le vent, un Corot pour les harmonies vert et bleu grisé qui se déploient dans la bruine. L'orage enjambe déjà la perspective. Au fond, un mur à demi effondré couvert de lichen. Au-delà, le ciel immense coiffe des monticules de sable, après des champs qu'on aperçoit dans une trouée d'éboulis. La fleur de lin est haute, son bleu-violet commence à s'intensifier. Sur le côté, fermant la cour, un bâtiment rectangle, dans le prolongement de la boutique. Sa porte haute, en arrondi, et ses ouvertures souillées de toiles qui claquent.

Elle continue de grimper, escalier raide. Elle sent son poids branler sur le fer qui tangue dans le ruissellement. Dix marches. Chercher la clé sur le trousseau. Une petite clé ronde refaite il y a peu, sans doute dans la semaine où elle a envoyé son mail. Elle brille entre ses doigts, entre les deux autres clés lourdes d'usure.

Elle pénètre.

Odeurs de moisi, écœurantes, de chou ranci, après celle de la terre détrempée. Trois fenêtres. Elle pousse les volets. Les toits, leurs cheminées épaisses, leurs teintes de brume délavée envahissent la pièce. Même la pluie, elle la prend, penche sa tête au-dehors pour la respirer, la boire, s'imbiber de l'odeur provinciale du bourg.

L'étage semble présenter de meilleures dispositions. Pièce de belle facture. Charpente apparente. Pas de fuite visible. Pas de flaque au sol. Une table carrée, quatre chaises, un buffet, elle en ouvre les portes, elles grincent, pile de faïence, du Salins, leurs coquelicots, leurs blés, en ronde, égarés dans ce pays de mer et de dunes, de roseaux léchés par le vent. On transporte toujours ses origines avec soi. Elle s'accroupit, ausculte. Seulement cinq assiettes à dessert. Des bols. Deux raviers. Des soucoupes. Blanc crème.

Et puis, des tasses.
À profusion.
Le cimetière des tasses.
Emboîtées les unes dans les autres,
les anses au garde-à-vous,
toutes dissemblables.

Derniers vestiges de successions,
vagues souvenirs de ceux qui ont été
ou de ceux qui sont passés saluer,
prendre des nouvelles et les emporter.

Sur la planche du dessous, un vase.
Esseulé.
Égaré.
Dans son bleu turquoise.
Une lueur lunaire dans le noir du placard.

Elle le sort, le tourne dans ses mains, le détaille. Le verre poli réchauffe les doigts. Il est doux, le prince du placard. Il a une grosse bulle dans le col. Elle le pose sur la table, au milieu, puis le décale. À côté de lui, elle installe trois tasses, deux jaunes, une vert pâle avec un filet doré presque effacé. Elle fait avec ce qu'elle a. C'est presque harmonieux. Cela ne la dérange pas le jaune, incongru au centre de ce vert d'eau, de ce bleu céruléen. Aux équilibres visuels, lignes droites, elle a toujours préféré les chemins de traverse. Et la boue. Celle qu'il faut gratter.

Les tasses sur le bois sale peuplent la pièce : elles font remonter des voix, des bribes de conversation, ces disputes sur les fins de mois difficiles, sur cette clientèle qu'on n'a pas su satisfaire, qui se faisait trop rare. Elle se sent une autre en détaillant le petit peuple des tasses. Peut-être déjà riche de ce passé, de ces alvéoles sur le papier peint sinistre, capable de se les approprier. Et discerne un frémissement, qui pointe sans douleur : un début d'histoire, un passé à construire.

Elle va repeindre.
En bleu.
Bleu turquoise.
Un des murs.
Ou un pan.
Le vase l'a dicté.
Écouter l'âme des objets.
Elle fouille dans sa poche
et pose sur le bois, au pied du bleu,
Le Joueur de Dostoïevski.
Elle l'a terminé dans le train.

.4.

Au-dessus du dressoir, le salpêtre du mur la fixe. Il y a deux brèches dans le papier peint, ou plutôt deux éraflures. Traces de clous. Alors, elle les aperçoit. Le mur est écorché ; en lui, il porte les yeux de Jeep. Elle les distingue, sombres, grands ouverts, une pluie de poussière bleue sous des sourcils broussailleux, une pointe de mélancolie au centre de l'iris, et les traces noires, les cernes qui enfoncent le regard en ailleurs, en dérobé. Que cernent-ils encore les yeux de Jeep dans les brouillards de la dépendance ? Que voient-ils de la vie ? De l'infinie possibilité qu'elle engendre.

Ce n'est jamais soudain d'entrevoir un peu de Jeep. Cela vient au jour de temps à autre, cela se convoque dans son dedans lorsqu'elle se rappelle qu'elle est seule. Cela se produit de plus en plus fréquemment depuis la mort du *décortiqueur*. Comme si elle sentait que Jeep allait réapparaître. Mais Jeep ne peut pas réapparaître. Jeep trace son sillon anonyme sur les routes de l'Amérique. De lui, il ne lui reste que ce regard et l'épuisement de sa main sur son épaule, de cette main décharnée qui dit : Je te quitte mais je ne te quitte pas vraiment. Et l'ombre grise d'un TGV qui s'éloigne, qui s'enfuit.

Est-ce que Jeep s'est enfui lui aussi ?

.5.

Elle se remet en marche après ce premier *Vite*.
Mais elle marche lentement dans ce nouvel endroit.
Qu'a-t-elle signé ?
Elle se laisse apprivoiser.
Du dressoir à la table.
Elle tourne autour de son plateau,
arrange les chaises, leur lourdeur,
écoute le bruit du raclement de leurs pieds
sur les lattes.
Elle la chasse, l'angoisse.
Libre, elle est libre d'être elle-même.
De choisir la crasse pour effacer l'angoisse.
Ne pas cesser de déambuler.
Tout est à faire ici.
Tout.

Le coin cuisine, près d'une seconde cheminée, possède une ouverture sur la cour. Carré de lumière fade qui filtre à travers le volet. Une bassine en fer et un robinet de cuivre. L'eau coule, rouillée, elle sonne dans la bassine : des gouttes de sang qui tintent une mélodie précaire. La poignée de la fenêtre lui reste dans la main, un carreau est descellé, elle n'aurait pas dû forcer.

Le plan de travail, une simple planche de bois mal dégrossie, est cloué à la paroi. Derrière le rideau, casseroles, canif, décapsuleur, pinces à linge en bois, et en dessous, à même le sol, une cafetière italienne, rouge, intrigante, et deux écuelles bosselées. Elle aime l'idée qu'il y ait pu y avoir un animal dans cette mansarde. Même si elle n'entend rien à la compagnie des animaux.

La pluie se secoue, plus ample.
Elle referme les fenêtres.
Tambourinement des gouttes.

Une porte ouvre sur un couloir. Il forme un coude, une sorte de réduit sans air. Un pommeau de douche au plafond au-dessus d'une baignoire sabot. De l'autre côté, des toilettes, et la chaîne de la chasse qui se met en mouvement dans le courant d'air. Semblant de vie. Toujours les voix, celles des tasses, elles bruissent, se répondent, couvrent la sienne.

Continuer à avancer.
Déplacer.
Un monde d'ombres.

Au fond du couloir, deux autres portes.

Une petite pièce se dévoile indolente, elle aussi côté cour. Une chambre d'enfants, d'amis ? Elle n'a pas d'enfants, pas d'amis. Ce sera un bureau, son bureau, une table d'architecte au plateau qui se relève, déclivité douce pour pousser la plume le long des lignes. Elle la chinera dès qu'elle aura acheté la camionnette. Puis elle installera les bibliothèques. Au rez-de-chaussée, dans la boutique, et ici, à l'étage.

Ses murs entiers, habillés de phrases.

Dans le cliquetis de la pluie et des voix qui crépitent, ce nouvel espace innerve ses fibres, irrigue le cœur, porte ses envies de sens aux avant-postes. Les yeux de Jeep se dissolvent. Démangeaison d'impatience. Elle sent ses bibliothèques palpiter, leurs étagères débordantes. Couvertes d'albums illustrés. Leurs tranches colorées. La danse de leurs tracés qui répond aux mots d'enfance, dessins des appréhensions, domination des peurs, contournement des sentiments, de leur brutalité.

De la poésie, aussi.
Le titre des fascicules, leur épure,
celle qui saisit l'imaginaire
dans l'intitulé d'un fragment
et ne le rassasie jamais.
Car l'adieu, c'est la nuit, Le ciel brûle,
Les planches courbes,
L'encre serait de l'ombre, Une saison en enfer.
Cet indissoluble qu'on ne peut posséder,
qui vous échappe
dès lors qu'on croit l'avoir effleuré.
Du vent dans un pays de vent, c'est logique, non ?

Et, les romans.
Les Renaissants, comme elle les nomme.
Leurs phrases.
Celles des cahiers.
Toutes les phrases de ses cahiers.

Celles qui vont ouvrir les possibles des visiteurs.

.6.

Soudain, elle éprouve le besoin de s'asseoir. C'est impérieux, mais sans hâte. Devant le vase bleu. Sa bulle. Qui l'envisage, la fortifie, l'enracine.

Laisser mûrir les rêves.
Avant de les habiter.
C'est bon, les rêves, ça tient au chaud
dans la crasse,
ça tient en vie,
ça a à voir avec l'étincelle dans les yeux des petits :
celle qui allume l'espérance pour l'éternité.
Elle en sait quelque chose de l'espérance.
L'espérance ou mourir.

À cet exact instant, Leena ne veut plus mourir.

Là, devant le vase bleu.
Un éblouissement – et ce n'est pas si douloureux.
Le silence la quitte, la délie.
Voilà.

Elle peut réembellir son arbre. Créer de l'inédit. Elle ne croit pas d'ailleurs que ce soit un sapin, elle ne croit plus à Noël, mais qui sait ? *Vite* a ouvert la voie. *Vite* n'est pas un mot. *Vite* est un enclencheur. Plus besoin d'attraper les voix des inconnus. Elles s'estomperont, s'estompent déjà. On n'adopte jamais la vie des autres. Clarté. Sa voix, sa propre voix, la remettre en phrase. Retourner au son et au sens. Accueillir le mot qui va la réengendrer.

Paragraphe et cohérence,
harmonique et confrontation.
Vert, Rouge, Or.
Soi à soi. Soi aux autres.
S'entendre et se dire.

Alors, devant la bulle
Leena attend
son mot.

Elle pose ses mains sur la table, se concentre en elles. Lâche les barrières. Une à une. Laisse fondre la poudreuse en plein soleil. Un fragment de lumière s'invite derrière le carreau. Elle le lit sur le dos de ses paumes. Inouï. Le premier mot vient au jour grâce au gris qui se déchire au-dehors, la pluie qui renonce. Il se forme : voyelle, consonne, attache, syllabe. Oublier que les événements imposeront à nouveau des mots qu'elle n'aura pas envie d'aller chercher. Il est virginal, le premier mot. La lumière dessine un halo si étincelant sur ses mains. Elle aime le mot étincelle, mais ce n'est pas celui que son cœur est en train de graver.

Leena s'inspire, s'expire.
De la ténèbre à la vérité.
C'est si profond.
Elle expulse.
Voix claire, haute.
C'est si haut.

Maman.

La poudreuse se délite.
Pluie de gouttes.
Milliards de gouttes.
La glace cesse de craquer sous ses pas.
Un flot de larmes inonde ses fenêtres intimes.
Vert, Rouge, Or.
La peur ne reviendra plus.

Voilà.
Elle peut.
Marcher sur les grèves
inconnues.

.7.

Se remettre en route.

Elle pousse la seconde porte. Celle-ci s'ouvre sur une pièce plus vaste, plus claire, deux fenêtres, toujours côté cour. Elle devrait dire côté jardin. Elle n'a pas encore abandonné le vocabulaire de la ville. La pluie ne projette plus que des halos de notes blafardes, une partition dégoulinante et apaisée.

Pas de volets.
L'aube comme réveille-matin.
En face du grand lit.

Il trône, massif.

Un chêne à peine poncé encastré en alcôve, matelas de laine serti dans le chanvre gris, boutis rouge foncé. Deux roses charnues en verre taillé poussent du mur assorties à la coupole du plafonnier qui pendouille au bout de son fil en tissu vert. Derrière elles, des lambeaux de papier peint se détachent par plaques découvrant la craie du plâtre.

Elle a un lit pour ce soir.

Et une armoire.

Des roses, encore, sculptées dans un bois noir. Côté penderie, l'armoire est vide, habillée de cintres taillés dans des barreaux de chaise. Côté étagères, elle est pleine : des piles de papier kraft. En haut, une machine à coudre dans sa housse. En bas, un tiroir, sur toute la longueur, et deux poignées, dures à mettre en mouvement. Elle parvient à le faire glisser. Des rouleaux de cotonnade se chahutent : Liberty, tweed, géométrie, lins unis, tons flétris, satins à reflets d'eau.

Et des pochettes de boutons.
Dans des boîtes à chaussures.

Elle hésite, savoure des yeux les dégradés, les émaillages, le velouté des coutils, la complexité des formes, se lance, plonge ses doigts dans la plus grosse des boîtes, celle des fins de série, là où sans leur gangue de carton, les virgules se livrent avec liberté. Elle tourne, creuse, malaxe, fouille, soulève, laisse retomber : entrechoquements mats, bruits secs de cristaux qui accompagnent l'agonie de la pluie.

Sur un carton plat, de petites étoiles en porcelaine, rangées en arc-en-ciel, leurs deux trous au centre, se reposent. Elle en détache quelques-unes et les fourre dans la poche de son jean. Des étoiles percées. Un bon présage. Un présage qui lui ressemble. Elle aime les trous dans les choses, dans la mémoire, les oublis, les imperfections. Ce qui donne à la vie ses cavités, sa véracité : un semblant d'humanité.

Elle commence à se sentir aimée.
À cet instant-là.
En sentant la pointe des étoiles contre sa cuisse.
Cela fait si longtemps qu'elle n'a pas été aimée.

L'averse vient de rendre l'âme dans une dernière salve, les voix ont cessé de murmurer. Leena referme le tiroir, ouvre les fenêtres en grand sur cette cour, son jardin, les blés au loin, l'air saturé de gouttes. Elle n'avait pas vu le tilleul et les racines d'un poirier qui bousculent le mur pour le mettre à terre. Pousser, exister. Un arbre droit, pas même tordu par les rafales, planqué, protégé par le mur qu'il défie. Elle imagine sa compote de poires. Au tilleul. Du vert, du gris pâle, et un trait de citron.

Elle plantera. Des bleuets et des salades.
De la légèreté.
La légèreté, ça aide à gratter la boue.
L'odeur salée de la mer arrive par vagues
et fouette toutes les odeurs aigres.
Elle les efface.
Elle aussi, elle va commencer par là.
Effacer.
Tout effacer.
Marcher jusqu'à la grève.

.8.

Le chemin qui court derrière la ruelle est bordé de maisons basses, plus grises les unes que les autres. Certaines ont des volets peints, un bleu noyé par le sel du vent qui a décapé les pigments. Des bouquets de roses, minuscules fossettes d'églantine, ploient sous la bruine. Elle avance dans ce gris qui pénètre chaque recoin de l'âme. Elle ne sait pas où elle va. Elle se dit qu'elle a signé cette ruine parce qu'elle ne devait pas être loin de la mer. Parce qu'elle était loin d'un centre-ville.

Elle a toujours voulu s'y confronter à la mer. Depuis que cette force mystérieuse de la vie l'a propulsée sur cette terre. Ce bout de lande est à elle maintenant. Loin du soleil qui brûle les espérances en les faisant scintiller plus somptueuses qu'elles ne seront jamais, loin de ce vernis factice des illusions.

Le chemin se rétrécit et laisse derrière lui un semblant de goudron. Les pieds s'enfoncent dans le sable ; il colle la semelle de ses baskets en tissu, déjà trempées.

De cela aussi, il faudra s'occuper. Mais elle a le temps à présent. Les odeurs changent, la dune apparaît, effluves de pins, d'algues, de genièvre. Elle entend le murmure, il pousse incessant derrière la butte. Le tracé plonge dans un sable plus clair, serpente entre deux ventres de graminées qui ondulent et se couchent, un mouvement de va-et-vient qui accompagne celui des vagues. Au loin, quelques villas sur la pointe, et au bord du dénivelé, un petit bois de chênes-lièges, dont les branches lèchent le sol par intermittence. La mer est grosse et haute et pleine. Elle crève son trop-plein au bout de l'anse sur un tas de rochers noirs qu'elle inonde de ses crachats blancs mousseux.

Leena s'est arrêtée au débord de la plage. Elle n'avancera pas plus loin ce matin. Tout ce qu'elle désirait est là. L'horizon : à elle. Elle se noie dedans, plus de carcan, de règles. Tout se liquéfie. Elle est ces éléments qui bataillent. Elle se fond en eux, se laisse diluer, grelottante, sous la mazurka qui s'est relancée sans crier gare. Interminable. Le morceau n'avait pas encore offert toute sa puissance, il balaie soudain les crêtes, enivre l'onde qui roule, toujours plus forte. Le grand ordonnateur joue une variation inédite. Il la lui a dédicacée.

Maman. Maman.

Elle ne l'a pas entendu venir dans le vacarme. Il lui lèche la main, sa truffe sableuse dans le creux de la paume. Elle s'est penchée, a commencé à lui caresser le haut de la tête ; de ses deux mains gelées, à rabattre ses oreilles. Il aime ce geste, elle découvre qu'elle aime le faire, il se coule sur le dos, les pattes en l'air, pour qu'elle lui caresse le ventre. Sa voix qu'elle ne connaît plus guère lui murmure des encouragements. Elle ne lui parle plus que pour s'entendre, mais le chien s'en moque. Il lui répond, jappe. Elle a fini par s'asseoir. Il s'est collé à son jean. Elle se doute qu'il appartient à quelqu'un mais là, c'est elle qui s'en moque. Elle le lui dit : « Si tu étais seul comme moi, je t'adopterais. Tu serais mon chien fou. Personne n'appartient à personne, le sais-tu ? C'est ainsi que je te nommerais, le chien Personne. » Elle aime le son de sa voix. Elle n'a rien oublié. Pourtant, tout est neuf. La tonalité, la tessiture, un peu faible, très pure, équilibrée, pas de gras. Il pose son museau sur sa cuisse, l'observe. Elle, elle regarde la mer se battre avec elle-même, pousser des gémissements qui giclent et se mêlent au chant du ciel. Entailles scabreuses, gorge profonde. Entre trois coups de gueule de l'océan, elle discerne un appel : « Trekki ! Trekki ! »

Trekki, alors comme ça, c'est ton nom ?

Elle caresse son flanc une dernière fois. L'appel se fait plus pressant. Le chien a détalé. Elle est restée assise. Elle attendra que le maître ait passé son chemin pour reprendre sa route. Il n'a pas besoin de savoir qu'elle a adopté le chien Personne. Elle n'a pas besoin de le rencontrer. Pas encore.

.9.

Le bourg n'est pas si grand. Un quart d'heure suffit pour le traverser à pied. Des maisons hautes, serrées les unes contre les autres, les halles du marché couvert, leurs piliers de bois ouvragés de gargouilles grimaçantes, quelques commerces groupés autour de l'église, arc-boutée sur sa place carrée qu'elle semble dévorer, la gare, sa voie unique, un aller, pas de retour, comme s'il fallait capter le visiteur, l'empêcher de retourner en arrière. Et de la pierre taillée. Des blocs rectilignes. Partout. Un pays de marelles, de pavés, d'angles droits.

Bien sûr, il y a un quartier au nord qui s'étend le long de la route de la côte après la faïencerie, trois bâtiments vétustes, les seuls en briques rouges, et la haute cheminée de son four. Une grosse flaque de pavillons laids tous identiques, bétonnés de beige pisseux sur des lopins anémiés. Et plus bas, vers l'ouest, quelques hameaux. Eux ont poussé au cours des siècles, le long des collines.

L'école, dans le prolongement du presbytère, résonne de la course des enfants. Elle les a observés un moment. N'importe qui peut pénétrer dans la cour. Le mur n'est pas bien haut. Seulement la confiance. L'envie d'enseigner. Cela remue des choses au-dedans d'elle, ce coin où on ne se barricade pas, où on laisse la vie germer, pousser à son rythme, où l'on se dit d'office que la vie ne pourra jamais être si vile. Ce mur bas, son portillon, et le loquet en fonte qui le retient. À peine.

Les deux institutrices lui ont fait un signe de loin. Elle a dû s'attarder trop longtemps. L'une plus âgée, l'expérience, un peu tassée sur elle-même, l'autre très jeune, la relève, pas très grande elle non plus, guère plus haute que certains des gamins qu'elle dorlote du coin de l'œil et qui s'y entendent pour la faire marcher en ne cessant de lui tourner autour. Certes, elles ne sont pas bien nombreuses, leurs ouailles, elles ont du temps pour chacune d'elles. Un peu plus d'une trentaine, mais il y a plus de petits que de grands. Bon signe : l'avenir essaye de se tailler une survie dans ce bout du monde. Une survie transitoire. Pour le collège, il faut prendre le car devant l'épicerie, sur la place de l'église, et aligner une dizaine de kilomètres.

Leena doit aller faire quelques achats « à la ville », expression périmée qui s'est logée avec naturel dans la bouche de l'épicière. Celle-ci a bien voulu la renseigner. Affable, elle lui a décrit le trajet du bus, le nombre d'arrêts, celui du collège, celui de la zone commerciale avec ses carrés de tôle, ses enseignes sans âme. Elle n'a pas vanté son commerce. Elle n'en a pas besoin. Affable, elle l'est sans se forcer et la dépanne pour les fins de mois difficiles, elle sait y faire et sans intérêt ! Les fins de mois difficiles, elle en maîtrise toutes les nuances, mais elle ne se plaint pas, sinon elle ferait fuir son peu de clientèle. De plus, elle n'a pas de gros besoins dans sa blouse en nylon rayé. Peut-être, une fois par trimestre, Coiff'Otiff, de l'autre côté de la place, et un billet de cinéma, deux fois par an, à la ville.

Leena ne lui a posé qu'une question subsidiaire. Oui, une concession automobile, il y en a bien une sur la zone, une concession Renault, mais le patron dépanne pour Citroën ou Peugeot, parfois pour les allemandes aussi. Dans tous les sens du terme. De toute façon, en occasions, il a de tout. Mais il faut un peu se méfier. C'est un brave type à la main baladeuse depuis que sa femme l'a quitté. Ce que j'en dis.

Leena a remercié puis elle s'est plantée à l'arrêt, un simple poteau indicateur avec des horaires semblables depuis des décennies, une feuille presque effacée derrière la vitre de plastique. Encore, la ligne, il a fallu batailler pour la garder. Le train, c'était plus facile, il y a le lotissement et la côte, les touristes qui font vivre l'économie locale deux mois par an et aux vacances de Pâques, si la météo accorde un peu de répit. L'hiver, il n'y a pas âme qui vive. Juste le froid qui mord l'échine dans les ruelles et leurs murs resserrés qui luttent contre les bourrasques.

Attendre. De bus, il n'y en a qu'un par heure. Leena a bien vu qu'il l'observait à travers la vitrine de son agence, Vincent Hubert. Une vitrine étroite où les annonces dans leur cadre de bois empêchent la lumière de pénétrer. Ses yeux, entre deux rectangles, qui scrutaient. Le lundi, il n'y a jamais personne sur la place, la boulangerie est fermée, pareil pour le charcutier, peut-être la veuve Delambre qui va fleurir la tombe qu'elle a déjà fleurie la veille. La saison n'est pas commencée. Elle tarde. La météo. Alors, une ombre, ça attire. Il était debout. Entre ses annonces pour des villas sur la côte, un peu plus bas, où d'antiques familles parisiennes viennent chauffer leurs vieux os depuis plus d'un siècle, et celles pour d'anciennes fermes, toutes à retaper, que l'on peut négocier pour une bouchée de pain. Mais même le pain coûte cher dans ce bout du monde. Ce coup-ci, c'est elle qui lui a fait un signe, sans sourire. Sourire à des inconnus, elle ne sait pas. Lui, le sourire, il sait, mais il n'en a pas rajouté.

Le bus a fini par apparaître, vaisseau blanc aux lignes vert azur, démesuré pour la rue qu'il emprunte au débouché de la place, ses deux rétroviseurs qui frôlent presque les fenêtres des premiers étages, et son pare-brise qui mange le chauffeur. Quelques habitués à l'intérieur. Ils l'ont dévisagée. Elle n'a pas de sac à dos, cela ne peut pas être une touriste. Elle a payé son billet au prix fort, elle ne sait pas qu'il y a une réduction possible si on achète un carnet de dix tickets à la gare routière. À l'instant où Leena s'est assise, une femme corpulente s'est penchée avec son rouge à lèvres, un violet qui file, ses yeux de charbon, sa mise en plis d'un autre âge, et son odeur âcre de transpiration. Elle lui a expliqué les subtilités de la ligne avec une voix forte. Ici, on ne laisse pas un étranger dans le besoin. Il faut que cela se sache. Leena a remercié. Un murmure de merci. Rester courtoise. L'avenir s'écrit peut-être dans les boucles de caniche de cette matrone et son corsage blanc, prêt à exploser sous la veste.

.10.

Leena aime ce mot : merci.

Elle propulse la douceur de ces deux syllabes, la perforation de son *r* en plein centre, en fait rouler la sonorité sur le bitume de la zone commerciale. C'est humble, merci. Cela engage, cela dit qu'on est reconnaissant, et Leena a envie d'être reconnaissante. De quoi ? On n'est pas reconnaissant de la mort de quelqu'un. Soulagé, peut-être. Faux. La disparition du *décortiqueur* ne l'a pas soulagée. Pas un seul instant. À quoi peut-elle donc avoir envie de dire merci ?

Au chant.
Que libère ce mot.
Parce qu'il contient la puissance de la mer,
l'exacte jonction de la mer et du ciel.

Et le *si* infini des potentiels.

Mer, souffle d'air, Si.
Mer, souffle de mer, Si.

Le supermarché est désert. Chantonnent à son oreille, des portées de merci. Leena ne réfléchit pas aux conséquences à l'abri dans sa ritournelle. Elle achète, guidée par la survie, et l'idée qu'elle va nettoyer la chambre. Elle a signé certes, mais elle n'est pas encore propriétaire, même si elle se doute que l'agent immobilier va faire son maximum pour réveiller le vendeur et emballer le tout en moins d'un mois. Elle a bien vu qu'il l'a prise pour une folle, Vincent Hubert. Néanmoins, une folle qui sort quarante-cinq mille euros sans sourciller et cash pour une bicoque crasseuse, ça se soigne aux petits oignons. Ici, rien ne se négocie sans l'employé du Crédit Agricole !

Elle cherche un produit pour laver le bois et de grandes serpillières. La cire, ils n'en ont pas. Elle aime l'odeur de la cire, cela lui rappelle… Non, elle ne veut pas se rappeler. Du produit pour les vitres, pour la vaisselle, un détartrant, du savon liquide. MerSi. Des rouleaux de Sopalin, un paquet de petits-beurre, du café soluble, une bouteille d'eau minérale, la Villars, celle du coin. Dans ce bout du monde, il y a la mer et une source. Un pays de pierre, d'eau, d'ombres claires : minéral et aquatique, c'est l'image qui lui vient à l'esprit. Elle va vivre dans une carrière. Ou une grotte. Après les ors de la place Royale de Nantes. MerSi. La ritournelle s'épuise. Des profondeurs où Leena a enfoui, inaccessible, le frôlement des sensations, perce un autre miracle. Ne pas lutter. C'est une journée d'éblouissement. Ses fossettes se contractent, ses joues se relèvent, ses dents apparaissent, ses yeux se plissent, jubilation. Elle le trace, maladroite, recommence, tente d'esquisser le geste en maintenant ses paupières immobiles. Elle n'y parvient pas.

Son sourire, pour le moment,
s'inscrit avec des yeux qui plissent.
C'est un sourire de débutante.
Elle va apprendre.

Il est toujours mort au bord des lèvres. Avant.

Elle retraverse la zone commerciale. Tout autour, du maïs et de la vache noir et blanc. À la main, un balai, un carton d'aspirateur et deux grands sacs, mais personne ne la remarque. Ici, comme ailleurs, les gens courent après le temps et n'en finissent pas d'essayer de le rattraper. Mais il y a les petits saluts, signe que l'on se connaît ; ou que l'on se reconnaît. Et elle, elle avance au milieu de ce no man's land avec ses mercis-souffles de mer et ses sacs aux citrons. Il ne restait que cela en bout de caisse : des citrons.

La concession domine un peu plus loin, perchée sur un monticule engazonné : un pavé de verre avec ses voitures rangées en quinconce qui surveillent la ligne d'horizon. L'homme se tient debout devant l'entrée, courtaud, les jambes écartées, poings sur les hanches, serré dans le costume. Il l'a vue venir. Il est sorti et s'est composé un visage débonnaire. Presque jovial. Mais pas le moins du monde il ne viendra à sa rencontre, ne la soulagera du poids de son carton ou de ses sacs aux citrons. Non, les poings sur les hanches, il attend le client et la regarde monter le terre-plein.

Je peux quelque chose pour vous ?

Une chemise grise, les poignets usés qui dépassent. Pas de cravate. Trop guindé pour la clientèle du coin. Il a ce geste de s'essuyer le front avec son mouchoir, un tic. Il ne transpire pas.

Une camionnette d'occasion ?

Il n'en a pas, n'en a pas eu depuis un bail. Lui, il vend plutôt de la berline. Mal, mais bon… Parfois du 4 × 4. Il ne fait pas dans l'utilitaire. Il réfléchit. Il y a une concession John Deere, les tracteurs, en retrait de la départementale. Serge, le patron, aura sans doute quelque chose pour elle. C'est un débrouillard avec une tête de fouine. La tête de l'emploi. Il ne fait que démerder des problèmes parce que les tracteurs, il faut les faire durer. Il est indispensable, comme le véto ! Lui, c'est sûr, il aura la solution. Sinon, il veut bien explorer Internet, ça prendra un peu plus de temps. Il a compris qu'elle était pressée. Un bus ? Non, il n'y a pas de bus pour s'y rendre chez Serge. Peut-être le métro ou le tramway. Il plaisante. Son second est en RTT. Il ne peut pas laisser la concession. Mais il peut lui prêter une bicyclette, si cinq kilomètres aller-retour ne lui font pas peur. Elle répond un peu bravache que la peur, elle ne sait plus ce que c'est. Ses mots sortent à présent. La mesure de sa voix, cependant, reste faible. Lui, il opine : « C'est vous qu'avez raison. Pour venir s'installer ici, faut tout sauf de la peur comme moteur. » Il va lui donner un plan, il est déjà sur son clavier. Il cherchera sa camionnette pendant qu'elle fait le trajet. On ne sait jamais. Si le Serge des tracteurs ne pouvait pas la satisfaire.

Et mes sacs ?

Bah, vous pouvez les laisser dans mon bureau. Je ne vais pas me payer avec votre aspirateur, j'en ai déjà un et je n'ai pas le temps de l'utiliser.

Le temps ou l'habitude ?

.11.

Leena a quitté la concession, le plan dans la poche et un sandwich attrapé au dernier moment dans les sacs aux citrons. Elle l'engloutit. Elle a soif. Elle roule dans l'air salé, dans le beau, le grand beau. Elle court après les nuages qui s'éparpillent au loin. La pluie a fini par se fatiguer. Elle n'a pas beaucoup de temps. La journée est déjà bien avancée. Elle a oublié de demander l'adresse d'un hôtel. Elle n'est pas certaine d'avoir le droit de s'installer dans la mercerie, même si elle lui a laissé un chèque et lui, les clés.

Partout des champs. Et des coulées verdoyantes. Du colza, un peu de blé, des artichauts et des haies vives où nichent des passereaux qui détalent dans un battement d'ailes lorsqu'elle fend l'asphalte. Et ce sentiment de jeunesse. Celle qu'on lui a volée. Des fermes isolées. De la lumière filtrée par un écran d'abat-jour. Des oratoires, leurs croix à chaque carrefour. Elle met rarement le pied à terre, elle a une très bonne mémoire visuelle. Le plan du concessionnaire, son cerveau l'a immédiatement appréhendé, et ces croix, c'est comme si elles la guidaient. Elle a oublié. Jusqu'à ce qui a pu l'amener ici. Elle pédale et construit.

L'atelier John Deere apparaît au détour d'un hameau, derrière une vieille chapelle et sa litanie de tombes cabossées. D'immenses vitres cerclées de plomb, un toit plat, du fibrociment ondulé couvert de mousse. Au loin, une dizaine d'épaves de faneuses, troupeau de ferraille qui rouille au milieu de nulle part. De l'autre côté de nulle part, derrière un carré de barbelés, deux tracteurs verts, pneus surdimensionnés, jantes jaune flash, tiennent tête à une moissonneuse-batteuse qui les snobe du haut de son métal orange. Une botteuse, deux ou trois lieuses et quelques engins de chantier n'essayent même pas de rivaliser. Deux hommes discutent dans l'ombre d'un appentis, sous l'insigne de la marque : un cerf vert prairie bondissant dans une neige de janvier. En la voyant s'approcher, l'un a salué et s'est éclipsé.

Serge n'est pas très causant, mais lorsqu'il a compris qu'elle payerait cash, il s'est déridé. Une camionnette, il en a bien une. Enfin, c'est une ancienne ambulance pour tout dire, qu'il faudrait un peu transformer. Lui fait plutôt dans le matériel agricole, mais il peut tout dépanner. C'est un garagiste hors pair. Pas de ces freluquets qui ne font que passer la boîte électronique et ne connaissent pas le goût du cambouis. L'ambulance est rouge. Oui, il sait, c'est étonnant mais elle dépendait du corps des sapeurs-pompiers. Il dit « corps des sapeurs-pompiers » et dans sa bouche, ce groupe de mots désuets prend forme. Leena ne sait plus à quelle époque elle appartient ; il se pourrait bien que cela n'ait plus aucune espèce d'importance.

L'ambulance dort dans un hangar à l'arrière, coincée entre deux Panhard et Levassor des années cinquante. Une Chevrolet, gros phares ronds sous un capot en dôme, plus de brancard derrière les deux portes qui s'ouvrent comme un livre, un plancher en métal avec des rivets, une armoire à pharmacie accrochée au dos du passager et un petit extincteur. Et, il y a ce rouge. Flamboyant... Un cadeau de Noël ! Oui, c'est cela : elle va acheter une voiture d'enfant, un modèle réduit. Impression qui la traverse, et enfin envie de sourire, de ne jamais s'arrêter de sourire. C'est nouveau et c'est bon. Mais elle ne le dira pas à Serge qu'elle a un vrai coup de cœur. Un coup de cœur, ça reste secret, toujours. Ça se loge en travers de la veine cave, à ce point de contact précis, gravé à l'acide, et ça ne peut pas en sortir. Jamais. Un coup de cœur, c'est rare, une infime pulsation, plus courte qu'un battement normal. Leena savoure le rouge rutilant de sa future camionnette. L'apprivoise. Charnel et inespéré.

Serge a opté pour le silence, peut-être parce qu'il n'est pas très causant, peut-être parce qu'il a du mal à le lui abandonner, son paquet de Noël. Lui, il caresse la soie de son rubis avec la main, lentement, dans le silence gras et noir du garage, et s'habitue à l'idée de le laisser partir.

Il peut lui livrer l'ambulance dès demain matin, à la première heure si elle veut – oui, à la première heure, c'est mieux, sinon, il n'y arrivera pas ; il va d'abord y mettre un peu d'essence et la tester. Il lui fait entendre le moteur. Que du bon ! Elle n'a pas roulé depuis un bail, mais il est sûr de lui : cette camionnette-là surpassera toutes les autres, haut la main. Du matériel de pompier, c'est toujours bichonné, pas vrai ?

Banco. Leena lui fait confiance. De toute façon, elle n'y connaît rien, pas plus en mécanique qu'en bricolage. Elle lui tend un chèque, son deuxième de la journée, et un semblant d'adresse : celle qu'elle a lue sur le compromis. Lui, il lui laisse son bijou pour une misère. Mais il aime que ce soit à elle et à personne d'autre. Alors tout va bien. Là, il repart, il doit dépanner un gars sous la combe de Seaulieu, un tracteur qui ne redémarre pas. Il peut la poser à la concession si elle veut. C'est sur son chemin.

Il y a des combes, ici ?

Il sait, c'est un terme inapproprié, mais c'est le nom que les anciens ont donné aux ravins que font les collines, et dans lesquels s'encaisse le Londe, le ruisseau. Il a son importance pour la source et la faïencerie. Quelques méandres avant de se noyer sous les dunes et de ressortir dans l'océan.

Leena a accepté. Le vélo rejoint la benne du camion. Elle monte à côté de Serge. Il a fini par le lui demander après un long silence : ce qu'elle va mettre à l'arrière de l'ambulance. Ça lui brûlait les lèvres.

Des caisses en bois.

Il n'en saura pas plus. Mais il ne cherche pas à savoir.

Vous les avez ?

Non.

Je pourrai vous aider pour installer des fixations.

Il lui a donné l'adresse d'un menuisier sur le hameau de la Quillerie. Il l'accompagnera si elle veut.

Elle hoche la tête. Légère inclinaison vers la gauche, là où pointent ses coups de cœur. C'était sa manière à elle de dire oui lorsqu'elle apprivoisait le silence. Rien ne se perd.

Oui, ses livres, elle les transportera au chaud, dans un bois clair, une odeur de forêt.

Un bon gars, le menuisier, paraît-il, même capable de fabriquer des étagères pour sa boutique. Elle a juste posé la question :

Et des bibliothèques, il saurait faire ?

Pour sûr, c'est un as du buffet trois corps. Alors des bibliothèques, c'est l'enfance de l'art !

Mais les bibliothèques, ce sera pour plus tard. Pour le moment, Leena a des murs à torcher, des lattes de plancher à rejointer, vernir ou cirer, une vitrine à changer, de l'électricité à mettre aux normes, un espace à aménager, de l'isolation, de la peinture. Quant à la plomberie…

Alors ?

Le concessionnaire Renault se tient toujours sur le pas de sa porte. Pas un quidam devant son comptoir et ces quatre roues qui prennent le frais en terrasse.

On a fait affaire. Vous voyez !

Elle a rendu la bicyclette, récupéré sa paire de draps, ses chiffons à poussière, ses flacons. Elle n'a pas demandé l'adresse d'un hôtel. Elle va prendre le risque. Dormir dans sa tanière. Elle a eu la présence d'esprit d'acheter des bougies et une boîte d'allumettes. Et là, cette bande d'ados dans le bus du retour qui se poussent du coude et pouffent en la dévisageant derrière ses citrons.

Elle les observe, elle aussi. Regard franc. Un donné pour un rendu.

Trois sont descendus devant elle à l'arrêt de l'épicerie. Une fille qui glousse comme un canard à chaque fois qu'un grand boutonneux aux cheveux longs la touche, et un autre garçon, plus réservé, mal à l'aise dans ses muscles qui commencent à saillir sous le tee-shirt serré. Il se retourne de temps à autre pour l'observer. Visage à peine dessiné. Des billes d'un noir de combat. Un drapeau américain dans le dos.

Un jour, elle aura à leur parler.

Ce sera une autre paire de manches.

.12.

L'humidité lui saute à la gorge. La lumière commence à descendre. En repoussant les mailles d'acier qui enserrent la vitrine, elle a aperçu une enveloppe scotchée sur le montant de la porte.

Elle la tient entre ses doigts. L'agent immobilier a reculé, c'est certain. Ce n'est pas le tout de laisser un chèque. Peut-être le propriétaire veut-il plus pour son taudis ? Cela ne la soucie pas, le prix. Même si elle se souvient combien elle a compté chaque centime, jour après jour… Ne rien avoir à demander au *décortiqueur*.

Elle n'ose pas ouvrir le pli ; alors elle s'affaire, cherche s'il y a une possibilité de rejoindre, de l'intérieur, l'appartement du premier étage. Il y a bien une trappe, à peine visible au plafond tant on peut la confondre avec les fissures. Quelques traces au mur, comme des pas frottés, des lignes de marches. Qu'y avait-il avant ? Une échelle, un escalier ? Si c'est le cas, c'était il y a des siècles, indiscernable dans l'effritement du plâtre qui laisse émerger par plaques l'appareillage en pierre, cette croûte du temps qui a rongé le silence depuis le jour de la fermeture définitive, du déménagement. Vers un ailleurs plus prometteur ?

Leena a repris son tabouret. Elle contemple ses sacs, leurs citrons rebondis qui font des taches de soleil dans la pénombre. Elle ne veut pas que la lettre soit un refus. Parce que. Elle n'a pas hésité. Que les difficultés qu'elle entrevoit pour remettre en route ce patrimoine sont les marches de ce qu'elle attend depuis si longtemps : s'écrire un avenir, posséder l'avenir en entier. Ne plus vivre seconde à seconde, entrouvrir sur demain, la multiplicité des possibles que ce mot fait naître. Sur ce tabouret, dans cette ombre veloutée de salpêtre, demain se pare de toutes les couleurs de l'imaginaire, ces couleurs qui n'existent pas et qui auront le droit de déborder.

La couleur de l'avenir ? En premier lieu : réinstaller un accès de la boutique à l'appartement. Ne pas être obligée de sortir pour se sentir chez elle lorsque sa journée de rencontres prendra fin. Elle veut tout entremêler, le projet de son avenir professionnel et celui de ses fondations personnelles. Être cela intimement : celle du rez-de-chaussée et de l'étage, celle du présent et de l'avenir.

> Le passé ?
> Elle l'a tué devant un cercueil,
> cathédrale de Nantes, oratorio de Bach.

L'enveloppe est épaisse, un papier teinte de beurre frais s'en échappe. Vincent Hubert a une écriture d'écolier qui n'aurait jamais réussi à devenir adulte. Et pourtant, son texte n'a rien d'infantile.

Mademoiselle,

Ne m'en veuillez pas de prendre quelque liberté avec vous. Vous m'avez subjugué... En tout bien, tout honneur. Oui, subjugué, c'est le mot, ou alors, je n'étais pas dans mon assiette, ce matin, de vous laisser ainsi les clés ! Cependant, il ne me semble pas raisonnable, si tel est le cas, que vous puissiez envisager de passer une nuit dans ce local. L'électricité n'y est pas branchée, le contrat avec la S.E.E.P., la société qui gère l'eau sur la commune, n'a pas été renouvelé depuis 1990, et le chauffage est inexistant. Ainsi que j'ai essayé de vous le dire, les travaux sont d'un montant important et je ne manquerai pas de vous proposer un rendez-vous, où un entrepreneur de mes relations pourra vous détailler un devis exhaustif. J'ignore si vous avez un point de chute dans la région. Dans le cas contraire, je vous donne les coordonnées de Mme Paulet. Elle a des chambres d'hôtes au lieu-dit « Hameau de Vaclanville » sur la route de la côte à quelques kilomètres, à la sortie du bourg. Je l'ai appelée. Elle peut vous louer une chambre le temps des travaux et vous accueillir dès ce soir. Cela pourrait constituer une bonne alternative. Quant à moi, je vous rappellerai dès demain.

Sincèrement vôtre,
Vincent Hubert

P.-S. Je n'ai pas encore réussi à joindre le propriétaire, mais pas d'inquiétude, j'en fais mon affaire. Tél. de Mme Paulet : 06 03 28 11 96

Leena grimpe, cherche la clé. Le vent la pousse dans le dos. Il sent les embruns. Tout oublier et aller se baigner. Plonger dans la vague, se laisser porter, détendre les muscles endoloris par les efforts à pédaler. Elle ne sait pas nager. Se laisser engloutir dans l'onde. Disparaître. Ne plus donner signe de vie. Surtout pas à Jeep. Jeep et son prénom ridicule. Comme le sien. Deux *e*, leur seul point commun ?

Elle a déposé les sacs dans la chambre aux roses. Va pour Mme Paulet. Trouver une bicyclette à nouveau. Ou le bus s'il n'est pas trop tard. Ce n'est pas une camionnette qu'elle aurait dû acheter aujourd'hui, mais un vélo ! Elle y songera. Dans sa poche, une page de carnet sur laquelle elle a griffonné les horaires de la ligne.

Vite, quitter la mercerie et partir à l'aventure
de la nuit qui viendra tard dans la brise couleur
de mer.

Vite.

.13.

L'épicière n'a pas abaissé son rideau. Elle travaille plus tard, les horaires d'été. Avec les beaux jours, il n'est pas rare que les familles du lotissement décident d'un barbecue ou d'un apéro dînatoire à la dernière minute : les saucisses à griller, les chips et les sodas, elle en a fait rentrer. Et dans sa boutique, ça cause.

De loin, Leena entend des exclamations, des rires. Jocelyne – Leena apprendra plus tard que le point névralgique du village a pour prénom Jocelyne – non seulement fait crédit, mais elle fait « cafetière » aussi, depuis que le dernier bar-tabac de la commune a fermé. Elle n'avait pas assez d'économies pour le racheter. Sinon elle aurait foncé illico et aurait accroché sa belle pancarte, lettres en bleu – le bleu d'ici, un peu délavé : *Au Grand Café du Commerce.* Parce qu'il était grand l'ancien café dans la rue transversale au dos de l'église, histoire d'emmerder monsieur le curé par des libations dominicales pas très claires ! Après tout, elles étaient rouges des deux côtés : c'est ce qu'affirmait Dédé, le patron, dès qu'il voyait se pointer la soutane ! Oui, près de vingt tables et toujours pleines il y a encore quinze ans, avant la construction du lotissement. Ils ont tous cru que les pavillons allaient ramener de la vie au village. C'est le contraire qui s'est produit. Ceux qui ont acheté leur terrain pour une misère et y ont fait construire leur verrue n'étaient pas des habitués du vent et de ses tourments de froid polaire ; ils sont restés blottis devant leurs écrans. Et lorsque le Dédé a cassé sa pipe, personne ne s'est présenté. Un café de rigolades, d'engueulades monumentales, d'amitiés franches, de coups durs, de coups du sort, un café de père en fils, ce n'est pas rien à faire revivre quand on n'a pas les racines bien plantées dans les dunes d'ici, des racines solides dans une terre meuble. Jocelyne, elle, avait les racines, mais pas le blé que les héritiers de Dédé voulaient croquer par suite de leur installation en ville, ailleurs, bien plus bas, là où il y a du soleil sans être obligé de supplier la Madone. Jocelyne n'a pu reprendre que l'activité « Cigarettes », et encore pas toutes les marques, cela ne rapporte pas assez. Toujours son sens de la dépanne. Mais la tournée générale, de temps en temps, elle l'offre gratis. Elle aime causer : le contact, c'est sa raison de vivre, de se sentir utile. Pas d'homme dans sa vie, pas de rejetons non plus. Elle glane les nouvelles, écoute, commente, tranche, conseille. Des nouvelles à glaner, ce n'est pas ce qui manque, surtout lorsque les soirées se mettent au doux, trois mois dans l'année vaille que vaille et pas un jour de plus. Plutôt un jour de moins, à dire vrai.

Leena a écouté les rumeurs un moment, à l'angle des halles, avant de s'approcher. Hubert Vincent ne se tient plus debout derrière ses annonces immobilières.

Tout est éteint sur la place. Seuls brillent les halos verdâtres des lampadaires dans lesquels tournent des bourdonneurs incessants, leurs ailes excitées par la montée de sève. Écouter les sons de cette campagne-là entre deux feulements de brise, les enlacer, les faire siens, ces voix rauques à deux notes discordantes, ces rires de gorge, et ce crescendo plus aigu, féminin. Oublier les silences de Nantes.

Ils se sont tus lorsqu'elle a passé la tête. Un silence de conquête. Jocelyne a tendu une bolée de cidre. Leena a incliné la tête. Cela signifiait merci. Et bonsoir aussi. Les silences de conquête, Leena ne sait pas vraiment les amadouer : elle les perce avec des gestes mesurés. Elle a empoigné la tasse ronde, blanche avec sa ligne rouge dans la partie supérieure, l'a fait chauffer dans ses mains jointes et a bu lentement, avant de rompre l'attente.

Oui, Jocelyne sait qui est Mme Paulet, même si elle n'est connue que pour sa discrétion. Une veuve qui a repris, il y a une dizaine d'années, un petit manoir à l'entrée de Vaclanville, une ruine qu'elle a entièrement retapée avec l'aide de ses deux fils. De braves garçons qui, d'ados un peu solitaires et déboussolés par la mort brutale du père et le changement de leurs repères, se sont mués en beaux jeunes hommes, ma foi, belle croupe et beaux yeux, bien intégrés, pas de vague. La femme derrière Jocelyne a émis un rire bref. Ses yeux semblent dire qu'elle apprécie plus le « belle croupe » que le « beaux yeux ». Elle précise : « L'un est moniteur de voile, pour le club de la plage des Balises. L'autre est resté dans le métier, il enchaîne les chantiers de rénovation. Il aide parfois le couvreur mais ne fait pas l'électricité. Au bourg, c'est chasse gardée pour Euben. » Un des gars à droite de Jocelyne, large d'épaules, visage taillé à la machette, nez camus, adhère : « L'électricité dans le village, c'est lui, c'est tout ! Des poteaux aux chauffe-eau ! » Les deux autres se marrent. Jocelyne poursuit : « Leur mère, Mme Paulet, c'est une sainte ! Y a rien à ajouter. Tout redémarrer à zéro ! Jamais une plainte, jamais ! Et son jardin ! Ben tiens, rien d'autre à dire que c'est le jardin de la lumière ! Pourtant y en avait du chiendent à couper ! Avant même de remettre la bâtisse debout, elle avait fait de son terrain un enchantement ! Maintenant, elle fait des conserves de légumes anciens. Ou des confitures originales, genre melon-amande-muscat, cynorhodon-anis. Elle les vend comme des petits pains l'été dès que les Parisiens et les Allemands montrent le bout de leur nez. » Les trois hommes autour de Jocelyne opinent. Ils finissent par se présenter. Il y a le charcutier, le nez camus, Gilles, pour vous servir, et deux tourneurs de la faïencerie, Herblain et Gaëtan. La femme, elle, travaille à l'atelier de trempage du kaolin. Elle a tendu sa main, avenante : « Elizabeth. » Jocelyne a resservi une bolée avant de poursuivre : « Les chambres d'hôtes, y en a trois dans le manoir. Plus celles des dépendances, en travaux. Mais la petite maison de gardien est quasi terminée. Un gîte pour quatre personnes. Il ouvrira sans doute pour la saison qui arrive. »

Y aller à pied ? Impossible. Il faut attraper le dernier bus, la ligne de ce matin dans l'autre sens, rien de compliqué, vérifier que les horaires d'été sont déjà appliqués. En semaine, la ligne ferme à vingt et une heures.

Leena n'en aura pas besoin. Gilles, le charcutier, va la pousser jusque là-bas en voiture, il doit livrer une commande à Mme Paulet. Que ce soit ce soir ou demain, il n'y a pas grand changement. Ce qui est fait n'est plus à faire.

.14.

Elle l'attendait sur le seuil de la porte. Vincent Hubert l'avait prévenue, et elle se doutait que la jeune femme allait débarquer. Peut-être à pied. Et tard. Elle a déjà compris que cette fille paraîtra vite extravagante à tout le village. Parce que si c'est Vincent Hubert qui l'a désignée ainsi, il ne sera plus le seul dès demain. L'extravagance, Mme Paulet en maîtrise parfaitement les contours. Venir s'enterrer dans cet ailleurs, où la ville n'est plus qu'une notion qui s'effiloche dès que vous avez aperçu les dunes et le bleu, où l'idée même de ville n'est comprise par la majorité des habitants qu'en tant que synonyme d'eldorado, s'installer ici pour reconstruire, réhabiliter du patrimoine, c'est tout simplement illisible pour les gens du coin. Pour certains, c'est même quitter le paradis pour l'enfer. Mais l'extravagance, n'est-ce pas ce qui sauve ?

Elle est belle cette jeune femme dans le soir qui ne finit pas de s'éteindre en rouge du côté de la mer. Frêle et haute et déterminée dans son jean-tee-shirt blanc. Mme Paulet a le temps de l'observer. Gilles a garé la voiture en contrebas à cause des tas de gravats le long de la façade qui en gênent l'accès. La regarder avancer dans l'allée sur le clair-obscur, longueur de jambes interminable, amplitude des pas, discerner sa volonté farouche : celle de ne plus rien vouloir perdre du peu qu'on a. Son sac flotte à l'épaule, masse imposante presque vide. Cette région aimante les sans-rien : ici, on n'est riche que du cœur.

Elle lui tend la main.
Éliane.
Leena.

Toutes les deux l'ont perçu à la seconde : cette similitude dans le velouté sonore de leurs prénoms. Il a suffi qu'elles le prononcent chacune pour s'osmoser par-delà l'inconnaissance de leurs parcours. Subtile alchimie. Une fulgurance traverse Leena : une force bienveillante l'a conduite en ce lieu. Est-ce que tout est écrit jusqu'à la plus infime larme, celle de trop, celle qui un jour vous pousse à ?

Gilles ne s'est pas attardé, il a déposé la commande sur la table. Éliane a murmuré :

C'est le bon Dieu qui t'envoie en avance, sinon je n'aurais pas eu grand-chose à proposer.

Le bon Dieu, tu sais bien que je n'y crois pas, mais rendre service, c'est le credo d'ici.

J'en sais quelque chose !

Éliane lui a fait visiter les deux chambres dans l'ancien grenier à foin. Dans celles du manoir, le ménage pour la réouverture n'a pas été fait. Elle a surtout discerné que cette jeune femme serait son hôte pour un bon moment : être indépendante lui convient sans doute mieux.

Dans cette annexe, les chambres viennent d'être refaites, disons… remises au goût du jour. Elles sentent encore la peinture. Couleurs douces de lin, de ficelle, de gris chaulé, de poudre de rose, posées en bandes, et camaïeu de coussins en feutre qui accompagnent une chauffeuse à deux places et un lit dépouillé. Des draps de coton blanc. Simple et net.

Je n'ai pas lancé le feu. Je ne savais pas si vous viendriez, mais demain…

Et la maison du gardien ?

Elle est encore en travaux. C'est un de mes fils qui restaure avec des artisans des communes avoisinantes.

Et le fameux Euben ?

Et le fameux Euben !

C'est drôle, le réamorçage des conversations. Cela tient encore de la magie de Noël. Chaque mot que Leena prononce à présent est une étoile qui s'accroche dans son obscurité ; en attente de l'aube. Cette dernière ne s'est pas encore levée. Il faut du temps pour éclairer la nuit. Des milliers de mots, de verbes, et quelques étoiles-bonjours. Elles scintillent déjà avec parcimonie entre ses sourires aux yeux qui plissent.

Leena a demandé à louer la totalité de l'annexe.
Elle aime l'appellation *grenier à foin.*
Connotation de l'enfance,
de sa part de secrets, de clés à dénicher.

Entrebâiller.
Les portes qui conduisent à l'apprentissage.
De ce que nous sommes.
Ou de ce que nous allons devenir.
Mais par le jeu. Sans enjeux.

« Il y a un coin cuisine, a précisé Éliane. Minuscule ! » Leena a rétorqué que cela lui était égal. À côté de la cuisine de la mercerie, c'est une kitchenette de chef étoilé. Elle veut être au calme. Elle fera de nombreux allers-retours pour les travaux, si tout se passe… – le « comme prévu » est une expression que Leena ne connaît pas. Elle rassure Éliane, elle trouvera une solution pour ses repas. Elle lui paye trois mois d'avance. Un troisième chèque. Éliane a pensé : « Elle n'est pas si folle ; au fond, elle sait déjà qu'une remise en état, ce n'est jamais miraculeux. » Puis elle a proposé une soupe, la terrine de Gilles – une terrine de canard au poivre vert, une de ses spécialités avec la hure de veau à la pistache, il faudra qu'elle goûte, il sert des grandes tables du coin – et des crêpes, sa spécialité à elle – on en a tous une –, et Leena s'est laissé faire.

.15.

Dès l'entrée du manoir, l'odeur du fruit cuit imprègne chaque parcelle d'oxygène : sucre qui caramélise, neutralise la texture, la confit.

Petit bouillon de bulles à feu doux.
Arôme rouge.
Rouge miel.
Toujours l'enfance la rattrape.

Depuis qu'elle a posé les pieds sur ce sol, l'enfance s'est levée, déployée, et avec elle, tout ce que Leena a tenté de dissoudre. Elle ne s'y attendait pas. Mais elle ne lutte pas. Elle se laisse rapetisser sans chercher à savoir si c'est bien ou mal ; si demain, elle aura mal. Elle vit la minute : petite ou grande, cela n'a vraiment plus d'importance.

Cuisine chaleureuse, bois patiné, pots de confiture alignés couvercle vers le bas, bassine en cuivre qui trempe dans une ancienne auge, étamines qui sèchent dans leurs marbrures rosâtres, et sur l'ardoise du plan de travail, des sachets de bonbons à la violette.

On la goûtera avec les crêpes. Je fais des essais.

Fraise-violette ! Ça, ça va plaire aux Américains !

Si tant est qu'on en voie passer ! Leena, je vous présente mon fils, Vivien.

Leena n'a vu que le sourire qui mange les yeux. La poigne qui lui serre la main. La peau bronzée à l'intérieur des bras : là où d'habitude, elle est si blanche. Et son ombre immense voilant la faible lumière du plafonnier.

Installez-vous.

Il a retourné les pots, les a déposés sur un plateau, les a emportés dans une pièce qui jouxte la cuisine.

Mon autre fils, Gaspard, rentrera tard ce soir. Il est sur un chantier, une villa de la côte. Ils ont pris du retard à cause de la pluie en mai. Nous avons eu un mois de déluge. Ils doivent finir. Le nouveau propriétaire, un Allemand de Düsseldorf, débarque dans une dizaine de jours avec ses meubles.

Et ses chiens. Des bergers allemands, bien entendu !

Vivien a émis un petit rire.

Leena l'observe : des cheveux un peu longs sur la nuque, épais, un brun d'écorce avec des pointes de doré, et une raie à gauche, il se passe la main pour repousser sa mèche, il a l'air d'avoir quinze ans avec ce geste juvénile, mais son regard, c'est de la joie liquide. Derrière un bloc de marbre, fossettes, arcades, menton. Sa voix facétieuse s'élève, un soupçon de métal.

Pas l'air commode. Ni le maître, ni les *dogs* ! Il les avait à la signature chez le notaire, paraît-il. Je ne suis pas sûre que Me Gravillon, du haut de ses soixante-dix ans, s'en soit remis !

Trekki apparaît dans la porte, langue pendante. Il se dirige immédiatement vers Leena, lui quémande une caresse, se frotte contre sa jambe.

Ah, te voilà, toi ! C'est mon Trekki. Risque pas de vous mordre, celui-là. C'est un doux rêveur, qui, comme son maître, adore se la couler douce. Laisse un peu Leena, tu veux, vieux !

Leena aime entendre son prénom dans la bouche de Vivien. Il n'y a plus guère que le libraire de La Page du Temps qui l'appelait Leena. Cela lui paraît faire une éternité. Elle se penche, caresse le chien Personne, comme à la plage. Elle lui murmure à l'oreille : « Bonjour, Personne. » Trekki plonge sur le dos, pattes en l'air.

Trekki, stop ! Stop ! Laisse-la. Couché.

Trekki s'immobilise aux pieds de Leena.

On dirait qu'il vous a adoptée.

Je crois qu'on se connaît un peu.

Ah, oui ?

Si Vivien a aperçu Leena sur la plage en fin de matinée, il n'en laisse rien paraître. Éliane reprend, comme pour elle-même : « Oui, pas l'air bien commode, l'Allemand. Gaspard est soucieux. Il a menacé de ne pas régler le solde. À Düsseldorf, ils ne doivent pas savoir ce qu'est la pluie ! Et nous, on aime assez travailler dans la confiance, main dans la main. Les petits arrangements font les grands projets. »

Vivien a posé les assiettes sur des sets de table. Il a déballé la terrine de canard, disposé sur un plat des cornichons, les tranches parsemées de baies roses, celles du pain, épaisses, taillées dans une miche de seigle aux fruits secs. La soupière fumante a suivi, velouté de tomates et ses croûtons à l'ail : étonnant dans ce pays de moules et de crustacés. Éliane est bien la déesse des légumes qu'on a décrite à Leena.

Ce n'est pas de la tomate ! a-t-elle précisé. Mais un mélange de Green Zebra, de Rose de Berne et de Russe rouge, liées entre elles par un soupçon de ciboulette. Les choses, on les appelle par leur nom, pas vrai ?

Vrai ! Ma mère, il ne faut pas la chatouiller sur la dénomination des légumes ou des fruits. Ce sont ses petits. Elle les bichonne, leur fait la conversation, et quand ils rendent l'âme dans notre assiette, c'est toujours avec un bénédicité ! C'est qu'elles ont une âme, ces bestioles-là !

Vivien a ceinturé la taille d'Éliane. Elle, de dos, n'a pas bougé, même d'un haussement d'épaules. Elle termine de mélanger la pâte à crêpes. Il s'est retourné.

Allez, servez-vous, pas de manières ! On ne reçoit pas la reine mère !

Vivien !

Laissez, Éliane. La bonne franquette, ça me va ! Et vous, Vivien, quel est votre bout de ciel ?

Les mots se sont presque bousculés sur ses lèvres. C'est bon d'accrocher des guirlandes d'étoiles. Peut-être que l'aube va revenir plus vite dans ce refuge où des yeux clairs la « canaillent ».

Mon bout de ciel ? La mer ! Je suis prof de voile, l'été. L'hiver, je tâche de grandir, je glande !

Vivien !

Ce programme me paraît tout à fait équilibré.

Il ne glande pas, l'hiver, il écrit. Et il y a les bateaux à entretenir. Il aide au chantier naval de la Balise. À côté du phare. Vous verrez, si vous restez, c'est un repère dans la région et aussi une des plus belles plages. Sauvage. Avec des coins inaccessibles.

Sauf pour les initiés !

Vous écrivez ?

Je gribouille… Des contes. Pour les mioches.

Vous dessinez ?

Cela m'arrive.

Leena s'est tue. Que pourrait-elle répondre ? Qu'elle gribouille elle aussi, mais… les mots des autres. C'est trop tôt pour expliquer. Y a-t-il seulement quelque chose à expliquer ? Elle est lasse soudain, enrobée par le silence de Vivien, deux belles promesses de gouaille dans le regard, engourdie par l'odeur des crêpes, par le grésillement délicat de la pâte qui gonfle dans la poêle.

Les crêpes, c'est lorsqu'elle a su les maîtriser à la perfection – cette légèreté qu'il faut à la pâte, ni trop épaisse, ni trop liquide, ce coup de main pour amalgamer et éviter que ne se forment les grumeaux entre farine et lait, cette dorure de la cuisson qui nécessite un œil averti, l'ajout du morceau de beurre à l'ultime moment de glisser la merveille sur l'assiette –, oui, c'est lorsque Leena a su maîtriser tout cela qu'elle a compris.

Qu'elle l'avait remplacée.
Qu'elle était devenue LA mère.
Pour ceux qui restaient.
Et que c'était définitif.

.16.

Elle a à nouveau rompu le silence, et cela l'a confortée. Oui, elle se sculpte un elle-même en réamorçant les mots, en rétablissant un dialogue : un aller avec retour. Elle a demandé qu'on lui prête un réveil. Demain matin, elle doit être de bonne heure à la mercerie pour une livraison.

Une livraison ?

Ils n'en sauront pas plus. Il est tard, elle l'a prétexté pour aller se coucher. Vivien lui a tendu sa montre.

Je ne veux pas vous en priver.

Il n'en a pas besoin. Il sait parfaitement à quelle heure le soleil se lève et à quelle heure il va passer le réveiller. Ils ont fait un pacte, le soleil et lui, surtout lorsque la mer est haute à l'aube.

Ah, cela change des choses que la mer soit haute à ce moment-là de la journée ?

Chacun ses secrets.

Il a effleuré l'intérieur de son poignet au moment d'accrocher le bracelet métallique sur son bras. Il a repéré le grain de beauté sur le sillon de la veine, un ovale posé en majesté presque à l'entrée de la paume, mat, un peu gonflé, brun foncé, une signature sur sa peau. Avec ses lèvres, il aurait aimé le découvrir et le faire sien. Il a fini par lui rendre sa main gauche. Éliane y a fourré le trousseau et la lampe de poche. On ne sait jamais.

Dans cette chambre, la plus petite des deux, Leena a ouvert la fenêtre et respire dans l'obscurité l'odeur de la nuit, de cet ailleurs qu'elle doit comprendre. Pas eu envie d'allumer la lumière. Elle a fait glisser son jean et s'est enfoncée sous les draps frais. Elle sent ce parfum de bois charnu qui dégouline de sel, de varech frotté, roulé par l'écume, d'étoiles limpides, de ciel cristallin, de regards attentifs. Faire attention à ne pas commettre de faux pas. S'apprivoiser avant d'aller vers les autres. Elle n'est pas sûre de savoir se reconnaître dans cette liberté qui s'est ouverte brutalement et qui sent encore le papier cadeau. Et plus encore dans ses silences qui viennent de se fracasser. Devant le cercueil, elle n'a pas versé une larme. Devant le notaire, elle a géré. Devant l'inconnu, elle s'est trouvée engagée. Il y a longtemps qu'elle ne se laisse plus faire. Et puis il y a l'argent, l'héritage : celui qui lui a donné cette clé neuve pour ouvrir ce monde ancien, ce passé à construire pour pouvoir avancer. Et la ronde incessante des Peut-être.

Elle respire, allongée sur le dos, respiration ample, écoute chaque pulsation, longue, si longue, martèlement, écho. Elle n'a plus besoin de cacher ses larmes. Ce soir, elle pleure. Larmes chaudes, ininterrompues, qui glissent le long du maxillaire, plongent dans la courbe du cou, mouillent le lobe de l'oreille, le coton de la taie. Elle pleure de trouvailles. De la mercerie, du vase bleu qui l'attend sur un coin de table, de ses campanules qu'elle va laisser sécher dedans avec un bénédicité. Elle pleure du poirier et des dunes. De Vivien et du grenier à foin. De cafard et de bonheur, de peur et d'audace. Elle pleure. Mais c'est la dernière salve. Elle voit Sheenan veiller sur elle. Pour la première fois. Pas le *décortiqueur.* Encore tiède dans son linceul, embastillé pour l'éternité. Dans ce silence qu'il vénérait.

Le silence, elle, elle s'en était fait un allié.
Pas une idole.

Dans l'obscurité, Leena contemple
le regard de Sheenan.

Ce regard, Leena l'a conservé d'instinct, quelques heures à peine après que sa mère a quitté l'appartement de la place Royale. À l'époque, elle avait fermé les paupières, serré les poings sur sa jupe blanche plissée. C'était un dimanche, aucun bruit dans l'immeuble. Seul, un pépiement de moineau égaré trouait l'éternité.

Longtemps,
longtemps.
À l'infini du temps.
Déposer le regard de sa mère à l'abri.
Voilà.
Sous les couches poussiéreuses de la mémoire,
là où naît l'intuition.
Comme si elle avait su.
Que peut-on savoir à douze ans ?

Ensuite, elle avait desserré ses doigts.
Eux, avaient attrapé le silence.

Avec ce regard de timidité bouleversante, un brin maladive, Leena vient de s'endormir. Ses lèvres pleurent elles aussi. Signe que le sommeil est profond. Le seul mot qu'elles ne réenclencheront pas, c'est le mot père.

.17.

Le sifflement hypnotique de la montre perce le jour naissant. Troublant. Loin du dring sonore habituel de son réveil, dans son ancienne chambre, au fond de ce couloir à droite, deux cents mètres carrés de parquets à traverser, hauteur sous plafond vertigineuse, moulures et rosaces baroques, dernier étage, lumière magnifique, vue imprenable sur la pierre blanche de la place, sur Graslin au loin, le théâtre, sa colonnade. Nantes s'échappe dans cette sonnerie synthétique qui se disperse au-dessus des draps froids. Elle l'attendait cette sonorité d'aube naissante, les yeux déjà grands ouverts, à farfouiller les détails de la pièce dans l'ombre laiteuse. Un coq dans le lointain avait fait son œuvre bien avant la montée des bleus pâles. S'habituer à autre chose. Elle n'a pas tiré les rideaux hier soir, pas refermé la fenêtre non plus, et le ciel tout entier baigne le lit d'effluves, algues humides. Une nouvelle vie. *Vite.*

Douche bienfaisante, savon au jasmin, elle s'ébroue, enfile son jean, attrape un tee-shirt dans son sac. Rien à choisir. Cinq tee-shirts blancs. Son uniforme depuis des années. Parce que le tee-shirt blanc se marie bien avec le silence. À quoi cela lui aurait-il servi de vouloir autre chose ? Le *décortiqueur* n'aimait plus la vie, pas la couleur non plus. Jeep ne posait jamais de question, ne voyait plus rien. Ça ou autre chose : elle était devenue transparente. Elle songe que transparente, cela va être difficile à présent si elle se balade dans une camionnette rouge. Rouge pétard. Rouge fanfare. Seul le bon Dieu peut avoir des idées pareilles, la conduire ici dans ce no man's land pour lui offrir une ambulance rouge. Elle ne doute pas. Réenchanter le monde par la couleur. Elle a hâte. Elle a faim.

Mme Paulet a dû passer dans la fin de la nuit. Il y a six œufs posés sur la table, un pot de crème fraîche, deux yaourts sous leur étamine de coton, faits maison sans doute, des brugnons dans la corbeille, une barquette de fraises, deux brioches encore tièdes, quelques tranches de pain et un Thermos de café. Et un petit mot sur une carte de visite, dessin du manoir en en-tête, timbre gravé, encre pourpre, stylo plume, écriture fine.

Moi aussi, je me lève à six heures
pour grimper sur les dunes
et réveiller le soleil.
Belle, belle journée.
Éliane.

Relire, relire. Leena passe son doigt sur le relief du timbre, suit des yeux les déliés, songe que cette phrase, elle pourrait l'avoir collectée dans ses carnets, l'avoir dénichée dans un roman de William Trevor.

On ne lui a jamais souhaité une *Belle, belle journée.*
C'est envoûtant.

Place Royale, elle petit-déjeunait seule.

Depuis les événements, le *décortiqueur* n'avait plus jamais voulu dire bonjour, même avec un croissant, alors *Belle journée*, ça l'aurait certainement tué.

Elle se concentre sur cette écriture, la caresse des yeux, enchâsse l'écarlate de ces trois mots, fouille sa mémoire.

Des *Bonne journée*, elle en a reçu tout de même ! Des milliers de fois. Ceux de la concierge de l'immeuble, fades, poussés d'une bouche de papier mâché, de la même teinte que celle des murs de l'entrée, des *Bonne journée* ton sur ton. Elle tire le fil, se souvient des *Bonne journée* de Mlle Ramert, la vieille fille du second, statufiée devant la loge, ses mules brodées, son peignoir de satin rose, sa couleur de fausse blonde, brushing toujours impeccable, boucles au cordeau alignées sur la nuque, en attente d'une hypothétique missive d'amant qui devait être retourné vivre chez sa femme depuis belle lurette, si tant est qu'il ait eu, un jour, un soupçon d'envie de la quitter. Des *Bonne journée* éteints qui sentaient la fine de cognac et le tabac froid. Elle se souvient des *Bonne journée* de Mme Brunschwick, la femme du médecin au quatrième, essoufflés, entravés par les ordres donnés à la marmaille, par la poussette des jumeaux impossible à manœuvrer, par les petites mains des trois enfants à peine plus âgés accrochées à son manteau, entravés par les cartables, les sacs de sport, de courses, de poubelles, entravés par le temps qui manquait à ces lèvres gercées, ces cernes mauves, temps qui manquait et qui manquerait toujours quoi qu'il advienne. Elle se souvient des *Bonne journée* de M. et de Mme de Tercy, le couple du troisième, inséparables ces deux-là : francs comme une poignée de main, ceux de Monsieur ; discrets en béret de laine ou en capeline de pluie, ceux de Madame. Elle tire le fil et elle voudrait qu'il casse, parce qu'elle sait qu'il va la conduire à Valentin Audouit, le propriétaire du premier ; alors, elle l'entortille, le fil, avec le *Bonne journée* des clients de la librairie, rue Crébillon, La Page du Temps. Un peu différents, ces *Bonne journée*-là, poussés à la va-vite, par politesse plus que par conviction, parfois en soulevant un coin de feutre mou, parfois avec un demi-sourire, histoire de faire semblant d'y croire…

Mais Valentin Audouit s'est frayé un chemin dans sa mémoire. Il résiste. Il ne veut pas rester enseveli au fond de la poudreuse, des ombres blanches, tassées, ténébreuses. Il veut soulever la chape. Parce que les mots ont resurgi, que le son de Leena s'est réveillé au creux de sa vie, de sa gorge.

L'unique phrase prononcée durant toutes ses années de lumière blanche, c'est à Valentin Audouit qu'elle la doit. C'est à lui qu'elle l'a adressée, un matin comme un autre.

Non, pas vraiment comme un autre.
Le vent de mer s'était annoncé.

Une aube de matin où, chaque jour à la même heure, il descendait, costume trois-pièces, camaïeu de gris, cravate de soie, fines rayures obliques, promener son carlin bichonné à l'eau de lavande, en laisse de cuir Hermès. Une aube de printemps, son odeur de vent de mer lorsque l'on repousse les volets, de vent qui vient de si loin, de vent qui se cabre et balaye tout, redresse tout, invente tout, son odeur d'ailleurs qui conquiert soudain la ville, qui chante que la puissance du bonheur va revenir, se tailler la part du lion, que les frimas se sont envolés, qu'ils ne reviendront jamais.

Ce que l'on veut entendre du vent,
ce que l'on croit en entendre.

Une seule phrase, un murmure.

Le reste, elle l'a écrasé sous des tonnes de neige tranchante, des pointes qui écorchent, broient, arrachent, ravagent, en avalanche, emportent tout sur leur passage et ne laissent que la désolation de la mort. La dureté du béton contre sa joue, la main de Valentin Audouit qui écrase sa nuque, l'empêche de respirer, la bordée de mots salaces tandis qu'il soulève, fouille, pille, cette violence que l'homme éructe, éjecte, lorsqu'il a remplacé le don de soi par une pulsion animale électrisée par la consommation, la liberté débridée, les marques violacées que la bicyclette imprime sur ses cuisses. Une minute auparavant, elle ne faisait que la détacher dans ce local sombre, au fond de la cour, dans la lumière naissante du jour. Courir après les odeurs du vent, tenter d'attraper le vent neuf dans l'aube, la puissance du bonheur, on a envie qu'elle soit tellement belle, la vie. Une minute auparavant, il n'y avait pas à se méfier des

Bonne journée de Valentin Audouit lancés du bout de la laisse, aimables, so chic, so snob. En diable.

Elle ne l'a pas entendu pénétrer dans le local. Elle n'a pas vu ses yeux. C'est ce qui l'a sauvée. Elle n'a vu que la dureté et la dureté, elle peut, elle sait l'enfoncer dans la poudreuse et tasser dessus, autour, tasser, ne pas cesser de tasser. Mais ce qu'elle n'a pas oublié, c'est la stupeur de la main de Valentin Audouit, qui se relâche et cesse de plaquer sa nuque contre le froid, il a fini, il croit qu'il a fini, la stupeur de sa main qui comprend qu'elle n'est pas muette, seulement mutique, la stupeur de sa main qui sait à présent qu'il n'en aura jamais fini, parce que plus haut, bien plus haut, à l'exacte jonction du blanc du ciel et du blanc de la terre, Il est là, et Il veille et Il vient de faire murmurer cette phrase à l'ombre que Valentin Audouit a massacrée : « *Vous le payerez tellement cher. Et ce n'est pas moi qui vous le ferai payer.* » Un murmure, ça tue, ça fait basculer une vie. Plus sûrement qu'un acte de violence. Valentin Audouit réalise. Il a perdu. La vie éternelle. Sa main gauche reste en l'air un moment, la droite tente de remonter une fermeture Éclair. Puis elle retombe.

Un matin ordinaire.

Il est sorti, son chien sur ses talons, elle monte l'escalier, elle n'a pas osé prendre l'ascenseur, le clang de la grille, la cage étroite, elle est rentrée dans l'appartement, pas un bruit, tous dorment encore, c'est l'aube et l'aube, ça se vit aussi au creux des lits dans les bras des rêves, elle a pris une douche, longtemps l'eau chaude sur son corps, pas de tremblements, pas de larmes, l'eau brûlante en trombes qui lavent la crasse, qui évacuent la souillure dans la bonde, elle, elle en est certaine, elle ne l'est pas, souillée, elle a entendu la Voix à son oreille lui affirmer que la souillure, c'est lui qui la porterait, jusqu'à la fin du monde, elle a essoré ses cheveux, elle ne s'est pas regardée dans la glace, elle sait que sa joue porte la trace du mur, elle a posé sa main là où la douleur irradie, et elle a donné la douleur à la Voix.

La fente déchirée.

Le reste s'est enfoncé dans le tourbillon de neige avec les mots, cette tempête immense qui s'est levée dans son dedans, qui efface tous les repères, puis elle a enfilé un jean, un tee-shirt blanc, a pris dans la cuisine un grand sac-poubelle, y a glissé tout ce qui écrit la féminité, elle a fermé le sac, elle est redescendue jusqu'au local sans regarder le mur, elle l'a glissé dans la benne, pas celle du recyclage, celle des ordures ménagères, brûler tout cela avec les épluchures, les pots de yaourt écrasés, les opercules maculés et les restes, le sordide, elle a pris sa bicyclette et elle a pédalé à toutes forces, loin des immeubles, des pavillons, des rues à peine éclairées, loin de la cour du lycée, des conversations où elle ne s'immisce plus.

Juste le vent de mer.

Il lui soufflait qu'un jour elle l'aurait en entier, pour elle seule, devant les dunes désertées et le refrain des vagues.

À partir de cet instant, elle l'a croisé chaque matin, même faciès que son carlin, à l'heure où il prend son courrier à la loge, elle ne l'a jamais guetté, jamais, la Voix lui a permis d'être là, à la seconde où il apparaissait, toujours là, invariablement, le *Bonne journée* terne de la gardienne, et lui, contraint de s'incliner, cérémonieux, contraint de lui souhaiter devant témoin une *Bonne journée*. Elle, elle n'a que son regard, deux éclats qui sondent ses pupilles, labourent à l'exacte seconde, avant l'inclinaison. Ils le lui redisent : sa seule issue, c'est l'enfer.

Oui, qu'on lui ait souhaité une *Belle, belle journée* une fois dans sa vie, pas qu'elle se souvienne. Et Leena aime cela. Intensément. Immédiatement. Elle adopte l'expression, la tourne dans sa bouche, comme elle le fait pour chaque mot depuis quelques heures. Elle soulève la couche de poudreuse. En volutes. En tourbillons. Sensuels, les mots, leur musique, leur chorégraphie. *Belle, belle journée*. Elle adopte la journée belle.

> Une *Belle, belle journée,* ça a le goût de la brioche, dans laquelle elle est en train de mordre.

.18.

Elle a les mêmes gestes que dans la grande cuisine de Nantes. Casser un œuf, c'est délicat. Cela ouvre de la perspective – salé, sucré, frit ou mollet – et en briser la coquille, c'est déjà enfanter.

Elle s'est entraînée de longs mois après avoir vu Audrey Hepburn maîtriser ce geste à la perfection dans le film *Sabrina*. Pour le geste, bien sûr. Mais aussi, pour la classe d'Audrey : chignon sur la nuque, front dégagé, sourcils en accent circonflexe, trait d'eye-liner en biseau, sourire énigmatique, rien ne peut la perturber, Audrey, même casser un œuf ! Invraisemblable et pourtant…

De longs mois, jusqu'à sentir la ligne de brisure parfaite entre le pouce et le majeur. À peine un fendillement qui change tout, ne requiert qu'un choc minime contre le bol. À un endroit précis. Apprendre ce geste anodin, cette délicatesse dont son monde était dépourvu. Le répéter comme un défi. Découvrir ce langage, cette minuscule faille par laquelle l'œuf est vulnérable. Trouver, dompter, assouplir ses doigts pour entrouvrir et libérer le contenu sans écraser la coquille. On révolutionne le monde par des actes anodins : parce qu'on prend soudain conscience de ses propres possibilités.

Par là, savoir que la révolte colérique
ne serait jamais sa voie à elle.
Accepter.
Tout.

Dans le matin naissant, dans la minuscule cuisine du *grenier à foin*, Leena enchante ce geste. Pas d'appréhension. Il la libère. Le beurre grésille, elle mêle les jaunes aux blancs, poivre, ramène l'onctuosité au centre de la poêle avec la palette, ajoute une demi-cuillère de crème, baisse le feu et attend le miracle. Elle le parsème de sucre, de fraises découpées en lamelles. Sur son pain toasté, le goût de la vie. De cette vie où elle va poser sa liberté d'être. Elle l'engloutit, son miracle, termine son café, attrape son pull, le seul, celui qu'elle a acheté avant de sauter dans le train, tire la porte.

Mer-souffle de mer-Si.

Dehors, le long du mur, une bicyclette.
Un message accroché au guidon.
Mais ce n'est pas la même écriture.
Compris dans le prix de location de la montre !
Pédaler dans le matin à toutes forces.
Jusqu'à la grille en accordéon.
Une tache enroulée autour du cou. Corail.

Elle s'arrête enfin, observe la vieille bâtisse, avant de mettre pied à terre. Coup de cœur intact. Elle reprendra son chèque à Vincent Hubert, elle suivra le cours normal de la procédure comme il le lui a demandé, mais elle en est sûre, elle est chez elle. Le muret devant la vitrine abrite un parterre de terre brune, grasse, boueuse, un amas de brindilles desséchées. Elle prend son carnet et note : *Agapanthes, santoline en boules, hortensias blancs*. Une flèche. *Trouver une jardinerie. Ou un jardinier et... l'épouser.* Elle barre *et... l'épouser*, rajoute : *Se débrouiller. Apprendre à jardiner.*

Il est tôt. La grille fait du bruit. Alors, elle contourne le bâtiment et pénètre par le trou du mur, en piétinant l'éboulis. La porte de la maison, à l'arrière, est restée entrouverte, mais elle veut d'abord respirer son jardin, envisager sa cour. Dans l'aube, les idées se précisent d'elles-mêmes. Tout est facile, parce que la cour est réelle, qu'elle ne s'inscrit plus dans l'attente démesurée et sans issue qui a précédé cet instant.

. 19 .

Serge a cogné fort contre la grille. Il sait bien que la sonnette ne fonctionne plus depuis des décennies. Depuis que Marceline a rejoint le royaume des trépassés, et même avant. C'était dans sa jeunesse. Il a garé l'ambulance rouge à cheval sur le trottoir devant la vitrine, a vérifié qu'elle ne gêne pas. Maintenant qu'il l'a entendue ronronner, faudrait beau voir qu'un imbécile ne la lui raye en la serrant de trop près. Dans sa main, le chèque. Il le lui a rapporté.

Leena s'affaire dans sa *Cour aux graminées*.
C'est ainsi qu'elle a décidé de nommer son jardin.
Pour le nom de sa librairie, elle verra plus tard,
mais ce ne sera pas un nom d'ici.
Il faut s'étonner pour survivre,
se maintenir en état de merveille.

Et étonner.
Elle ne veut que cela : étonner.
Enfanter la merveille. Se réveiller.

Serge a fait le tour des bâtiments. Il connaît la maison. Il sait d'office où poser ses pieds sur l'éboulis pour ne rien déplacer et se faire peur, un peu. Pénétrer par l'arrière, il l'a fait des centaines de fois, de nuit, avec Gilles et les autres. Venir siroter une bière et se taper une clope sous le poirier avec les potes et les deux ou trois filles du village qui voulaient bien se laisser faire. Lui, il regardait, trop timide. Depuis, elles se sont toutes rangées, mères de famille respectables. Mais, il en est sûr, rien n'a changé. Les jeunes donzelles, il les entend toujours caqueter sur la place et faire leur numéro de séduction à deux balles quand il descend au village chercher son tabac à rouler chez Jocelyne.

Elle lui est apparue derrière le tronc du poirier. Elle ne se cachait pas. Une courbe douce, bombée, du velours, dans un tee-shirt blanc. C'est tout ce qu'il a vu d'elle au départ. Son dos. Elle fixait le sol, les yeux rivés sur les lignes de vie de l'arbre, ses racines sinueuses qui émergeaient par endroits de la terre et dessinaient son espace généalogique. Elle s'est redressée, retournée, a souri. Un sourire avec de grands yeux bruns qui plissent ; on en oublie ses lèvres si pâles, sa peau si claire, ses cheveux châtains relevés, maintenus en chignon grâce à un crayon de papier, hypnotisé par la fente de la paupière. Et le pointillé de lucidité qui s'y abrite.

> Je cherche. Qui va gagner. De l'arbre
> ou du mur… De moi ou de la baraque…
> L'arbre. L'arbre va gagner.
> Comment le savez-vous ?
> Un arbre bien planté, c'est une force de vie. Ça
> écrase tous les signes de mort.

Un concessionnaire de tracteurs philosophe qui vend des ambulances rouges. Au milieu de nulle part. Elle est tombée sur un spécimen de gens à part. Authentiques. Franco de port. C'est réconfortant.

Les yeux de Leena se sont déplissés, le même regard qu'hier, lorsqu'elle a découvert l'ambulance dans son garage, pas de surprise, une certaine façon de tout accueillir avec distance. Même l'incongru. Deux billes sombres qui disent la fragilité assumée – marcher sur une étendue gelée, incertaine, croûte glacée à la limite de se rompre –, qui donnent envie de la serrer dans les bras. Comme il le ferait avec sa fille, si la vie lui en avait donné une.

L'ambulance. Je l'ai garée devant. Dans la rue.

Son bras indique l'autre côté de la cour.

Bien.

Mais, je ne vais pas vous la laisser.

Leena vient d'apercevoir le chèque, les ongles noirs qui le retiennent.

Elle ne marche pas ?

Si, si, très bien. C'est une petite merveille. Je le savais. Mais, vous n'en avez pas besoin !

Lena aime soudain que quelqu'un puisse s'intéresser à ce dont elle peut avoir besoin. Cela non plus ne lui est jamais arrivé.

Et de quoi ai-je besoin, selon vous ?

D'un bon coup de main, quand je vois l'état du cabanon. Pas d'une camionnette. Vous en avez déjà une !

Si vous le dites !

Oui, elle est là ! Derrière cette porte. Marceline ne l'a pas emportée dans sa tombe !

Il lui montre la grange d'un mouvement d'épaule.

Marceline ?

La mercière, celle qui occupait ces murs avant vous. Ce n'est qu'en voyant ce matin votre adresse sur le papier pour venir vous livrer, que j'ai réalisé que vous m'aviez indiqué l'adresse de l'ancienne mercerie. Marceline avait une camionnette, celle de ses parents. Elle est dans ce hangar. Vous avez hérité ?

Non. J'ai acheté.

Vous avez acheté ?

Oui. Elle marche ?

Quoi ?

La camionnette qui est derrière cette porte.

Je n'en sais fichtre rien ! Il n'y a pas de raison qu'elle ne fonctionne pas mais je suppose qu'il va falloir faire avec elle comme avec le reste. La remettre en état.

Alors, ça ne change rien à notre marché. La camionnette, j'en ai un besoin urgent. Et si possible, une camionnette qui roule !

Bon, je vous montre d'abord celle qui roule. Après on regardera si ça vaut le coup de réparer l'autre… Ou s'il vaut mieux la laisser couler ses vieux jours ! Un nid à macareux !

Serge a replié le chèque, l'a glissé dans la poche intérieure de sa veste. Il a commencé à avancer, puis soudain s'est arrêté, la face illuminée.

Et des avions, vous en auriez besoin ?

Leena ne se demande pas si la question est singulière. Elle joue le jeu. C'est tellement bon d'avoir besoin de quelque chose !

Des avions ? Oui, je pourrais en avoir besoin.

Par dizaines ?

Oui, pourquoi pas ! Par dizaines !

Eh ben, vous pourriez bien avoir touché le gros lot !

Serge a hoché la tête, l'air mystérieux, un brin gouailleur.

Quand on était gamins, on venait ici, on passait par le mur, là. On y a fait les quatre cents coups dans ce jardin, et surtout, on cherchait le trésor !

Serge fixe Leena. Elle n'avait pas vu combien il a les yeux clairs, de la couleur du ciel d'ici, ce bleu mêlé à la transparence de la pluie. Un regard d'enfant qui a attrapé la merveille et ne l'a plus jamais laissée s'échapper. Soit il est fou, soit il est attendrissant. Elle n'a pas envie de choisir. Il sera les deux, un fou attendrissant. Lui, il a bien remarqué qu'elle doute, mais c'est un doute fugace, facile à renverser. Il poursuit, sa voix plus basse, presque à la limite du murmure :

Ce qu'est sûr, c'est qu'il est pas dans le hangar, le trésor. Avant la Marceline et sa mercerie, le cabanon, c'était à son père, un maréchal-ferrant, Hugo. Un as de la forge. Et le hangar, c'était la forge du village. Hugo a fait la Grande Guerre, dans l'aviation. Il est rentré, décoré, et en miettes. La gueule cassée de la commune. Il n'a jamais pu remonter dans un zingue. Mais des avions, il en a fabriqué des centaines ! Des maquettes, plus belles les unes que les autres au dire des anciens qu'aimaient pas bien causer de ça, rapport à la gueule cassée d'Hugo pas belle à voir paraît-il, et à sa conversation *a minima*, vu que sa gorge avait été touchée. Rapport aussi à son intelligence. Dame, c'est pas n'importe qui qui peut piloter ! Pour un gars de la fange, devenir pilote de guerre, ça fait du jaloux ! Sans compter tous les morts avec lesquels il ne pouvait plus faire équipe… Les avions, il leur a dédié sa vie, sans trop montrer les splendeurs qu'il fabriquait. C'était son rêve : chercher de la nouveauté, du croquis, du matériel. Certains disaient son obsession. Têt ben qu'avec ses zingues il voulait les retrouver, les gars du village avec lesquels ils étaient partis la fleur au fusil et qui, eux, n'étaient pas rentrés. Sa collection de maquettes, elle doit bien être quelque part. Je ne sais pas ce que ça vaut, mais ça m'étonnerait que l'héritier soit au courant, vu que la Marceline, ils l'ont laissée mourir sans le sou et que sa tombe, elle est jamais fleurie. C'est la veuve Delambre qui s'en occupe. Bon, pas tout ça, on va l'essayer, vot' camionnette ? Sinon le moteur, y va refroidir !

Serge s'est engagé sur le muret empierré puis s'est arrêté à nouveau.

Cette maison, avant la Marceline, on l'appelait *la maison de l'aviateur*.

.20.

« La maison de l'aviateur », cette locution résonne. La portée qu'elle envoie percute les valves intérieures de Leena et les ouvre en force. Elle a l'immédiateté de la foudre qui éclaire la ténèbre, fait danser les ombres, un centième de seconde, et frappe. Leena s'empare de cette histoire. Elle saisit l'amplitude des voix qui l'ont précédée dans la mansarde : voix de gueules cassées qui donnent un sens à ce qu'elle est en train de créer, un corps à son projet. Une armature. Une maison a toujours une âme-armature.

Dès son départ de Nantes, Leena avait en tête qu'elle ne baptiserait sa librairie qu'avec du neuf : une dénomination puisée au lointain de son vécu.

> Et là, elle bifurque.
> Le pouvoir des mots.
> Le pouvoir des mots accrochés ensemble
> qui disent à l'un, ce qu'ils ne disent pas à l'autre.
> Emprunter une fausse route pour parvenir
> à la vraie.

L'aviateur.

Elle savoure ce mot.

Elle aime déjà cet homme, Hugo, ce personnage, son épaisseur, sa fragilité, cette notion même de gueule cassée, de repliement qu'elle engendre. Ce mot enfante ce qu'elle recherche : le vent qui guide, porte, transporte, emprunte les couloirs qui sont les bons, mélange d'abandon et de prise de risques.

Le vent de mer.

Dans le nom de *sa* librairie, il y en aura une trace : le lieu exige l'empreinte d'Hugo, de sa passion, quand bien même son travail ne serait plus qu'une légende.

Elle fouille maintenant, Leena, dans sa poudreuse, pour se mettre à égalité avec Hugo, graver sa trace personnelle, inscrire son identité au travers de cette idée insensée : installer une maison des phrases dans un bout du monde pluvieux et en ruine.

> Mais elle n'explore pas si longtemps.
> Parce que les mots ne l'ont jamais quittée.
> Qu'elle les dise à voix haute ou pas, les mots sont une part de sa chair. Surtout les mots des écrivains qui mettent en phrases les silences de chacun.

L'inverse du *décortiqueur* qui ne faisait que traquer les textes pour éplucher leurs structures, leur faire rendre ce qu'ils n'avaient pas envie de dire, les interpréter, en ôter jusqu'à la part du lecteur, cette part vagabonde, indicible, secrète. Le *décortiqueur*, le père, normalien, agrégé de lettres classiques et de philosophie, latiniste et helléniste émérite, grand ponte du professorat en faculté, Sorbonne, Harvard, expert de la causerie, de la lecture, de la conférence, du colloque, spécialiste en…

aphorismes,
syllogismes,
anaphores,
métaphores,
hyperboles,
litotes,
euphémismes,
asyndètes,
polysyndètes,
grand collectionneur devant l'Éternel d'oxymores,
pourfendeur de paraphrases,
reconnu, adulé,
encensé, idolâtré.
Mort sans même savoir
pourquoi sa femme l'avait quitté,
sans même soupçonner
que ses gosses aient pu apprendre à le détester.

Leena a levé les yeux, a senti sur son front un vent de tourment qui ne renonce pas, et elle a presque hurlé son mot.

Calanque.

Mais c'était un hurlement doux de soie, de soleil,
avec un zeste de sauvage à l'intérieur.
De sauvage gris azur qui a l'odeur des pins.

Serge a sursauté.

Pardon ?
Rien.

Calanque est *son* mot.
Dans ce bout du monde en ruine,
il y aura une librairie, il y aura son histoire.
Elle aura pour titre : La Calanque de l'Aviateur.

Chaque livre n'est-il pas un voyage ?
Un voyage en soi.

. 21 .

Serge s'est glissé côté passager. Il veut que Leena adopte l'ambulance. Ou plutôt que l'ambulance adopte Leena sans rechigner. Quelques conseils. Elle est attentive après l'éclair de folie qu'elle vient d'inscrire sur son livre de vie. Serge aime Leena, à cause de ses yeux qui parlent mieux que ses murmures ou ses semblants de cris. Il aime qu'elle ait racheté la maison de Marceline, qu'elle ait écouté cette histoire de gueule cassée avec attention, les yeux rivés sur les racines du poirier, qu'elle l'ait conclue avec ce cri, qui ne signifie rien pour lui, mais tant pour elle : *Calanque.*

Dans l'habitacle, elle est complètement à lui. Il n'y aura pas d'autres moments pour la regarder comme un père, alors il y met beaucoup de patience.

Petite…

Mon prénom, c'est Leena.

Petite Leena, il faut juste se modérer sur la pédale, l'embrayage est un peu capricieux, mais c'est un coup à prendre. De la douceur, c'est tout. Le clignotant, c'est la manette.

Il le voit tout de suite. De la douceur, elle n'en manque pas. Pas sûr qu'elle en ait reçu beaucoup. Elle roule. Dans le silence. Lui observe la route, indique une direction, parfois d'un signe. Il a toujours ce regard de merveille audacieuse. Tout est neuf chaque matin. L'horizon délavé qui s'emplit de lampées de beau. La force du vent qui ne ploie jamais et se colore de toutes les transmissions du monde.

Pour Leena aussi, ce monde est inédit. Les champs qui se quadrillent et font monter les ombres géométriques dans les derniers voyages de la nuit, les ondulés qui se crayonnent, se précisent dans la lumière blafarde.

> Leena rencontre le bonheur.
> Rouler dans l'inconnu en toute sécurité.

C'est un moment pur, de ces moments qu'on oublie de retenir et qui disent que vous êtes en train de grandir, d'attraper l'essence de la terre, l'essence de l'humanité : celle qu'elle lit dans le regard de Serge lorsqu'il écoute sa berline ronronner et incline la tête pour l'encourager. Pour lui, c'était *elle*, et personne d'autre, qui devait ressusciter cette carrosserie : intuition qui ne l'a pas quitté depuis que Leena a pénétré hier dans son atelier, qui ne cesse de se renforcer depuis qu'il l'a aperçue, il y a quelques minutes, en train de sonder la généalogie des arbres pour trouver la sienne, depuis qu'il roule avec elle dans la douceur de ce matin qui ne veut pas finir. Le corps des sapeurs-pompiers peut se rendormir.

Leena a pris leur suite. Il en est certain. Elle va sauver des vies. Avec ce chargement qu'elle ne veut pas dévoiler. De la gnôle, des beignets, des silences ou des interrogations ? Que protège-t-on dans des caisses en bois ?

Il faut encore que je vous installe des ceintures de sécurité, mais c'est une petite après-midi de travail, guère plus… Je vous les ferai rouges !

Vous pouvez faire cela ?

Et bien plus ! De la bande à commander et des attaches. Chez un pote à moi. En Allemagne. Parce que je ne vais pas vous mettre de la camelote. Vous, il faudra être prudente le temps que les pièces arrivent. Mais ça, vous savez faire, à ce que je vois !

En Allemagne ?

Les pièces sur mesure, y a longtemps que la France ne sait plus faire. J'ai des antennes partout en Europe, même en Amérique. Rapport à ma marque de tracteurs ! Je vous l'ai dit, je suis un garagiste hors pair. D'ailleurs, c'est comme ça que tous, ils me surnomment : Orpère.

Hors pair ?

Oui, comme or, le métal précieux, et père, le paternel que dans la vie, je n'ai pas eu la chance d'être. Je suis celui de toutes les carlingues, agricoles ou pas, l'infirmier des courroies de transmission, le chirurgien des boîtes de vitesse, l'amant des pédales endormies.

Leena éclate de rire.

Eh ben voilà ! Vous êtes tellement sérieuse au volant ! Vous la comprenez parfaitement la mécanique, elle vous a adoptée, comme moi ! Sauf qu'en plus, moi, de temps en temps, je lui mets un peu de couleur, c'est simple ! Ne vous inquiétez pas pour les ceintures ; je vous en monterai des rouges assorties à la virgule près au rouge de l'extérieur. Et gratis, bien entendu. Pas question de vous vendre une voiture dans laquelle vous iriez vous buter !

Je ne m'inquiète pas, Orpère. De toute façon, vous n'auriez pas laissé votre ambulance se faire égratigner.

Exact ! Me suis pas trompé. Vous étiez faites l'une pour l'autre ! Puisque vous maîtrisez le volant sans que j'aie trop à y redire, en avant pour ma virée du matin ! Parce que je n'ai pas encore graillé mon aube, moi ! Au rond-point, à droite, direction la côte pour déguster de la fine avec un petit café.

De la fine ?

De claire, petite Leena ! Une bonne douzaine ! Rien de tel dès le matin pour se mettre en jambes et se rincer le gosier. On va chez l'Armelle, on posera la camionnette devant son étal, qu'elle parade un peu pour sa première sortie !

L'Armel ?… Mâle ou femelle ?

Femelle ! Ostréicultrice de mère en fille. Le cabanon, au bout de la jetée. Trois planches qu'ont survécu à tous les coups de bambou. Troisième génération. Les parcs sont au dos de la plage des Balises. Les seuls du coin. Eh, petite Leena, les fines de l'Armelle, elles sont ex-tra-or-di-naires, même à la tombée de l'été, mais faut savoir les déguster !

Pas de doute, ce pays l'a aimantée. Vivien lui parle des Balises et elles apparaissent. Ou peut-être est-ce tout simplement que ce patelin est trop petit face à l'immensité des vagues. De plage, il n'a pu en adopter qu'une.

Cherchez pas la cinquième, y en a pas ! Elle monte à 110 maxi ! Mais ici, c'est suffisant, trop de pluie, trop de courbes. Notre côte, c'est pas une côte pour blancs-becs à portefeuille qu'ont juste besoin de se poser le fessier sous un parasol. Elle se gagne, et visiblement, à vous, on n'a pas besoin de faire un dessin.

Orpère a des antennes, il sent quand les choses s'enclenchent et qu'elles vont produire de l'exponentiel. Lorsque le ciel se met au mauve avec des traces de noir, c'est que l'aube qui va suivre sera indescriptible.

Et ce matin, il sait que Leena vient d'être intronisée par ce paysage qui ondule et se meurt dans la vague. Exactement comme Hugo, qui devait être le seul à rentrer de ce conflit, gueule cassée ou pas, pour inscrire une succession dans cet endroit où personne ne devrait venir s'installer. Il sait que ces deux-là ont quelque chose en commun, et il ne sait pourquoi, cela le terrorise. Peut-être parce qu'il a déjà compris que cette gamine donnerait beaucoup au coin mais qu'il ne le lui rendrait guère.

Oui, exactement comme Hugo.

.22.

Orpère a un peu exagéré. Le cabanon n'est pas en planches, mais en pierres : quatre murs de dolmen. Le bois, c'est pour les plateaux sur trépieds où attendent les racks qui viennent de sortir des bassins de décantation. Le café coule goutte à goutte, à l'ancienne, dans son filtre de papier. Pas de cafetière électrique ; pourtant, il y a bien un générateur le long du mur. Armelle, cheveux courts, noir de jais sous un bandana rouge, tablier de caoutchouc gris, cuissardes étanches, répartit l'eau chaude sur le pourtour du marc avec délicatesse, le laisse gonfler, livrer sa pleine saveur. Odeurs mêlées de matin de ville et de matin de mer. Elle fait un signe du coude à Orpère, repose sa louche, prend un torchon pour protéger le creux de sa main, la pointe du couteau s'active, coup sec côté valve, les pièces s'ouvrent et se posent en ronde sur de larges assiettes en faïence à double filet bleu. Le café rejoint des quarts en métal, le pain se grille sur le gaz entre deux lianes de métal et le beurre se sert en motte avec ses cristaux transparents. Il n'a pas eu besoin de demander. Elle a approché une chaise supplémentaire autour des tréteaux. Mais lui restera debout. Il reste toujours debout pour déguster. Même par grand vent. Il la défie la mer, et l'engloutit. Plus une goutte d'eau dans les coquilles quand il les repose. Il se rince, Orpère, il fait slouch.

Leena aime ces sons : le slouch d'Orpère, celui de la mer dans le cri déchirant des mouettes. Elle a décliné le café. Armelle ne s'en est pas offusquée. Bienvenue. Elle lui a tendu une assiette, une dizaine de valves, puis elle s'est baissée. Sous l'évier, derrière le rideau, un vin blanc sec sort son goulot. Elle a bien vu que Serge a quelque chose à fêter. L'ambulance des pompiers, il y a un bail qu'il n'a pas fait sa tournée avec. Lui, le petit blanc, il le boira en plus de son café.

Et qu'est-ce qu'on fête ?
Leena a murmuré :
Un petit déjeuner. Totalement irrationnel.
Serge s'est retourné.
La fine, petite Leena ?
Adoptée ! Avec le vin.

Alors, Armelle a versé. Dans un verre à peine rincé. Après que la première valve a rejoint le saladier des coquilles vides. Leena ne sait pas encore faire slouch. Elle s'habitue juste à ce dont elle a besoin dans ce tumulte : quelque chose de fort, dès le matin. Elle boit. Cul sec. Elle fête le retour de sa bande-son, de sa voix qu'elle doit élever au-dessus des flots, deux, trois, quatre octaves pour se faire comprendre. Son désir de s'époumoner jusqu'à l'épuisement. Dans ce vent qui déraille. Gueuler que c'est un matin éblouissant, une *Belle, belle journée*, oui, une immense journée.

Armelle a ri. Un rire sonore, enchanteur.

Si ce n'est que ça, le café chaud, on peut l'arranger. Un trait de liqueur dans le petit noir à la place du sucre et l'irrationnel, on le convoque !

Leena approuve : convoquer l'irrationnel, elles savent faire. Elle se sent l'une des leurs, de ces femmes qu'elle rencontre depuis vingt-quatre heures, chacune livrant au monde sa singularité. Un pays de femmes et de vent : Jocelyne et ses conversations de boules de cristal, Éliane et ses légumes aux noms de conte, Armelle et ses slouchs qui défient l'océan. Chacune, une dose de bravache, d'indépendance assumée.

Le rite d'Orpère, huîtres et petit blanc, est en train de devenir son acte d'indépendance, mais pas seulement. Elle contemple la mer, ses soubresauts, sa lumière de naissance, le blanc mousseux qui se fond dans la craie du sable. Ce souffle lui devient vital. L'iode qui se frotte, se roule, s'enroule, ce vacarme cacophonique, et le repère de sa petitesse devant l'immuable. Il se pourrait même qu'après cette virée de début de jour chez Armelle elle embarque une bourriche de fines et une bouteille de blanc et qu'elle en fasse profiter ses clients lève-tôt. D'ailleurs, elle les appellera ses *débuts de jour*, les clients lève-tôt. La Calanque de l'Aviateur sera ouverte en horaires décalés, encore un truc qui se décide là, sur un coin de table. Laisser venir. Elle parle, *La Calanque*, elle se perce, s'excave, s'émerge au monde dans ces bleus qui se chevauchent. Le petit blanc sera ce délieur des langues, de la Langue, ce délieur d'envies. Pour ceux qui le sont en Vie, dès les premières lueurs. Ou pour ceux qui ont envie de l'être. Pleine Vie. Mais Leena n'ira pas chercher la licence IV. La seule ivresse de La Calanque restera celle du vertige des mots. Un vertige de Jubilation.

Serge est heureux, il le dit.

Le bonheur, c'est si simple. C'est quelque chose qui a besoin d'être déposé pour être empoigné par quelqu'un d'autre.

Leena attrape l'adjectif.
Elle s'en drape.
Elle le féminise.
Heureuse.

Il a fini par s'asseoir. Armelle s'est éloignée. Elle est du vent, Armelle, le monde, elle l'engouffre les phalanges dans l'eau glacée et la tête dans les coups de tempête. Ça vous trempe une femme, ça vous la met droit dans ses bottes, mais sa part d'intuition, aucune condition climatique ne la lui enlève. Ce matin, elle a vu Serge, attentif non à la marée, mais à la voix de la gamine. Peut-être ces deux-là se connaissent-ils déjà.

Serge ne pose plus de questions. Il mange le temps. Leena, c'est le pain qu'elle doit réapprendre à manger. Celui d'Armelle est divin, et le beurre aussi. Pleine motte à taper dedans pour en attraper les cristaux gris. À présent, Leena aime le gris, éperdument. Elle a une foule de points d'interrogation à laisser remonter. Ils se bousculent. Les prononcer, c'est autre chose. Trier. Ne pas vouloir rattraper. Son retard. Les questions dont on n'a pas eu les réponses, les terreurs que l'on n’a pas laissées s’échapper, que valent-elles ? Se concentrer sur les questions d’aujourd’hui.

Orpère, les avions dont vous m’avez parlé, vous les avez vus ?

.23.

Aéroport de Boston. Il n'y aura personne à l'arrivée. Mais il a voulu voir, sentir, essayer de visualiser cette histoire qui ne lui appartient pas, qui pourtant est la sienne, le démarrage de la sienne.

Aéroport de Boston. Rien à envier à celui de New York, même duty free, mêmes regards qui scrutent, mêmes bras tendus, mêmes lignes de bagages griffées, mêmes sacs à dos usés. Mais à New York, il y avait Laxie. Un texto envoyé un peu au hasard à la suite de ce paquet d'une vingtaine de lettres que Jeep a découvert sous une pile de vieux pulls. Cette correspondance : celle entre Sheenan, sa mère, et Laxie, une amie, l'Amie. Il n'a que les réponses de l'Amie pour envisager sa mère, la dessiner dans ses doutes et ses lumières, une écriture au Bic, impétueuse, des points d'exclamation, des tampons d'Outre-Atlantique.

Le père n'a rien vidé, rien touché, depuis le dimanche où leur mère est partie. Alors, les quelques bijoux, posés sur un coin de coiffeuse, il les a tous ramassés, fourrés dans une pochette en soie qui traînait à côté des lettres. Mais il ne les vendra pas. Il a tiré les cordelettes sur trois babioles, deux bagues, sa fortune, avant de quitter l'appartement de la place Royale.

Le père s'en est allé la rejoindre, là où rien n'est maîtrisable. Jeep, lui aussi, va faire *son* voyage. Marcher sur la terre. Là où ils se sont rencontrés, le père, la mère, le *son* qu'il voudrait inscrire entre lui et eux, *son* père, *son* histoire, ce possessif impossible à envisager qui lui ronge les os. Jusqu'à ce qu'il l'oublie dans le brouillard d'une saloperie de poudre.

Il sent les bijoux dans le pochon.
Il décide : partir dans l'instant, ne rien expliquer
à Leena, tout remonter, tout réécrire.
Lui offrir *son* histoire, dans quelque temps.
S'il rentre.
Il emporte les gouffres, les silences de Leena
qu'il ne peut accepter, leurs terreurs, ses échecs.

Sauf une pierre transparente,
enchâssée en goutte sur un serti en or.

Non parce qu'il ne sait si c'est un diamant, mais parce qu'il l'a déposée sur la table de chevet de sa sœur. C'est sur sa gorge, et nulle part ailleurs, que cette pierre reflétera la simplicité précieuse de leur mère. Au bout de cette chaîne courte. Dans ce creux qui laisse monter le son et les rires qui ne veulent plus vibrer à l'extérieur de Leena.

Jeep a lu les réponses de l'Amie. Jeep a recherché l'Amie. Laxie. Internet. Le monde n'est qu'à une connexion. Il a vérifié ses coordonnées. Elle n'a pas déménagé. Il a envoyé son texto. Par-delà l'océan. Comment la reconnaître ? Viendra-t-elle ?

Et elle est là, aux arrivées du terminal de Kennedy. Une pancarte. Au feutre rouge en majuscules, ses quatre lettres : J E E P.

Elle est black, Laxie. Une écorce d'une noirceur absolue qui attrape la lumière des néons, contraste avec le sanguine de son tailleur, contraste avec le blanc de ses dents, sourire large, fente immaculée, contraste avec le rose de ses lèvres, un rose en bouton sensuel, éclat caché, trait de bordure d'une teinte plus soutenue, encre de Chine, des lèvres fines, et le chair ambré qui habille l'intérieur de ses mains, velours des paumes chaudes lorsqu'elle lui caresse le visage.

Tu lui ressembles tant.

Elle s'est exprimée en français.

Jeep est un peu surpris, il parle anglais couramment.

Nous avons fait nos études de littérature française dans la même faculté. C'est cet amour de la France et de Flaubert qui nous a rapprochées, et le défi de lire *Madame Bovary* en version originale.

Elle rit et secoue les quelques reflets gris qui commencent à s'allumer dans ses cheveux crépus, ramassés sur la nuque en un chignon natté. Regard qui vous étreint, qui ne le quitte pas. Elle a accepté de le loger. Tu sais où aller ? Il a répondu non. Jeep est à l'aventure tout le temps et ça, Laxie le sait déjà. C'est ainsi que Sheenan a décrit son fils aîné dans ses lettres : un enfant de l'instant, de la découverte et du jaillissement.

Échanges épistolaires de part et d'autre de la grande mer, chacune de leur côté, vies habitées par les rêves de changement, les sorties de route qu'il a fallu négocier.

Sheenan a quitté la fac de Boston pour Nantes. Suivre un professeur de littérature, un Français de vingt ans son aîné. L'épouser. Laxie a quitté la fac de Boston pour New York. Suivre un jeune avocat, de deux ans son cadet. L'épouser. Elle a débarqué à Chelsea, ses intellectuels et le quartier de Cushman Row, ses traductions de Le Clézio, Yourcenar, ses pointillés sur Modiano, cette prose de brouillard intraduisible pour le quidam new-yorkais, mais Laxie aime cette écharpe de brume que l'écrivain tisse dans le cou de Paris. Elle lui a valu son poste de professeur au sein du master en traduction littéraire du Queens College, ses interventions remarquées à la City University. René, son mari, l'a quittée. La vie ? Une histoire d'attraction et de regard pas toujours bien orienté : regarder ailleurs, oui, mais pas trop. René a choisi le trop. Lui n'aimait pas tant que ça Modiano, malgré son prénom à consonance française. En ce moment, Laxie revient aux classiques, elle travaille sur Beaumarchais, Voltaire et Diderot, rien à voir, mais elle traque l'esprit français, cette liberté de dire, de batailler sur chaque carré de l'existence, sur chaque entrée de l'homme en adulterie. Jeep sourit.

Tu veux dire en humanité.
Je veux dire en croissance.
Alors, tu parles de la maturité.
De l'expérience. De la condition humaine de chacun. Si tu veux venir écouter.

Ils se sont arrêtés dans un *delicatessen*. Banquettes en Skaï rouge et tables de Formica, petites cuillères de bois et pailles à rayures en libre-service dans de grands verres à bière munichois, assiettes creuses en tôle, de celles qu'on utilise en camping. Laxie a du temps aujourd'hui. Elle a pris sa journée. Barber est un ami. Il tient ce commerce sur l'East 20th Street en face de la Theodore Roosevelt House depuis quarante ans ; et Barber réoriente l'existence avec les *hot pastrami* et les *bagels* les plus garnis de tout l'Est new-yorkais. Ses *sweet pickles* font toute la différence.

Les malossols. Tu sais, les gros cornichons russes.

Non, Jeep ne sait pas, mais il a soudain cette furieuse envie d'apprendre, ce jaillissement ininterrompu qui le pile, le déplie. Cette force de vouloir. D'aller au-delà de soi. Il desserre la mâchoire, se contraint à respirer. Il y a le manque. Son gouffre. Et le décalage horaire.

Comment comptes-tu vivre ?

Jeep n'en a aucune idée. Il n'est que cela, l'enfant de l'impromptu, du nez au vent. Il n'a pas traversé l'Atlantique pour vivre, mais pour embrasser ce qu'il a à vivre, alors Barber qui saisit toujours ce qu'il y a à saisir dans une conversation – sinon il serait bien en mal de la réorienter, la vie –, tend la main. Comme d'autres l'ont fait pour ses ancêtres après le passage par Ellis Island. Un job à la plonge, avant de se former au reste, la cuisine, le service. À prendre ou à laisser, trois jours par semaine, jusqu'à la fermeture, minuit. Un de ses employés vient de le lâcher. Et tu m'apprendras le français ! Jeep a topé la main tendue, mais Laxie prévient : elle l'installe dans la chambre de son fils qui est en stage pour un an à Berlin, elle lui donne les clés de New York, elle l'aidera, pas à pas, à tirer le fil du *son* si elle le peut, mais elle y pose une condition : pas de junkie chez elle. Les chemins de traverse, on ne les emprunte qu'avec des godillots de marche crottés, pas avec de la désespérance au rabais. Comment devine-t-elle ? Pas bien difficile. Elle en a plein ses salles de cours et ses cartables. Le regard en dérobé, c'est un classique, et ça n'a jamais aidé à devenir un homme…

Puis, il y a Sheenan : elle n'aurait pas été d'accord, tout simplement.

.24.

Alors, Jeep a saisi les clés de New York. Il se les est passées autour du cou et s'est coulé dans les horaires du MTA City Subway, Central Park Line, ces dénominations qui vous rendent citoyen d'une agglomération en moins d'une semaine, il s'est coulé dans les graminées de la High Line, qui flottent au-dessus du monde entre deux cours d'immeubles, coulé dans les effluves de poulet frit, de *bacon-sausage*, de *ceviches*, de *cheese-cakes*, de *marshmallows*, absolument régressifs, indispensables pour lutter contre ce putain de manque qui doit redevenir un plein de…, important les points de suspension, et il a aimé être encore cet enfant-là, celui des *marshmallows*.

Il a remonté son Mississipi.
De longs mois.
La drogue, il n'y a pas retouché.

À chaque aube, il a compté ses pas sur les traces infimes de lui-même, il a écouté les conférences de Laxie, a bataillé avec elle pour traduire une page de Bossuet, a réappris à se fixer un but, à rire à gorge déployée avant d'abandonner, *bye* Bossuet, s'est rattrapé avec un acte de Camus, du théâtre, *Les Justes*, a appris à danser dans son immense salon, en face des immeubles rouges, baie vitrée grande ouverte, pieds nus sur le parquet.

As de Stewie Wonder.
That I'll be loving you always, always.
Until the day is night and night becomes the day.

Tournoyer sur lui-même, aimer à en crever l'énergie déposée en lui pour qu'il la Lui redonne, sentir chacun de ses muscles se tendre jusqu'à l'effondrement, jouir de ce mouvement dans le balancement ininterrompu de la musique, des voix qui groovent, roulent, s'arrachent, partent traquer l'énergie jusqu'au tréfonds, maîtriser cette source pour qu'elle le fasse renaître. Ne plus l'enfoncer dans des paradis artificiels qui le détruisent.

Et il a écouté Laxie chanter le gospel, vivre le gospel avec son énergie à elle, le moduler, le vibrer, le trahir et s'en vouloir, recommencer, entre basse et cuivre, chaque dimanche matin, avec sa longue robe bleue, avec la cadence de ses mains qui disent l'équilibre du monde, et il a aimé que Laxie lui dise : « Oui, je sais, le gospel pour une Black, c'est un peu *clichééé.* »

Il a adoré qu'elle en étire sans fin le *é*,
que ce mot devienne leur
clichééé,

qu'il se mette à le prononcer comme elle, qu'elle lui apprenne à placer les accents toniques sur sa langue d'origine, qu'ils décident ensemble de traquer en version originale les *clichééés* de la terre dans leurs discussions interminables entre Luther King et saint Augustin, qu'ils rient de leurs propres *clichééés*, de toutes ces certitudes qui peuvent disparaître du jour au lendemain dans le gouffre des impromptus de la vie. Laxie a dit cascade, Jeep a maintenu gouffre : il n'est pas encore totalement guéri.

Et il a aimé que Laxie soit si brillante, si enthousiaste lorsqu'elle offre la vie sur un plateau, qu'elle lui tende son appareil photo argentique – enfin, celui de René, son ex – pour qu'il traque tous les *clichééés* de la terre, et qu'il en fasse des portraits en noir et blanc. Sur sa pellicule, les regards de New York : des regards francs qui dévisagent l'objectif. Et, peut-être qu'il s'est senti enfin capable de s'envisager, lui, avec un regard franc, avec un objectif.

Et il a aimé qu'elle l'inscrive à un cours de saxo, le vendredi soir, trois heures, dans la salle de répétition de la petite église du dimanche, avec Bride qui est un monstre sacré de l'afro-jazz, qui est un monstre tout court, et Climb et Ragus qui ont le heart-beat sous leur peau noire. Il a aimé engendrer au-delà de son corps, la puissance du souffle lorsqu'il devient son et musique. Cri de jouissance des hommes qui propulsent l'énergie créatrice au travers de leurs lèvres.

Lui, l'a ressentie comme libératrice.

Enfin, il a aimé que Laxie lui dise combien il faut apprendre à la maîtriser, cette énergie, pour qu'elle ne crée que des fleurs, des lacs et des montagnes, des mers et des vallées. Et là, Jeep n'a pas abandonné. Il n'abandonnera plus. Il souffle jusqu'à la perfection, la sienne, il met sa propre musique au monde dans le rire tonitruant de Bride, dans le claquement sur l'omoplate de Climb, dans l'écoute de Ragus qui pianissime le monde en noir et le fait naître bleu. Magique.

Around Midnight every day and every night.

Et Jeff, le fils de Laxie, est arrivé pour dix jours de vacances et Laxie a baladé ses deux *J*, ses deux *f* et ses deux *e* dans tout New York, de cafés en musées, de cours en foulées, petites foulées, sur le trajet de la High Line. Dans Central Park aussi.

Pour la première fois, Jeep a aimé l'idée qu'il trimballe deux *e* dans son prénom. Pour la première fois, Jeep a cessé de poser son regard en dérobé. Et c'est Barber qui le lui a fait remarquer, en le prenant dans les bras, une accolade à l'ouverture du magasin, cinq heures du mat et des traces de gris clair sur l'Hudson. Avec un *son* auquel Jeep ne s'attendait pas. Le *Son* de Barber qui signifie : fils.

La phrase exacte de Barber disait :

Te voilà enfin, *Son*.

En français.

Alors, Jeep a pu poser les mots sur le départ précipité de Sheenan, un dimanche, une fin de matinée, de cette ville inconnue pour Laxie, Nantes.

.25.

Pas tout à fait inconnue, Jeep. Il y a *Les Demoiselles de Rochefort* pas si loin, pas vrai ?

Pas à pas.
Comme Laxie a indiqué que cela se ferait.
Pas à pas.

Parce qu'il faut de toute façon prendre la route, avec ses godillots crottés. Il a mis au jour les traces infimes qui lui restent de sa mère. Laxie a livré ce qu'elle savait, avec l'écoute de Barber sur les banquettes rouges, à la sortie d'un cours, d'une projection privée, d'*Un homme et une femme*, de Lelouch, sur la 4e Rue. Et Jeep a commencé à aimer Truffaut, Sautet, Tavernier, la littérature, les cornichons et son père.

Elle a parlé de leur rencontre, Sheenan et Blaise, elle, si jeune, lui, vingt ans de plus. De cet instant dont leur père a rarement soufflé mot dans l'enfance, même lorsque Leena insistait. Dans un aéroport. Boston. Décalage horaire et coup de foudre.

Le souvenir d'un échange entre ses parents a resurgi, limpide, dans la mémoire de Jeep. Mot à mot. Il est parvenu à retrouver leurs deux voix, ses parents, à les réunir. Dans ses godillots crottés. Il les réécoute.

Il y avait ton anglais, Blaise, ton accent, *so attractive*, tes froncements de sourcils, ta pochette *old-fashioned*. Et… *Madame Bovary*.

Tu étais Emma !

Je me sentais plus l'éclipse de Marie Arnoux dans *L'Éducation sentimentale*.

Assez indépendante avec un cœur prêt à exploser. Si les choses doivent s'expliquer.

Oui, les choses s'expliquent. J'étais prête. Tu l'étais aussi, Blaise. À l'époque. À bouleverser ta vie ordonnée.

Ce dialogue auquel, enfant, Jeep ne comprend rien. Des bisbilles d'adultes. Mais dans bisbilles, il y a bises et billes, alors cela ne l'inquiète pas. Des souvenirs auxquels on n'aura jamais accès, il y en a des millions, et puis, pour des enfants, c'est impossible d'imaginer que leurs parents aient pu s'aimer avant qu'ils naissent.

Blaise ne renverra pas la balle à son épouse. Il ne tire les fils que des problèmes des autres, dans les livres des autres. Les siens de problèmes, il ne les voit pas, ne les explore pas, n'en soupçonne pas l'existence. Blaise est heureux. Il a rangé Sheenan à sa place, entre deux œuvres dans sa bibliothèque.

Pas à pas.

Cette soirée au Lincoln Center. Le New York City Ballet. Jeep sait à peine que la danse classique existe, alors la danse contemporaine… Haussement imperceptible d'épaules pour ne pas dire qu'il s'en fout royalement et qu'il n'est même pas sûr qu'un jour il puisse s'y intéresser, ne serait-ce qu'une demi-seconde. Mais Laxie ne lâche rien. Elle sait qu'il est temps pour lui de faire une pause dans *son* voyage, qu'il est temps de cesser de remonter les circonvolutions du cœur de sa mère par sa voix à elle, de cesser de s'excuser d'exister. Qu'il est mûr pour aborder le verso de la correspondance : le paquet qui contient les réponses de Sheenan. Il faut lui tendre cette écriture minuscule, au feutre, avec ses *o* comme des boussoles qui équilibrent les points d'interrogation, fragiles et dispersés, entêtants et récurrents. Une question qui en cache une autre, et une autre dans une autre. Elle sait qu'il faut une liqueur forte pour empoigner ce second paquet et entrer dans la gigue des souvenirs, ceux que l'on s'est forgés, sans savoir vraiment, sans même être allé au-delà. Le jeu des miroirs, s'y confronter, s'y mirer, les briser et renaître plus beau, parce que nourri de la vérité, celle qui purifie, anoblit, guérit et transcende. Les humains sont tous si petits.

La danse, ce truc de fille.
La danse qui va propulser Jeep, le soulever de terre.

The Cage.

Jerome Robbins est à la chorégraphie, Stravinsky à la partition, et l'affrontement sexuel des insectes femelles et du mâle, l'enivrement macabre des insectes femelles détruisant le mâle après l'accouplement, est à l'exécution.

Oui, il s'agit d'une mise à mort.
Chorégraphiée,
orchestrée,
dansée.

Ce sont les mots de Laxie avant que ne commencent les manœuvres et les contorsions, les rampements et les apothéoses, les séductions et les soumissions. Les déchirements des corps. Les expressions des visages qui traduisent, avec la puissance des crescendos, la vibration ultime de la domination des femelles, le soubresaut du mâle séduit, trahi, sucé jusqu'à l'achèvement.

Jeep ne peut détacher son regard. Poings serrés. Il anticipe dans les déhanchements destructeurs des danseuses sa propre déchéance. Il a compris que sa vie, tout entière, est à la merci d'une mante religieuse. Il lutte. Au sol, lui aussi.

Laxie a seulement entendu :

être soi, dans les contorsions, jusqu'à se redresser,
se dépouiller du cocon, éplucher, enlever
l'ancienne peau, couche à couche, pulpe à pulpe,
poser la distance, le recul, construire un nouvel
écrin, une nouvelle carapace, un tricot de mailles,
de la maille douce, faire face aux émotions, sans
trembler, les avaler, les digérer, avant de les
renvoyer, ou choisir de les faire disparaître, ne plus
fuir. C'est cela aimer. Il n'y a pas de point

d'interrogation. Juste une certitude. Et des points de suspension. Il faut du temps pour ôter les points de suspension.

Laxie l'a-t-elle vraiment entendue cette avancée ? Peut-être l'a-t-elle perçue dans l'anche du saxo, la nuit qui a suivi le Lincoln Center. Et elle a continué de labourer la chair, les neurones de Jeep, qui, affolés, tracent une dernière salve avant de se remettre en ordre, ajustés à leur place dans le monde.

Au MET, une rétrospective Germaine Richier. Elle ne lui laisse pas le choix, elle le traîne, le pose devant chaque sculpture de corps, insecte ou humain ? C'est devant *L'Araignée* qu'il a fini par se planter, poings serrés. L'araignée qui ne le lâche pas des yeux depuis une demi-heure, monstrueuse, le volcan, dans le renflement de son abdomen, ses huit pattes déployées, il les imagine. Bronze et noirceur. Il ne la scrute pas, il cherche, tourne dans son crâne autour de cet étirement, de ces pattes à quelques centimètres au-dessus du monde.

N'émerge qu'une transe, une trace, ces mots :
Une araignée, il suffit de l'écraser.
Huit pattes en bouillie.

Jeep entre dans le grand salon, les pieds nus sur le parquet, il reprend son anche. Des gammes et des gammes et des gammes, déchiffrer les partitions, maîtriser ce langage de notes qui le domine, jouer, perforer l'air et le faire tanguer. Il se tient debout, pas forcément droit mais sur ses deux jambes, calé sur son bassin, il arpente son monde intérieur, le reconnaît, le cartographie, trace de nouvelles voies, le dépasse, ne cesse d'aller chercher son souffle, d'attraper le vent, d'avant en arrière, d'arrière en avant, souplesse de son déhanché de mâle : écraser les araignées, les mantes, les fourmis, les mouches, les lucioles. Non, pas les lucioles. Attraper les lucioles et éclairer la terre.

Un matin.
Laxie lui tend le verso.
Ou le recto.
Up to you.
La voix de sa mère.
Un matin ordinaire

Six mois. De plus.
Avec cette nouvelle voie.
Remonter *son* Mississipi.
Les traces de son père, de sa mère, enlacées.
Boston.

.26.

Non, la collection d'avions, Serge ne l'a jamais vue, il en a seulement entendu parler. Cependant, elle existe, c'est certain, car il y a une de ses maquettes exposées à la mairie. La seule que l'héritier a dénichée. Un bombardier Sopwith Tabloid 1914.

À la mairie ?

Oui, à la mairie. Le neveu n'a pas eu bien loin à chercher. Cet avion-là campait sur le buffet de la Marceline depuis l'origine du monde ! Il se murmure que l'ancien maire était très copain avec elle, et que le neveu l'aurait laissé en gage de courtoisie lorsqu'il a débarqué il y a une vingtaine d'années pour régler la succession. Barth, le maire de l'époque, lui en aurait fait la demande peu après la mise en terre. En souvenir de l'amitié qui liait, sur les bancs de la communale, le père de Barth, qui lui est mort au front, et Hugo. Ça, c'est la version officielle ! Mais vous savez bien que dans la vie, il y a toujours une version officieuse. Certains pensent au souvenir d'une liaison… En tous les cas, cette maquette, vous pourrez l'admirer sur la cheminée du bureau du maire, il reçoit le mercredi matin. Barth, lui, est mort y a déjà un bail. La maquette est restée là depuis.

Leena se dit qu'elle ira voir le Sopwith Tabloid. D'abord pour ce nom d'engin. Extravagant. S'il n'y avait cette date, 1914, accolée au bout de la dénomination, elle pourrait croire qu'Orpère et elle sont en train d'évoquer le journal d'un super-héros Marvel des années cinquante. Ou bien un cocktail servi par des bas résille et une bouche peinte au rouge cafard dans un bouge du temps de la prohibition.

Mais il y a le premier mot.
La puissance d'un mot placé devant un autre.
Celui qui change toute perspective.
Leena encaisse ce mot :
bombardier.
Son silence continue à se déchirer.

Leena ne connaît rien aux avions, encore moins aux avions de guerre, mais elle en a l'intuition : ce Sopwith-là est en train de lui ouvrir un nouveau bout de piste dans ce trou où elle vient d'atterrir. Les intuitions des autres, Leena les devine à mille lieues à la ronde. Question d'écoute, de saisir les battements de cœur de l'univers qui sourdent et transmettent la musique indicible de chacun ; et lorsque les intuitions des autres rejoignent les siennes, cela crée de la symphonie dans son dedans : elle se sent unifiée. Elle est la symphonie.

Comme lorsqu'elle lit
et que la Littérature lui offre de quoi
écouter les âmes.

Elle ira à la mairie parce qu'elle pressent qu'il y a de la sueur, le goût de la mort et de la résurrection dans cette maquette. Personne ne sort indemne de la grande Histoire ; de la petite, non plus, d'ailleurs. Elle ira pour Hugo, son travail, comprendre l'armature de la maison dont elle va faire l'acquisition, comprendre l'histoire d'Hugo, comprendre par elle un peu de la sienne. Les avions qu'il a fabriqués sont comme les phrases de ses cahiers, les phrases des auteurs qu'elle collecte.

> Depuis qu'elle a vu l'ombre de Valentin Audouit s'inscrire sur le mur.

.27.

Donner à la Voix sa fente souillée n'était rien. C'était se réinscrire dans le comment qui comptait. Comment continuer à survivre dans le silence, lorsque la mère est absente, lorsque le père n'y est pas non plus, lorsque le frère joue sa vie avec une bande de nazes et une poudre miraculeuse. Comment évoquer la souillure ? Comment la partager ?

Ce matin-là, sur ses pédales,
dans le vent de mer au-dessus de la ville,
au-dessus du fleuve,
Leena a cherché.
Effacer l'ombre de Valentin Audouit.
Elle a fini par s'arrêter, en nage.
En transe.
La Voix lui parlait, lui indiquait un chemin.

Les mots.
Pas ceux à dire.
Ceux à entendre.
À lire.

Ce sont les mots qu'elle ne prononçait plus qui sont venus à elle : une lumière pâle de pleins et de déliés couchés sur l'horizon, une lumière d'aube qui jamais ne s'éteindrait.

Elle est rentrée. Calme. Opérante.

Elle a déposé sa bicyclette dans le local, elle n'a pas regardé le mur. Puis, elle a marché dans Nantes, la ville de son enfance, enfouie dans ses façades hautes et claires. Elle a poussé une porte, rue Crébillon : la librairie, La Page du Temps. Celle où elle était connue comme la fille silencieuse du *décortiqueur*, l'homme aux quarante livres par mois.

Elle a laissé le silence la guider, et c'est Alessandro qui l'a empoignée. Elle a payé son livre. Elle est ressortie, elle s'est assise au bord de l'Erdre sur un talus en pente, elle a replié ses jambes, a calé le livre sur sa fente et elle l'a bercée avec les mots d'Alessandro.

Alessandro Baricco.

Sans Sang.

Elle est retournée à La Page du Temps et elle a déniché chacun de ses ouvrages. *Soie*. Il fallait qu'elle trouve dans son silence, chaque jour, l'évidence d'Alessandro Baricco. *Châteaux de la colère*. Ses mots sur sa fente. *Emmaüs*. Mais ça n'a pas suffi. *Mr Gwyn*. Elle a appris l'italien pour écouter sa voix en version originale, boire à sa sève, se perdre dans son phrasé, dans les limbes de ses pensées, de ses lignes qui dessinent ses ombres personnelles, perforées et enchanteresses, de ses images, de son architecture d'écrivain, d'enfanteur, de poète, phrases inédites, interdites, répétitives, enlaçantes. La propre langue d'Alessandro, son ultime être intérieur qui se dévoile derrière les mots qu'elle a cherchés dans le dictionnaire, les sons jamais entendus. Sa voix chaude lorsqu'il a relu. Parce que Alessandro a relu à voix haute. Tous les écrivains le font. Ils traquent la langue, ses aspérités, ses compromis. Ils ont peur des répétitions, des juxtapositions. Ou ils les adulent. Pas lui. Lui, il danse sur les phrases et les expulse dans des jets d'accent chaud, d'accent de tout-petit né ailleurs.

Son Œuvre, elle l'a lue.

> Et puis un matin,
> nue avec les phrases d'Alessandro sur sa fente,
> elle a compris.
> Il y a des phrases qui changent une vie.
> Elle, c'était celle-ci :
>
> « Quelle voix, cette femme. Des années plus tard, à Bad Hollen, les gens racontaient encore que ç'avait été comme si quelqu'un, du haut du clocher, avait fait tomber un piano droit sur un entrepôt de lustres en cristal. » *Océan mer*[2]

Voilà.

Tout était parti de là.

C'était cette phrase qui avait tout enclenché.

Dans ce livre, il y en avait de plus belles, de plus poétiques. Mais c'était *sa* phrase. Peu importait le contexte de l'histoire dans laquelle elle avait été placée. Peu importait même le personnage qu'elle décrivait. C'était à elle, à elle seule, que cette phrase était destinée. Elle était ce piano qui tombe sur un entrepôt de lustres en cristal du haut d'un clocher. Elle était cela : une voix singulière, étranglée, bafouée depuis des années, des milliards de lustres en cristal qui allaient se briser.

Quand vous trouvez votre phrase,
plus rien d'autre n'existe.

Dans chaque livre, il y avait une phrase pour un homme, pour une femme, une phrase pour un unique homme, une unique femme. C'est pour cela que la littérature existe, qu'elle déroule des kilomètres de phrases depuis les commencements. Pour que chacun trouve la sienne, s'en empare et combatte avec. On ne pouvait apprivoiser le monde que par elle ; et c'est toujours l'autre qui vous la donnait. Construire sa propre phrase n'avait pas de sens, c'était tourner en rond, ne jamais s'engendrer. Les écrivains donnent les phrases clés du monde et débloquent la croissance de chaque individu. D'ailleurs, n'indiquaient-ils pas à l'entrée de leur livre la phrase d'un autre : celle qui était censée les avoir eux-mêmes éclairés ? Leena en est certaine : Dieu avait inventé la terre, les hommes et la Littérature et elle L'aiderait à débloquer les phrases.

Passeuse de phrases : sa vocation.

Et, c'est là que sa vie avait commencé à changer,
que l'ombre sur le mur s'était mise à rayonner.
D'abord, la trouver.
La phrase de chacun.
D'abord, lire.
D'abord, attraper dans son filet,
les phrases du monde,
toutes les phrases essentielles de la Littérature.

Puis, les poser en face des êtres.
Les accorder.
Quelle phrase pouvait changer
une vie, un destin, un être.

Les proposer,
et le livre avec,
et l'écrivain avec.

Leena entrevoyait un potentiel infini. Une éternité à chercher, à offrir, sans jamais s'arrêter. Elle aurait toujours du travail, toujours une raison de lire, toujours une raison d'être.

Faire entendre les voix.

. 28 .

Après Alessandro, il y avait eu Fiodor. Chaque écrivain avait un prénom. C'est ainsi qu'elle s'était mise à travailler avec les écrivains : en les appelant par leur prénom. Comme des amis. Alessandro, Fiodor, Léon, Victor, François René, Émile, Elizabeth, Colette, Karen, Marguerite, Ivan, Anton, Marina, Marcel. Elle avait procédé par génie, par œuvre. Par peur de ne pas bien saisir l'essence même de l'auteur, de ce qu'il voulait offrir au monde. Il y avait eu les Russes, les plus grands et les moins connus, les oubliés, qu'elle prenait un malin plaisir à exhumer. Puis les Anglo-Saxons, c'était selon, selon ce qu'elle trouvait, ce que la vie lui proposait chaque matin lorsqu'elle arrivait à La Page du Temps : Austen, Wolf, James, DeLillo, Joyce, Conrad. Elle avait attendu pour les auteurs français. Se confronter à eux, c'était rencontrer le *décortiqueur*, les manies du *décortiqueur* et elle, elle voulait les dépasser. Ne pas chercher à savoir comment la phrase était construite, rester concentrée sur le sens, l'universel de certaines phrases qui donnaient une direction aux personnages.

Plus elle lisait, plus elle découvrait le mode d'emploi du monde, un mode d'emploi singulier pour chacun. Mais elle ne sélectionnait pas toujours des phrases de sens ; parfois il y avait des descriptions, des petits bouts de phrases poétiques, une impression, une esquisse, un ressenti. Pour des êtres en devenir, l'esquisse pouvait être primordiale.

Elle n'avait pas de « méthode ». Tout était empirique. À force de lire, elle avait remarqué qu'il y avait deux types d'écrivains : ceux qui s'appuyaient sur la mémoire, et ceux qui s'écrivaient à partir de l'imaginaire. Elle ne disait pas l'imagination, elle n'avait jamais prononcé ce mot, elle préférait l'autre, tout simplement parce que sa sonorité lui paraissait plus ouverte. Il n'était pas question d'établir une hiérarchie entre les auteurs. Les deux matériaux des écrivains étaient utiles, les deux livraient les clés du monde et dans les deux, Leena ne recherchait qu'une chose : l'efflorescence d'une sensation, d'un appel de la phrase.

Elle tâchait d'aborder chaque lecture, vierge. Elle posait le silence pendant un long moment ; comme elle vivait dedans, ça n'était pas si difficile. Cependant, le silence a plusieurs sons, et il lui fallait celui d'un début du monde avant de commencer. Plonger. Apnée. À chaque fois, le même rituel. Vider ses propres mots, les faire mourir à l'intérieur de sa tête, éteindre toute pensée, surtout les machinales. Se concentrer sur leur plein sens. Mais plus encore, c'était la musique de la phrase, la résonance dans son vide qui la frappait. La phrase pouvait-elle habiter ce qui n'avait pas encore été créé dans la tête de quelqu'un ? De la même manière que la phrase d'Alessandro l'avait d'abord abattue puis soulevée et remontée dans ce mouvement de poussée, d'expulsion. De mise au monde. Oui, c'est cela qu'elle recherchait, des phrases-cymbales, qui égrènent, rencontrent le tempo singulier de chacun, à agréger dans le tempo universel des hommes. Tous ont soif d'amour.

Leena terminait toujours un livre, puisque ce n'était pas tant l'histoire qui l'intéressait que ce que sa matière pouvait engendrer. Elle allait jusqu'au bout, l'espoir chevillé à son silence. Non. Pas l'espoir. Elle lui préférait le mot espérance, à cause du son qu'elle n'entendait que dans les yeux des autres. Rare et sublime, les yeux d'espérance.

Elle avait débuté avec un cahier par auteur, puis lorsque la matière avait commencé à abonder, elle avait décidé de tout mélanger, de ne pas choisir d'ordre précis. Elle recopiait en tirant au hasard : Tolstoï venait avant Prévert, après Malraux, puis resurgissait entre Dante et Goldoni. Elle se rendait compte qu'elle avait un faible pour les écrivains russes, leurs sagas, leurs envolées glacées, leurs ténèbres, mais cela ne comptait pas ; elle mélangeait le théâtre, le roman et la poésie, et cela aussi n'avait aucune importance. La seule chose qui la guidait, c'était de réfléchir, de montrer qu'il y avait toujours une issue, que tous les types de problèmes, de comportements, de caractères avaient été envisagés par la Littérature, que les phrases des auteurs composaient un véritable tableau de la nature humaine dont les clés étaient contenues là, dans ses cahiers. Bien sûr, elle savait que c'était son regard qui sélectionnait ;

mais elle se disait qu'il n'était pas plus mauvais qu'un autre parce qu'elle tâchait de regarder les choses avec candeur et distance. Même si cela ne tenait pas toujours.

Parfois, il n'y avait rien à retenir. Elle dressait alors la liste des livres sans phrases et ce n'était pas si grave. On avait le droit de ne pas vouloir chercher, on avait le droit de ne dire que de l'évident ; cela aussi révélait quelque chose de vous, de votre période d'attente ou de repos. Mais c'était rare, les livres sans phrases. Puis il y avait les livres où elle n'avait pu relever qu'un mot, alors elle les listait aussi. Non que le livre fût mauvais, il livrait son impression : frisson, sensation, libido. Ça n'allait pas plus loin que ça.

Et là, elle se tient devant Orpère, aux confins de la terre, là où naît la mer, là où s'enfantent les vents et les marées, les courants et les écumes, là où s'élabore le désespoir, où se réinventent les ailleurs, où s'ouvre l'autre vie, celle qui rend l'avant vierge, intact, en apesanteur.

Bombardée par un Sopwith Tabloid.

Et là, elle met au monde
La Calanque de l'Aviateur
sa maison des phrases.

.29.

Leena a pris sa décision : elle abandonne le lycée. Elle écrit une lettre au *décortiqueur*. Ni trop longue, ni trop courte : ce qu'il faut pour informer qu'on quitte la voie royale des études supérieures. Leena est en seconde. Leena est une élève brillante. Sur cette feuille, ces mots : se concentrer sur l'essentiel.

Le père ne réagit pas.

Peut-être parce que sa fille lui parle enfin, qu'il ne sait plus décoder sa voix, et encore moins sur une feuille de papier. Peut-être parce que Leena a évoqué la lecture. Il a dû croire qu'elle allait suivre une voie identique à la sienne – la lecture, après tout, c'est sa vie ! –, mais un peu plus tard. Oui, c'est cela : qu'elle reprendrait ses études plus tard. Ou peut-être a-t-il pensé : elle est dans une passade comme les autres adolescentes. Mais Leena est-elle comme les autres adolescentes ? Tout compte fait, elle est bien de son sang, de sa lignée, puisqu'elle *veut* lire.

Le père ne prononce pas un mot, ne discute pas, ne crie pas, ne se révolte pas, n'exige pas. Rien. Il dépose simplement en retour l'enveloppe sur le bureau de Leena, avec ces mots qu'il a eu tant de mal à tracer : « Si c'est ta voie. » Au Bic rouge. Comme s'il avait corrigé une copie.

Le proviseur, lui, s'oppose, convoque, tonitrue, tance : « Vous avez perdu la raison, professeur ! » Le proviseur sait que l'oral de Leena est inexistant depuis le début du collège, qu'on a autorisé Leena à passer en classe supérieure en mettant de côté son handicap. Il sait aussi que les devoirs écrits de Leena sont hors normes. Leena est brillante. Il le répète. Il faut comprendre. Son mutisme. Il faut expliquer. Le père répond qu'il n'y a rien à comprendre, rien à expliquer. Lui, la sommité Normale-Sorbonne-Harvard déscolarise sa fille.

Oui, le père a perdu la raison,
ce fil qui enclenche les événements
en une suite logique.
Depuis le départ de Sheenan.
Depuis le départ de Leena dans le silence.

Il vit dans les mêmes profondeurs qu'elles : il s'est enfoncé lentement, à sa manière, dans les livres des autres. Toujours plus bas. Il voudrait dire à sa fille que ce n'est pas dans les livres qu'on trouve les clés du monde, mais en l'arpentant, en s'y confrontant. Il n'ose pas.

Depuis qu'il a vu le regard de Leena,
le soir du départ de Sheenan.

C'était un dimanche soir.
Depuis, il a compté chaque dimanche sans elles.
Dans les yeux de sa fille,
il a vu Sheenan,
Ce regard l'a détruit plus que son départ.

Il y a lu la mort prochaine de sa femme,
la souffrance qui allait la précéder,
qu'il ne pourrait pas soulager,
cette souffrance pressentie
dès leur coup de foudre
à l'aéroport de Boston.
Cette souffrance qui l'a rendu fou d'amour.

Il n'a jamais réussi à l'apprivoiser.
Peut-on soulager une souffrance,
lorsqu'on ne sait d'où elle vient ?

Leena entre comme aide-libraire
à La Page du Temps.
Le patron est un ami du *décortiqueur*.
Le patron aime le silence de Leena.
Le patron communiquera avec elle par une ardoise
d'écolier. Une ardoise et une craie.
Leena communiquera avec les clients par
une ardoise d'écolier. Une ardoise et une craie.
Les clients apprécient Leena.
Leena est brillante.
Leena a une très belle écriture sur l'ardoise.

.30.

Vincent Hubert a promis. Les choses sont en bonne voie : il faut attendre un petit mois. Le neveu n'a pas négocié le prix, il veut l'argent le plus vite possible. Pas d'emprunt du côté de l'acheteuse : une aubaine !

Leena a vérifié : la collection de maquettes, le neveu s'en moque comme de sa première chemise. Prudente, elle a fait ajouter, sur les conseils d'Orpère, une phrase dans l'acte de vente, une de plus – mais les phrases écrites ont tant d'importance –, qui stipule qu'elle en sera propriétaire si elle venait à la retrouver. Le neveu, paraît-il, a bien rigolé en lisant la clause. La maison, il l'a fouillée de fond en comble. Si cela amuse cette fille de continuer à chercher. Vincent Hubert n'a pas relevé. Il pense comme le neveu : de l'histoire ancienne, de la rumeur, de la légende, et puis, la Première Guerre mondiale, une boucherie. Y a déjà le monument aux morts, on ne va pas en rajouter. Le neveu n'a pas compris cette lubie mais il a accepté les conditions. Il sait qu'au village on l'appelle

« La fille qui ne marche pas droit ». Elle doit être un peu fada. Tant qu'elle a l'oseille, pas de scrupules !

Leena a la certitude que la collection existe. Cette idée l'obsède depuis qu'elle a entrevu le Sopwith Tabloid à la mairie. Hugo, là, quelque part, pour elle. Mystérieux et limpide. Une éclaircie dans la brume de ce qu'elle a à construire.

Une première fois, elle a rencontré le maire au prétexte d'une vérification sur le cadastre de la délimitation d'une des parcelles vendues avec la mercerie. Une seconde fois, plus longuement. Il l'a reçue en personne pour son inscription sur les listes électorales, il a anticipé, l'a convoquée. Vincent Hubert lui avait affirmé : « C'est dans la poche. Elle va s'installer dans le village. » Le maire a voulu sonder Leena, ce qu'elle peut avoir en tête, la fille qui ne marche pas droit. Elle n'a pas lâché grand-chose. Elle a dit qu'elle comptait ouvrir un commerce et, au maire, ça lui a suffi. Elle est jeune, c'est bon pour les affaires, les subventions, la survie. Un commerce dans quoi ? Elle a esquivé. Elle ne pouvait détacher ses yeux de la maquette tandis qu'il lui parlait. L'avion de *son* rêve. Incroyable, si réaliste. Il pourrait décoller dans l'instant. Hop. Hop. Lorsque l'on sait travailler sur d'infimes détails en y mêlant à la fois le réalisme et le conte, ce ne peut être l'œuvre unique d'une vie. Le Sopwith est le commencement d'une perfection. Il engendre ses frères à l'exacte seconde où Leena détaille les lettres qui se détachent sur la carlingue. Coup de pinceau. Minutie. Noir sur beige. S.O.P.W. Il le lui chuchote : « Ils sont une multitude ; comme autant de gars qui ont livré leur vie à l'ennemi. »

Le maire a fini par se retourner :

Ah, étonnante, cette maquette, n'est-ce pas ? Un bel objet ! Un rescapé, cet avion, comme le bonhomme qui l'a construit. Et dont vous allez prendre la suite. Espérons qu'il vous porte chance !

Ce n'est pas un avion. C'est un hydravion.

Ah bon ?

C'est indiqué… Sur le cartel.

Ah bon ! Et qu'est-ce que ça change ?

Tout. Ça change tout.

Ah bon.

Pas de doute. Chez cette fille, il n'y a pas que les jambes qui ne marchent pas droit. Mais enfin, si tout avait fonctionné droit dans la tête des ancêtres, ils ne seraient pas là, dans ce bureau, à discuter, parce que pour venir s'installer ici, il y a plus de mille ans, fallait déjà être sacrément à ne pas marcher droit. La météo d'ici, personne ne peut s'y habituer. On est tous comme le neveu de la Marceline, à vouloir aller croquer du soleil, là où il naît.

Les gens d'ici ne savent pas que Leena s'est fait cette promesse : ne jamais marcher droit. Alors, le surnom qu'ils lui ont collé sur le dos, ça l'amuserait plutôt, pour ne pas dire que ça la comble.

Un matin, elle a conduit l'ambulance rouge à l'entrée de la plage des Balises, Orpère n'était pas encore arrivé, elle a salué Armelle, a fait slouch avec les huîtres, bu le vin blanc dans le verre mal rincé, puis elle s'est lancée. Elle avait fait un rêve, la veille : un hydravion ne la quittait pas. Le ballet de ses coussins, ils glissaient sur la mer, décollage dans une giclée d'eau, queue beige à la lisière des flots, légèreté de la cabine ouverte à tous les vents, son plafond d'ailes au-dessus, son socle d'ailes en dessous et les deux flotteurs. Du beige noyé dans deux bleus avec des lettres peintes en noir sur la carlingue. D'immenses lettres qui couvraient une face entière : SOPWITH.

Et Hugo qui tient le manche à balai.
Et tchack, tchack, les balles qui mitraillent,
le feu qui danse.

Depuis, elle vient chaque matin.
Attendre la signature de la mercerie.
En dessinant sur la plage.
Avec ses pieds.

Dire chaque chose d'une manière ou d'une autre. Leena a toujours parlé avec son corps, ses mains tracent, sa tête hoche, godille, ses regards, ils observent, avisent, ses jambes sur les trottoirs de Nantes, elles évitent chaque passant, contournent, de gauche à droite, de droite à gauche, mais dans une grande ville, personne ne s'en offusque, les gens sourient ou s'agacent. Dire calanque ou cabanon, dire endroit du silence, du face à soi, en soi avec les autres, dire tous ces personnages qu'elle côtoie, ces lignes de vie, dire les vagues qui s'affaissent, s'écrasent et repartent. Les dire dans le sable. Les dire en mouvement.

Ne pas marcher droit, jamais.

Alors sur la plage chaque matin, tandis que son acte de vente progresse ligne à ligne sur l'ordinateur d'un notaire, Leena zigzague, ondule, trace dans le sable. Amorce des montagnes, des vallées, pointillés de paysages arrondis et désordonnés, des mers de toits, des bouquets de bambous. Dessiner avec ses pieds, libérer l'énergie, elle monte, enfle dans les effluves d'algues, dans la bruine qui finit par tremper, dans le vent qui délaye et efface. Contours. Sursauts. Embardées. Trous. Creusements. Ravines sans fin. Laisser le corps décider, jouir, devenir le spectacle des éléments, s'asseoir au centre des chemins tordus ou au bord, grimper sur un rocher, visualiser, contempler. Corriger. Parfois. Empiler des tours de galets, du plus grand au plus petit, du plus petit au plus grand jusqu'au point de déséquilibre. Tracer des embrasements et des contes, de l'éphémère, enfoncer l'éphémère sous la terre et danser pour devenir immuable, tangible et grandiose.

Armelle finit toujours par lui tendre un café.
Orpère l'observe de loin et l'aime de plus en plus.
Elle est sa fille qui ne marche pas droit,
sa fille du vent, *sa sinueuse*.

Parfois, il y a Personne qui débarque, saute, jappe et fout tous les dessins de sable en l'air. Ce n'est pas grave parce que Personne accepte ses deux prénoms, y répond – même si Vivien ne sait pas qu'il s'appelle Trekki-Personne. Ce n'est pas grave parce que Personne oblige Vivien à tourner autour de Leena. Comme lui.

Un matin, Vivien n'a pas tourné. Il lui a tendu un appareil photo, un argentique, celui de son père. Il a seulement dit : « Tu devrais photographier tes éphémères. » Au moment où Leena a appuyé sur le déclencheur, elle a su. Quelque part dans le monde, Jeep fait comme elle.

L'exact instant.

Un son dans leurs silences les rapproche : clic. Des rafales de clics.

Depuis, Vivien développe les photos de Leena et les encadre. Elles sont très réussies, tu sais. Tu devrais les exposer dans ta Calanque.

Est-ce que Jeep acceptera que Leena expose ses éphémères à lui, dans sa Calanque ?

Un jour.

. 31 .

Leena apprivoise l'attente.

Celle de la signature, l'ultime paraphe qui un beau matin la désignera aux yeux du village comme quelqu'un qui va tenter de marcher avec eux.

Avec Éliane, elle apprend à faire les confitures, la brioche roulée, les pâtes à biscuits, elle aide au jardin, à l'accueil des hôtes, écoute ses conseils lorsqu'elle la croise à l'aube ou qu'elle l'aperçoit debout à récolter, quelles que soient les zébrures du vent dans la nuit qui ne s'est pas encore effacée. Leur amitié naît de ces rencontres impromptues avant que Leena ne démarre l'ambulance, de leurs mains qui se joignent pour brasser la terre, de ces suggestions qu'Éliane lui glisse à l'oreille. Leena apprend les noms bizarres des variétés qu'Éliane dorlote au creux de son éden, et ceux des oiseaux qui volettent non loin d'elles : une tapisserie du Povorello par Don Robert. Éliane adopte tous les oiseaux de la terre. Les libellules, aussi. Leur intimité s'enracine. Mère à Fille. Fille à Mère. Leena n'emploie pas le mot de complicité. Ce mot n'a jamais produit de son à l'intérieur d'elle. Mais elle adopte peu à peu le mot conversation.

Leena a toujours apprivoisé l'attente. Celle du père qui ne la prenait pas si souvent sur les genoux, celle de Jeep qui n'a jamais accepté de l'emmener voir ses potes malgré l'insistance du *décortiqueur*, celle du retour de sa mère qui ne s'est jamais produit. Celle des travaux titanesques qui se profile ne sera donc pas bien difficile à maîtriser. Elle a déjà sa petite idée là-dessus. Elle s'accoutume au *grenier à foin* : elle s'y sait en transit, mais une part d'elle y est chez elle.

Tout le gros œuvre est à reprendre : c'est ce que lui affirme Gaspard devant la cheminée de la boutique. Il a accepté de venir voir – un chantier, surtout si près, cela ne se refuse pas – et dans ses silences d'observation et sa prise de notes, Leena décide qu'elle ne prendra pas d'architecte. Elle pose d'emblée sa confiance dans les silences attentifs des autres.

Gaspard, elle a fini par le rencontrer un soir. Elle comptait les étoiles posées sur le drap noir dans une limpidité de conte. En tee-shirt blanc. Pas de pull. Leena n'a jamais froid. Il a garé le combi. Il rentrait, seize heures de route pour aller gagner un bout de pain plus bas, là où la mer ne sait pas danser, ne chante même pas. Lui aussi en tee-shirt blanc, mais constellé d'étoiles de peinture. Il a eu envie de décrire à ses yeux vissés au ciel, dans cette cour, à minuit, cette mer plate qui ne connaît pas la puissance des marées et le bruit de leur roulement, et cette lumière si intense qu'elle en bouffe le bleu. Il a eu envie de dire comment le bleu se venge au petit matin, comment il mélange les émeraudes et les azurs, accouche d'une teinte qu'on ne peut voir nulle part ailleurs : seulement dans les toiles des poètes.

Deux tee-shirts qui se posent, s'observent.

Il est entré dans la kitchenette, il a continué à parler du brouillard et de la mer d'ici dont il aime les gris : gris-blanc, gris bronze, gris-vert, gris de lune et gris de granit. En peu de mots, des locutions étranges, parfois courtes, immensément courtes, parfois longues, à méandres, où l'on pourrait se perdre. Impossible, Gaspard respire entre chaque avancée. Calme et rassurant. Soudain, il s'est tu. Il s'est assis. Leena lui a fait des œufs brouillés. Gaspard a observé le rituel de la fente infime dans l'œuf. Il s'est dit que cette fille porte en elle un peu du bleu d'aube de la mer du bas, et il a posé ses silences en face d'elle, sans qu'elle en soit le moins du monde gênée. Il a mangé ses framboises avec une pointe de crème. Et le silence entre eux était lumineux, une brume sur la mer, entre gris de granit et gris de poète. Une lumière lactée, imprécise et légère. Rien de trop à porter. Des mains plus hautes les tenaient sur ce fil. L'essence du silence. Constructif. Alors, Leena a su que Gaspard prendrait en charge le chantier de rénovation. Il avait les couleurs en mémoire, toute la palette des couleurs que fait naître la lumière de la mer, et lui a accepté de venir voir la mercerie, dès le lendemain.

Leena a cessé de dessiner pieds nus dans le sable. Elle s'est remise à arpenter les grèves. Des kilomètres. Elle y retrouve le silence de Gaspard, ce don de l'un à l’autre. Et son propre silence qui l’a habitée si longtemps.

Pas si simple de se remettre à parler, à discourir.

Et Leena ne veut pas discourir. Elle ne veut dire que la phrase essentielle, ciselée, qui porte et fait grandir. Il lui faut retrouver son enfermement, sa seconde peau, ce manteau des quatre-saisons qui, lui semble-t-il, l’a toujours habillée : caresse de la chaleur du monde lorsqu’il est maintenu à distance avec sa cohorte de bribes inutiles et malfaisantes. Son réconfort.

Elle n’a pas de doute. Elle n’est faite ni pour l’un, ni pour l’autre, parce qu’il lui faudrait les deux conjointement : Vivien et Gaspard. Leurs deux richesses, leurs deux énergies, un mélange de leurs deux silences. Les vents contraires ne sont pas faits pour se rencontrer ; ils se chamaillent, s’explosent et finissent toujours par se réduire à néant. Et Leena ne peut réduire le vent du silence à néant.

.32.

Leena marche et marche
de longues heures.
Et tout prend chair.

Elle oublie son sexe dans lequel elle se sent trop à l'étroit, ses cauchemars, ces murs qui vacillent, l'écrasent, la broient, mille éclats de béton gris, et les paupières aveugles, cousues, et la main qui étouffe, le goût de la crasse dans la bouche qu'on cherche à vomir. Elle se sent faite pour le livre, embarquée par les mots des autres, sauvée par eux, à l'abri.

Avant, dans son mutisme, ils la nourrissaient et c'était suffisant. Elle était elle, ainsi. Elle n'était qu'écoute. Elle digérait la vie, les romans, les points de vue et n'éprouvait aucunement le besoin de restituer sa propre perception des choses.

Leena était ce vase qui se remplissait
goutte à goutte
et ne se déversait jamais.
Viendrait un jour où il allait déborder.

Elle notait de temps en temps des mots personnels sur des cahiers à larges pages blanches. Un mot par page. Qui l'interpellait : enthousiasme, contrepoint. Des cahiers entiers d'un mot par page : concentration, endimanché, carton-pâte. En piles sur le bureau de sa chambre, place Royale.

Perversion.
Anachronisme.
Talisman.

Parfois, une expression surgissait : En devenir.

Rien qui faisait sens. Rien de cohérent. Un chuchotement et une graphie, sous la plume : son mot à elle pour quelques heures, quelques jours.

Certitude d'être, d'exister.

Les mots lui venaient quand ils venaient. Comme dans la vie les rencontres. Un matin, un mot prenait une couleur et elle était réceptive. Puis, il s'en allait. Les mots des romans étaient toujours plus forts. Les lire, les entendre, les comprendre, en douter, ne jamais les refuser, les admettre.

Maintenant Leena marche sur les grèves
et elle retrouve le silence du jour
où sa mère est partie,
et elle aime ce pays,
ce paysage changeant,
toujours mouvant, liquéfié.

Elle n'a plus peur.
Ce silence de début de naufrage, elle l'a dompté.
Elle en a encore besoin, tant que sa maison-librairie est une réalité lointaine. Après, il disparaîtra.
Naîtra un silence où elle pourra se créer, se dire enfin, habillée, cette fois, par ses propres mots.

Neuf longs mois d'attente.

Gaspard a parlé de neuf mois de travaux. Il a promis d'essayer de faire au plus vite. Mais on ne raccourcit pas le silence lorsqu'il a besoin de sculpter un être en devenir.

Leena vient d'inscrire le mot *Inspiration* sur son cahier à larges pages blanches en pensant à ces neuf mois. Là, sur la grève, entre deux bouquets bataillés par les rafales, à l'instant, monte en elle une association de joie pure. Cela signifie-t-il quelque chose ? Certes pas. Seule flotte devant ses yeux, la mer, cet étendard vert avec deux traces de blanc argenté au loin, qui roulent, se rapprochent. Et la certitude qu'au travers de sa collection de phrases, c'est bien elle-même qu'elle recherche, qu'elle va dévoiler. Ne pas s'éteindre sans s'être visitée. Cela dit des choses de vous, le sang qui circule dans votre jambe droite, ce lobe d'oreille qui pulse au moindre hurlement, ce sourire qui ne peut pas s'installer.

Plus Leena arpente les grèves, plus elle devine combien Gaspard va comprendre parfaitement ses silences et les installer avec les fils électriques et sa pompe à chaleur dans la mercerie. Parce qu'ils fonctionnent à l'unisson. Intuition. Foudroiement. Simplicité.

Elle suggère une direction, il avance, propose des croquis, des solutions. Il a appris beaucoup sur la restauration Düsseldorf. L'exigence du client aux bergers allemands l'a vacciné contre les imprévus qui sont légion dans le métier. À la mercerie, l'imprévu est de taille avec les infiltrations dans un des murs porteurs qu'il vient de détecter. Leena a hoché la tête et a évoqué une annexe à la librairie, peut-être un projet supplémentaire. Gaspard a murmuré : « Avec une annexe, vous m'avez sur le dos pour deux ans… »

Leena a rencontré le notaire du *décortiqueur* cette semaine à Nantes, les possibilités de financement sont entérinées. Ne reste plus qu'à retrouver Jeep pour débloquer les fonds. Le notaire s'en charge.

Vous n'avez vraiment pas la moindre idée de l'endroit où il se trouve en Amérique, mademoiselle Leena ?

Pas la moindre, maître. S'il le faut, engagez un détective. Le monde n'est pas si grand…

Pour une enfant décrite comme mutique, elle en a plutôt sous le capot, s'est dit Me Lambert, maintenant qu'elle a retrouvé un semblant de conversation.

Leena est brillante.

. 33 .

Aéroport de Boston, il n'y aura personne à l'arrivée mais cela ne gêne plus Jeep. Il a appris à se tenir compagnie pendant ces mois passés avec Laxie et Barber. Plus question de se fuir, plus question de ne pas se croire, de ne pas croire qu'il a des talents ou qu'il n'a que ceux des autres, l'ultime perversion. Plus de futur hypothéqué. Demain s'écrit dans l'immédiateté. Demain est à portée d'envie. Jouir, et pour jouir : souffrir, travailler, proposer, décider, se heurter, convaincre, et recommencer. Il y a une dimension que Jeep n'a pas encore acquise : jouir, c'est d'abord aimer. C'est ce qu'il va traquer à Boston. Continuer de remonter *son* Mississipi. Laxie a été claire. Elle ne l'abandonne pas. Elle est là, en *back up*, et dans ses bagages ou ses poches, c'est selon, elle a déposé les dernières armes de libération.

Le saxo
est posé sur son sac à dos.
Dans sa boîte noire.
L'appareil photo de René

est posé sur son sac à dos.

Dans sa boîte noire.

Le saxo, c'est Bride, Climb et Ragus. L'étui, c'est Laxie : elle a fait graver ses deux *e* dans le cuir. Et Jeep s'est définitivement adopté avec ses deux *e* lorsqu'elle le lui a tendu. Dernier soir. Une fête dans l'appartement avant qu'il ne quitte les briques rouges, la lumière rasante sur l'Hudson, la brillance des peaux noires, ses pépites à lui, de l'or dans leurs yeux qui contraste avec la fadeur de sa peau blanche. Entre deux ballades jazzy, Bride a soufflé dans son rire tonitruant :

Brother, tu es l'homme aux deux *e*, joueur de saxo, danseur de Stewie, araignée au confluent de tes deux continents. *Don't forget it.*

Et Barber qui en a rajouté :

Tu es *my Son*, *don't never forget it.*

Boston à la jonction de la vie d'avant sa naissance et de sa nouvelle vie. Jeep essaye d'imaginer la rencontre de Blaise et de Sheenan dans cette aérogare, tapis roulants qui dégorgent de bagages, et pavés de verre qui donnent d'un côté sur les pistes et de l'autre sur une file de taxis. De quelle couleur était son tailleur ? Il l'imagine bleu clair, à la Jacky Kennedy. Jupe crayon en dessous du genou – Sheenan avait de jolies jambes, mais sa pudeur l'empêchait de porter plus court –, veste cintrée, épaulettes, calot assorti ou pas de calot. Il opte pour une tenue sans calot, bien que sa mère ait toujours porté des chapeaux à Nantes. À cause de la pluie, soutenait-elle. Queue-de-cheval, maquillage léger, ballerines noires, talons plats. Pas de collants. On est en avril. Sa pancarte du MIT et sa voix peu assurée : « *Mister* Blaise Vallande, *please. Mister* Blaise Vallande. »

Le premier regard.

Dans une de ses lettres, elle a écrit qu'elle l'avait aimé au premier regard, son costume gris perle, sa cravate bordeaux, sa pochette en soie à motif cachemire rouille, son borsalino, le pardessus sur l'avant-bras. Tache noire qui s'avance.

Boston. Dans sa poche, la dernière lettre de sa mère que Laxie lui a recommandé de ne lire qu'une fois arrivé. Parce qu'elle sait que c'est la plus difficile. Qu'il n'y a pas toutes les réponses dans cet appel au secours. Et deux adresses : celle de sa tante, Beety, la sœur de Sheenan, que Jeep n'a jamais vue, dont il ne soupçonnait même pas l'existence il y a encore quelques jours, et celle d'un copain de leur bande, Harper, qui peut le loger, voire lui donner du boulot dans un night-club, le temps que Jeep continue à remonter le *son* de sa vie aux sons de son saxo. Laxie ne peut pas livrer ce qu'elle ne connaît pas. Maintenant, c'est à lui de faire le reste de la route, seul.

Jeep sonne au 34 Thacher Street.

Il a choisi de commencer par Harper…

.34.

L'été bat son plein. Les travaux ont commencé à La Calanque. Elle est désossée, la charpente à nu, ouverte au bleu, aux étoiles, au vent, vitrine abattue, portes arrachées, fenêtres béantes. Gaspard a dit qu'il fallait profiter des deux mois de beau pour s'occuper du toit, vérifier les solives et les fermes, consolider.

Leena a multiplié les allers-retours à Nantes avec Vivien. Le patron de La Page du Temps a été surpris : il n'avait jamais entendu le son de sa voix. Il lui a dit combien elle lui manquait, alors elle l'a embrassé. Elle n'a jamais embrassé le *décortiqueur*, ces dernières années. Elle a repris l'ardoise et la craie, a tracé cinq mots : « J'ai besoin de vous. » Il lui a rendu son baiser, cela voulait dire oui. Et Leena a su que le silence trace toujours du beau, parce qu'il magnifie l'intime, les zones inexplorées. Elle lui a détaillé son projet, il a été bluffé, il a souri, il a conclu : « Tu vois, tu as bien fait d'atterrir ici. Tu as concrétisé ce que le nom de ma librairie signifie pour moi depuis quarante ans. Ce temps qu'il faut explorer, lire page après page. »

Leena lui a rendu son sourire. Atterrir, voilà un verbe qui lui parle à présent. Elle a entrevu, à l'exact instant où ses yeux se sont mis à plisser, les rapprochements que le silence fait naître, les idées qu'il fait s'enclencher, les coïncidences qui existent et qui tissent dans un monde parallèle des ponts entre les intelligences, que personne ne pourrait avoir l'idée d'inventer… Des éclairs créatifs, voilà ce qu'offre le silence. À foison. Le patron a commencé à parcourir les cahiers de sa protégée : « Du miel, du bon, de l'excellent, du toutes dimensions, intello, populaire, dilettante. Rien à redire, Leena. Fonce. »

Leena est brillante, le patron n'en a jamais douté, non de cette intelligence qui saisit les concepts, non. Elle est brillante de son humanité, de cette faille qui la ronge et la rend délibérément amoureuse de la vie. Une dette à régler, une plaie qui suppure, et c'est tout le cœur qui entre en action.

Orpère a installé les ceintures de sécurité. Elles font presque trop neuves dans la guimbarde, mais l'ambulance est à l'image de La Calanque : un mélange d'ancien et de neuf, une transmission. Il a arrimé les caisses en bois que l'Armand du hameau de la Quillerie avait fabriquées, un beau chêne, cérusé au clair. Et l'ambulance est devenue un bijou. Un bijou rutilant, certes, mais qui sauve des vies, c'est ce qu'il a affirmé. Vivien a chargé les caisses avec les livres, tous ceux qui correspondent aux phrases dans les cahiers, tous ceux sélectionnés avec le patron de La Page du Temps.

Quand il a raconté à Serge cette rencontre avec un libraire, Orpère s'est fendu d'un énorme éclat de rire.

Tu sais, Vivien, des gars hors pair, y en a dans chaque branche. C'est comme ça que le bon Dieu voit le monde : un grand arbre dont les dernières branches touchent au paradis. Certains sont posés d'office sur les branches les plus hautes comme ma *sinueuse* ou toi, Vivien, le ti crabe toujours à la mer ; d'autres resteront longtemps assis, le cul vissé aux branches les plus basses.

Leena n'est pas intervenue, mais elle a noté la phrase d'Orpère dans un des cahiers avec la mention : « Pas de livre disponible. Pour rencontrer l'auteur, concession John Deere, chemin du Sineuil. Venir avec une bourriche de fines de claire et une lampée de petit blanc. Il se pourrait que l'auteur vous relève ses filets. Dedans, trésors assurés. »

Orpère a été le premier à se rendre au rendez-vous proposé par Leena à tous les habitants du village :

Plage des Balises, devant le cabanon de l'Armelle, 15 heures, samedi 12 juillet.

Certains ont ri. Si elle croit qu'on a que ça à foutre d'aller poser not cul sur le sable, non seulement elle marche pas droit, mais elle est foutrement à côté de ses pompes. Jocelyne, elle n'a pas ri. Elle a même fermé l'épicerie, un samedi après-midi. Pour une fois qu'il se passe quelque chose au village, pas question de le bouder. Éliane était là, mais pas Gaspard, trop de boulot. La bonne météo est un facteur qui ne se discute pas. Leena a été heureuse de ce présage : brise fraîche non houleuse, bandes compactes de nuages gris ardoise qui s'évacuent au fond du tableau, clapotis à deux tons, percées de soleil par intermittence, très chaud quand il est là, très froid lorsque la bande de nuages se densifie. Herblain est passé voir en clin d'œil, Euben aussi : il ne peut pas encore trop aider les gars du chantier, les circuits électriques et les arrivées d'eau, c'est pour bientôt. Mais il voulait absolument voir à quoi ressemble une ambulance-librairie-bibliothèque rouge-pompier, eu égard à son inadaptation chronique à l'école et à la lecture. Voir si dans ce rouge pompier y aurait-y pas un peu de bande dessinée, le seul type de bouquins qu'il supporte : *Gaston Lagaffe* ou *Achille Talon*, on ne se refait pas ! Certaines têtes croisées, des hochements qui n'ont pas encore de prénoms, se sont également déplacées. Quelques jeunes. Les deux institutrices, trois familles avec des petits. Leurs pelles et leurs seaux.

Premier test.
La lecture sur la plage.

Elle est jolie Leena.
Être jolie inspire confiance.
Alors les choses se font naturellement.
Sans qu'elle ait à intervenir.
Même si elle les a fomentées.
Les gens viennent.
À elle.
À la littérature.
Tout l'été.
Aimantés par l'ambulance rouge.
Aimantés par cette idée qu'elle est jolie.

Avenante.
Qu'elle n'a rien à vendre en définitive.
Qu'elle les donne ses phrases.

Leena cale l'ambulance rouge à la lisière du sable
et les phrases volent vers les gens.
Ils choisissent dans les caisses.
Pour une heure.
Dans le transat face à la mer.
Ou pour une vie.

Leena offre le transat. Il n'y en a que cinq dans l'ambulance rouge, c'est un peu la bousculade. Pour les autres, des nattes d'osier, et des exhalaisons herbacées se mêlent aux parfums des phrases qui emportent, enivrent, se dévoilent sur les terres de la pluie et des horizons de nuages.

Tous piochent dans les cahiers. Tous acceptent. Certains se laissent happer par le hasard. D'autres prennent le temps de découvrir, hésitent.

Une heure ou une vie.
Ils choisissent.

Si c'est une heure, les lecteurs rapportent le livre quand ils peuvent, quand ils ont le temps, à La Calanque ou à l'ambulance. Il n'y a pas de délai de garde.

Si c'est une vie, ils payent et repartent en gardant leur phrase. Celle qui les a envoûtés. Leur Livre.

Et cela commence à se savoir.

À la mi-août, les lecteurs font la queue : les débutants qu'il faut mettre en confiance, qui ne connaissent pas encore l'épopée, la portée des phrases dans un cœur ouvert et libre ; les habitués, qui cherchent à présent leur pépite, grimper des sommets enneigés à quatre mille, gravir sans avoir à se couper le souffle, assis sur le transat, face à l'infini, ceux-là rapportent encore à La Calanque de temps en temps ; et les fous, les bienheureux, les boulimiques, qui ont un transat greffé aux senteurs du papier, qui s'assoient partout, en tout temps, avec les phrases, avec l'histoire, avec l'auteur. Et ils sont bien plus nombreux qu'on ne le croit.

Leena est jolie, oui, jolie de son hâle, de son rouge pompier, de l'horizon qui l'a apprivoisée et qu'elle offre par le truchement de ceux qui tentent de le capturer, de l'immensifier : ses écrivains. Et maintenant, dans leurs livres, il y a un ailleurs supplémentaire : du sable.

Et Leena plante son transat face à l'horizon et elle lit avec ses clients. Et elle note. Certains lui ont demandé si elle ne vendait pas des carnets et des crayons dans l'ambulance rouge.

Un carnet, c'est comme un livre ou une phrase, ça se choisit. La papeterie, c'est un autre métier…

Cependant, elle y songera.

Parce que dans le bout du monde, on manque de tout et que parfois, le papier, c'est plus qu'une simple feuille.

.35.

C'est Gaspard qui a fait la découverte par inadvertance. Et Leena savoure le mot.

Elle vient de le noter sur une page blanche.

Inadvertance.

Une paroi à double fond. Une ouverture murée dans la maçonnerie intérieure de la remise lui a mis la puce à l'oreille après le déblaiement d'une tonne de ballots de paille pourrie, entassés depuis des décennies le long d'un mur dont la camionnette bouchait l'accès. « Au minimum, depuis l'après-guerre. On n'a jamais vu un tracteur sortir de chez la Marceline », a soutenu Orpère, venu en renfort pour déterminer si oui ou non, cette ancienne Simca pouvait encore rouler. Rien à faire, il a fallu appeler une dépanneuse. Impossible de la démarrer.

Derrière les traces de pneus : la cache.

Leena souhaitait évaluer les dimensions du bâtiment. *Inadvertance*. Peut-être faire de cette forge une annexe à la librairie, un endroit où elle pourrait proposer ses slouchs, huîtres et petit blanc dès sept heures. Gaspard lui a dit d'être raisonnable : « On ne peut pas vivre de slouchs. »

L'idée a germé le jour de la signature chez Me Gravillon, quand elle a récupéré les plans cadastrés. Dans le lot de la mercerie, il y a la boutique, l'ancienne forge et des terres, quatre parcelles non constructibles, des terres à blé. Leena relit l'historique. Avant la mercerie, avant l'aviateur, les murs de la remise étaient ceux d'une boulangerie. Il y a donc eu un four à pain avant le foyer de la forge, et le décroché sur le pignon mangé par les ronces pourrait tout bonnement correspondre à l'excavation du four, un renflement somme toute assez banal. La dénomination de l'ancienne boulangerie n'est pas répertoriée dans les archives. Et l'idée est venue, comme toujours depuis que Leena apprend à maîtriser cet endroit, par un mot qu'elle laisse s'inscrire dans son silence.

Nourrir.

Des slouchs de tartes sucrées alors ? On peut vivre de slouchs en tartes, non ? Ou de slouchs de scones recouverts des confitures d'Éliane et de slouchs de thé ?

Les tasses, leur chuchotis, traversent sa mémoire : la collection du buffet. Gaspard approuve. Mais il rétorque que son petit plaisir à lui depuis l'enfance, c'est le pain perdu, parce qu'on ne peut pas laisser perdre le pain et qu'avec les confitures de sa mère, c'est magique.

Ce qui est magique, pour Leena, c'est le lien avec le père d'Hugo qui se reconstruit, la lignée de la gueule cassée, de l'aviateur, qui se perpétue alors qu'elle lui est totalement étrangère, Hugo qui est en train de sauver des vies de là où il est, quelque part dans ce ciel. Laisser les choses venir. Elles se font de toute façon, se construisent sans notre assentiment. Elles sont inscrites dans nos morts. Ils ne le sont jamais tout à fait, paraît-il. Ils veillent sur nous.

Même s'il n'y avait pas eu de boulangerie, de four à pain à exhumer, Gaspard aurait cherché une cache. Parce que les intuitions de Leena ne peuvent mentir, qu'elle ne marchera jamais droit avec ses phrases d'auteurs et ses avions. Depuis trois mois qu'elle capte ses silences, Gaspard a la sensation d'avancer en elle et cela lui fait du bien d'entrer dans un éternel féminin sans avoir à jouer les gros durs ou une quelconque mise en scène de cet acabit. Sa parcimonie langagière l'apaise, la présence de ce corps qui parle mieux que ne le feraient les mots eux-mêmes. Il ne croit pas qu'il l'aime. Entre eux, il n'y a que des nuances qui naissent au fil des rencontres sur le chantier. Une évidence qui ne nécessite pas de chercher à se séduire ou à se découvrir. Ils sont nus l'un devant l'autre. Ou peut-être transparents. Ou peut-être miroirs. De l'osmose. Du bienfait. Lorsque la maison sera terminée, eh bien… Elle lui a soufflé : « Je ne sais pas faire le pain perdu. »

Place Royale, c'est Sheenan qui faisait le pain. Elle avait appris à son arrivée en France cette importance du pain pour un Français, de ces éléments basiques, farine, eau, levure, qui se mêlent pour être élevés au rang gastronomique, accompagnant chacun des mets sur la table. Sheenan a appris à faire le pain pour aimer Blaise. Sheenan *est* l'odeur du pain dans le four qui s'insinue dans chaque pièce deux fois par semaine, et son sourire lorsqu'elle en frappe la croûte : « *I succeed.* »

Gaspard a murmuré : « Je vous apprendrai. »

Oui, Gaspard la vouvoie. Comme il vouvoie la vie pour ne lui donner que des moments captivants. Se tenir à l'orée du monde pour mieux le contempler. Ne pas avoir d'avis pour saisir les différences, les accepter toutes.

Et là, Gaspard s'apprête à abattre un mur, un mur qui sonne creux, et Vivien qui n'est que de la mer, bande ses muscles aussi.

Une échelle et une trappe, derrière les masses qui frappent, les bras qui évacuent depuis des heures, la brouette et les allers-retours. Ils sont comme des gamins qui mettraient au jour un trésor. Il est vingt et une heures, une échelle et une trappe, et ils se tombent dans les bras.

Gaspard finit par rompre le silence.

À vous l'honneur, Leena. Si la trappe est trop lourde à soulever, on vous aidera. Mais je vous en prie, prenez l'échelle du chantier. Celle-ci va tomber en poussière.

Leena n'en a cure. Elle veut l'échelle d'Hugo. Elle a confiance. C'est lui qui les a conduits.

Il a raison ! À toi l'honneur, Leena. Gaspard, tu ne peux pas dire tu comme tout le monde !

Non, je ne peux pas dire tu comme tout le monde. Et puis les clients sur la plage, ils disent vous !

Ben oui, ce sont ses clients ! Nous, on est un peu plus que des clients, Leena, pas vrai ?

Vivien !

Leena coupe court. Elle les attrape chacun par la main : À *nous* l'honneur ! Et elle grimpe. Interdiction de regarder mes jambes !

Leena, il est vingt et une heures. Gaspard et moi sommes affamés et un homme qui n'a pas mangé ne peut pas observer correctement les jambes des filles !

Tu veux dire qui n'a pas bu !

De toute façon, tes jambes, personne ne les a jamais vues. Tu es la fille qui ne marche pas droit avec des jambes bleues !

Exact !

Leena ne s'est jamais mise en maillot de bain. Quand elle est sur la plage, c'est pour travailler. Jean et tee-shirt. Pas de raison qu'elle exhibe ses jambes fuselées dans un nageur asymétrique aux échancrures diaboliques. Ce corps, elle ne peut plus le regarder. Alors, accepter que les autres le regardent…

La trappe se retourne dans un fracas de poussière. La faible lumière du soir filtre en gris pâle à travers une ouverture minuscule, un triangle que Leena n'a pas remarqué sur la toiture côté rue. Elle éclaire des centaines de reflets métalliques dans le noir. Ils brillent comme des faux aiguisées. Il faut du temps à ses yeux pour s'habituer. Tu veux mon portable ? Des fantômes de tissus couvrent des étagères. Tracer un chemin mental jusqu'au Velux. Oser l'emprunter dans ce cimetière d'ailes et de draps. Sous la déclivité, un établi, un tabouret. Leena distingue des outils posés sur le plateau, une maquette en cours. Hugo est en train de la terminer. Il va empoigner sa gouge… Les tissus des housses sont ceux du tiroir, ceux de Marceline. Marceline qui savait, qui avait protégé, peut-être même entretenu. Est-ce elle qui a monté ce mur, englouti la collection dans la ténèbre ? Protection, secret, respect. Soudain, les larmes. Perles qui tissent la filiation. Les larmes qui ne peuvent faire autre chose que de dévaler, nettoient la tête, le corps, font renaître les abstractions, les oublis. Vivien la prend dans ses bras, ils ne peuvent pas tenir debout sous la pente du toit, Leena ne peut pas s'arrêter de mouiller son épaule. Cela lui fait du bien de tremper, tremper, tremper.

Gaspard n'est pas monté.

Elle a à peine articulé : « Je vais dormir là. »

. 36 .

L'aube se lève, pâle de crachin. Ce matin, Leena ne visite pas Armelle. Elle a rendez-vous avec Hugo, elle-même, et ce projet fou qui a mûri dans sa tête cette nuit.

Elle a récupéré sa couette, s'est enroulée dedans, s'est assise sur le tabouret d'Hugo, a posé son menton dans le creux de sa main, a observé les maquettes sous la lune et le feutre des bandes de nuages qui la voilait parfois. Déliquescence des heures qui n'existent plus.

Elle s'est laissé
Approprier par la collection, ses sortilèges.

Comme avec les phrases.
Lorsqu'elle en déniche une qui tinte le *la* de la vie.

Elle n'a pas eu froid. Elle n'a pas eu peur des souris. D'ailleurs, à part la poussière, aucun animal n'a pénétré ce royaume. Les tissus sont préservés, les vernis intacts, les détails miniatures des tableaux de bord inaltérés, exactitude remarquable, les hélices fonctionnent, certaines ailes se déplient, perfection et esthétisme. Elle a ressenti sa présence, les silences de sa gueule cassée, contraints et assumés, ses éclairs de lucidité, de génie, ses doigts qui peuvent inventer, fondre, assembler, transcrire, ses yeux qui peuvent observer, lire, décrire, les sons qui déchirent ses tympans, pfouff, tchack, boum, son cœur qui bat, fait naître sa jubilation à l'exact instant de l'achèvement, sa pointe minutieuse qui grave les cartels, ultime finition qui dit l'intelligence du monde, sa chair. Elle a essayé de dénombrer. Aucune importance. Son cadeau tout entier, c'est Hugo et sa lutte pour survivre. Leena est sa fille, humble, désarmée, consentante dans cette aube qui la crée.

Sous les étagères, des caisses en bois. Senteur de fruits secs. Elle a décacheté. Une marée d'escadrons, une armada de lieutenants, d'artilleurs, de mécaniciens, leurs noms, Verdier, Despentes, Capdeville, Achard, Laplasse, Noguès, Pégoux, Coudouret, Coiffard, arrachés à l'oubli, dans l'ombre d'une soupente. Lorsque la tache, un bleu-mauve, s'est inscrite dans le triangle de la vitre, Leena a su.

Il faut exposer les avions à La Calanque.
Il faut retrouver Jeep.
Grâce aux avions d'Hugo.
Jeep qui vole à sa manière,
dans des lieux inexplorés
Elle et Hugo vont le rejoindre.
Par des avions
Et des phrases.

D'ailleurs, calandre et calanque,
ce sont des mots frères,
des mots qui convergent
parfaitement.

.37.

Je t'attendais !

Harper est en pyjama lorsque Jeep sonne. Pyjama et long peignoir, motif cachemire, qui rappelle à Jeep les pochettes en soie de son père, ce motif dont il raffolait, un peu vieille France.

Vous parlez français !

Welcome. Entre. Oui, oui ! Je le parle un peu, beaucoup, passionnément français. Avec un accent abominable ! Pour Laxie, impossible de faire autrement. Elle nous a tous contaminés ! Si on pouvait lui organiser un concert de jazz autour d'*Emma Bovary* avec une lecture du roman fredonné en mode gospel, je crois qu'elle aurait atteint le but de sa vie !

Jeep rit. C'est franc, inattendu, rire avec un inconnu. La poigne de Harper est géante comme lui, un *big man* tout en hauteur, qui vit dans une maison basse à bow-window enserrée entre deux maçonneries de briques années trente : une maison de colons. Il en existe encore dans le North End, ce vieux quartier de Boston où tous ont débarqué en quête de neuf. Jeep tente de se repérer, Waterfront, Quincy Market, Old North Church. Dans ce coin, les habitations ont gardé la trace des vies antérieures, *quiet and peaceful*, de cette époque où le gigantisme n'avait pas encore gagné les *head towns*. Le long du trottoir, quelques maisonnettes de pêcheurs ont survécu. Ça sent la mer. Elle n'est pas si loin. Droit devant, au bout de la rue. Déconcertant. Se tenir là devant Harper, cueilli par *Madame Bovary*, du groove sur chaque contre-temps, photographier la rencontre, les pépites sur la peau noire, la contrebasse posée dans l'entrée, la toile qui mange le mur, deux corps nus enlacés dans une débauche de turquoise et de jaune, le feu sous la pluie.

Graver ce groove à l'âme.

Une lecture d'*Emma Bovary* en gospel ! Qu'est-ce que vous avez tous avec *Madame Bovary* ? Mon père, ma mère, Laxie, et maintenant toi !

Peut-être que *Madame Bovary*, c'est un idéal féminin !

Impossible ! *Emma Bovary* est une dépressive chronique névrosée qui s'emmerde, emmerde tout son entourage, et l'emmerde encore cent cinquante ans après ! *You see what I mean?*

I see perfectly! Sauf « chronique » mais j'ai saisi le sens ! Peut-être que si *Madame Bovary* n'est pas un idéal, c'est une réalité ! Peut-être que toutes les femmes ont en elles un peu du blues d'Emma. Ce vague à l'âme. Et que les hommes, quand ils l'ont compris, possèdent un tout petit peu de l'éternel féminin ! Tu l'as lu ?

Non, jamais eu envie. Jeep ôte sa veste. Mon père en était le spécialiste, ça m'a douché pour un moment !

J'ai su pour ton père. Je suis désolé… Tu sais, au MIT, c'était une pointure à ce qu'on m'a dit. Je me suis renseigné quand Laxie m'a demandé de te loger. Moi, ce n'est pas ma partie, la littérature, encore moins française, mais peut-être que ce après quoi tu cours en venant chez nous, c'est d'abord dans *Madame Bovary* que tu vas le trouver. Même si tu penses que c'est démodé.

Jeep n'ose pas répondre. À vrai dire, il ne sait toujours pas pourquoi il a atterri dans ce trou, ce qu'il est venu y déterrer. Depuis qu'il a rencontré Laxie, il a appris à se méfier de ses attentes. Il préfère fonctionner à l'instinct, ne rien planifier, laisser la coïncidence s'engager. Se tenir debout sans béquilles. Toutes ses béquilles ont été bancales. Toutes l'ont mis à terre : la came, la drague, la biture, les nuits qui n'en finissent jamais. Le décharnement, le déchaînement. À chaque fois qu'il pensait se relever, bingo, la balle dans le crâne et l'envie de gerber. Seule Laxie l'a autorisé à tituber. Avec un saxo. Et un appareil photo. Et là, elle le rattrape avec Flaubert. Hallucinant.

Sincèrement, je ne crois pas que ce soit le moment.

Il viendra. Je t'offre un café ?

Parfait ! Merci.

Installe-toi. Il me semble que ton truc à toi est un peu semblable au mien ou qu'il est en train de devenir semblable au mien. Mon truc, c'est le jazz, le jazz, le jazz : *I'm a violon-jazz.*

Harper montre son torse : « ma caisse », ses mains : « mes cordes ». Son doigt touche ses oreilles : « le courant », puis il indique d'un mouvement du bassin le salon, où chaque mètre carré est occupé par une collection d'instruments : des basses, une batterie, quelques beaux spécimens d'instruments à vent : « ma boîte de composition ». Impressionnant foutoir entre le piano et deux toiles gigantesques où des nus féminins se lovent dans des couleurs crues, en bande, en ondulations, en fragments électriques, leurs yeux en étoiles, immenses, qui scrutent le monde à coups d'adrénaline. Apocalyptique et sensuel. Jeep se sent enveloppé, attendu, attentif.

Ce vieux Monster Bride, c'est au saxo qu'il t'a contaminé !

Ah vous savez, pour le saxo…

Pas bien difficile, je sais reconnaître un étui.

Le café est brûlant. Un vrai café, un café au goût de partage. Harper trempe des cookies dans sa tasse. Comme l'aurait fait Sheenan avec sa tartine. Un geste simple qui donne envie de se poser, de poser son corps non comme un sac, mais comme un drapeau souple ouvert à tous les vents planté sur un mât-colonne bien droit, un corps debout, un corps qui se lance sans jamais atterrir.

De l'autre côté du saut.
S'être posé.
Quelque part.
En soi.

Pas de sensation de manque, de suées, pas de trou à combler ; le corps de Jeep se redresse, pieds bien plantés sur une terre qui ne se dérobe pas. Le goût sur les lèvres de la sincérité, de la simplicité, de ce neuf qui n'effraye pas, prêt à accueillir. Laisser les questions naître, tendre l'oreille, saisir les réponses.

Harper, dites-moi, vous ne pouvez pas parler aussi bien français sans avoir un jour mis les pieds en France ?

Les pieds, la tête et le violon ! Je me suis formé sur les bords de votre Seine, *my boy*. Quatre années dans la Ville lumière ! Comme toi, à vingt ans, la bougeotte et l'envie de voir du *country*. Sentir le quai du métro vibrer à Abbesses. Les galères à Saint-Germain-des-Prés. La galette œuf-jambon derrière Montparnasse au petit lever du jour. Les rencontres : Lockwood, Ceccarelli. Des pointures. Toujours rester *open*. Avoir faim. Ne pas déserter. *Crever* de faim. Classique ! Le même parcours que celui que tu fais. Apparemment.

Parcours ?

Autant te prévenir tout de suite. Ton Boston pour Laxie, c'est le MIT, pour découvrir ce que ton père fabriquait dans cette *university*. Rencontrer Beety, ta tante et pouvoir un jour te rappeler son visage et celui de ta *mum. And, and... The saxo... That's all!* Laxie ne te lâchera pas. Elle m'a demandé d'*improve* ton niveau. Tu es inscrit pour une audition au Berklee College of Music. Tu n'as que le temps de prendre la douche et te mettre au boulot. Tu as huit jours.

Une audition ? Ah, ça, impossible ! Je ne sais pas jouer.

Je sais que tu ne sais pas. Je sais même que tu ne vaux rien ! Comme nous tous. Quand on vient au monde, *boy*, on ne sait rien, et pour certains, pas sûr qu'ils en sauront plus *when they're gonna die.* Mais pour que Monster Bride ait convaincu Laxie de t'inscrire avec aux trousses, Giant Ragus and Funny Climb, c'est que t'es drôlement embarqué, que t'en as dans le coffre ! Ces mecs ne se plantent jamais. Ils jouaient déjà de la cymbale dans le ventre de leur mère. L'audition, c'est obligatoire pour intégrer l'école. Et c'est obligatoire pour savoir jusqu'où tu peux aller. Là-dessus, pas de discussion ! Parce que les trois en bas, ils m'attendent au rapport ! *I can't deceive them. No way.* On a trop fait la bringue, Jeep. Notre amitié, c'est sacré ! Et puis, les *fees*, ils sont déjà payés ! Laxie s'en est occupée. Une femme, Laxie, *you know* !

Sûr ! Laxie n'est pas vraiment une *Madame Bovary* !

Laisse-moi te dire une chose, Jeep. Concernant Laxie, tu n'y es pas ! Tu n'y connais pas grand-chose aux nanas, quand bien même t'en aurais enfilé plus d'une ! C'est bien l'erreur de ta génération, vous bouffez de la pornographie et vous ne savez plus vous comporter en prince. Et un prince, il met le monde à ses pieds ! Laxie, c'est la nana la plus *Bovary* que je connaisse ! Fais-lui honneur, *boy*. Parce que non seulement elle est diablement intelligente et cultivée, mais en plus, elle sait *parfaitement* ce dont les hommes ont besoin. Même si eux ne savent pas toujours reconnaître ses mérites. Laxie connaît ses fragilités et grâce à ça, elle sait faire éclore de chaque personne ce qu'elle a de meilleur. Crois-moi… Elle a *cette* intelligence du cœur et du *brain* et surtout *an incredible humility*… Suis ses conseils et accroche-toi ! C'est dans la tête que tout se joue. Toi, dans les oreilles. Une chance extraordinaire ! L'oreille absolue ! Le courant ! Ne le laisse pas filer.

Ce n'est pas suffisant l'oreille pour devenir un bon musicien !

Tu plaisantes, j'espère ! La musique, ça n'est que ça : de l'oreille ! Et de la trime ! Là, je n'ai pas le temps de t'écouter. Faut que je file. En règle générale, tu ne me verras pas beaucoup. Je suis un oiseau de nuit. C'est mon timing pour swinguer. Mais nous commencerons à bosser dès demain matin, je me suis libéré sur les cinq prochains jours. Ta chambre est en haut, à droite. En face, c'est la *bathroom*. Je te laisse explorer la maison. Tu te sers dans le frigo et tu le remplis. Tu chercheras du boulot si ton audition est concluante, si t'as le temps ! Ici, pas d'alcool, pas de came, pas de tabac. Là-dessus, Josepha, ma moitié, est intraitable. Une Italienne. La Camorra, c'est pas son truc, mais si on déroge aux règles, elle flingue ! Son truc, ce sont les états d'âme de la *Bovary* en grand sur les murs ! L'index de Harper se balade pour indiquer les toiles. Et des états d'âme, elle en a à revendre ! Une mélancolie magnifique qui *fit* parfaitement avec la musique que je compose. Son atelier est au deuxième, le bow-window… Autre chose. Il m'arrive de boire, je ne vais pas te dire le contraire, dans les night-clubs où je joue. Mais *seulement* pour le plaisir. Pas pour la défonce. Pour le reste, Josepha est une mère pour moi. Et une artiste démesurée… Ah, j'allais oublier, le morceau pour ton audition : la partition et le vinyle. *The real sound.* Commence dès ce soir. Et n'oublie pas, *boy* : l'oreille ! Déchire ! On dit toujours ça dans ton pays : ça déchire, mec ?

Oui, Harper, on dit toujours ça !

La tape sur l'épaule est une claque de vie qui se solidifie. Plus de béquilles. Jeep va faire danser le monde. Il regarde la partition et la lettre de convocation. Il voudrait renvoyer à Bride la même claque sur l'épaule. La même intensité. Une bonne claque qui déchire.

Harper, c'est quoi exactement le Berklee College of Music ?

La plus grande fabrique de jazzmen que la terre ait enfantée !

Tu déconnes ?

J'aimerais bien !

Et… le morceau que je dois présenter ?

Naima de Coltrane. *The master. Back to real life, boy.*

Jeep n'a aucune idée de qui est John Coltrane.

Mais dans Berklee College of Music, il y a deux *e*.

.38.

John Coltrane est entré en Jeep. Il l'a déverrouillé. Coltrane, c'est gigantesque. Jeep l'a écouté toute la nuit, le casque sur les oreilles, le vinyle de Harper, trois fois, puis des morceaux qu'il a téléchargés, et d'autres vinyles, Charlie Parker, Herbie Hancock, Bill Evans, tout ce qu'il a pu dénicher dans la maison en rapport avec ces géants, une nuit de saxo. Il faudrait des siècles pour les épingler à sa mémoire auditive et Jeep réalise soudain qu'il a La Vie devant lui, la vie qui s'engouffre, des années à aimer cette musique, la découvrir, l'apprivoiser, la jouer, l'écrire – pourquoi pas.

> Parce que c'est une musique
> qui fait aimer le monde.
> Et met les gens à genoux.
> C'est tout ce qu'il ose se dire.
> C'est simple et ample et majestueux d'aimer.

Il a écouté, il a pleuré, il a tenu bon. Oui. Il n'y a aucune bouteille d'alcool dans la maison, seulement deux canettes de bière qu'il s'est descendues avec du poulet froid et une salade de quinoa : une assiette prête dans le frigo avec son nom dessus, un Post-it sur du celluloïd.

Josepha n'est pas rentrée. Il a erré dans son atelier. Dans le noir. Il n'a pas cherché à allumer. Seul le réverbère de la rue éclairait les toiles derrière les obliques du bow-window. Elles semblaient percer l'obscurité avec leurs corps souples et dansants, exténués ou juvéniles, déchirants comme le saxo de Coltrane, sur la pointe des pieds, des membres qui s'étirent et touchent le ciel, s'échappent, des lumières cinglantes et des présences. Et Jeep a su qu'il allait gagner la bataille de l'audition. Sheenan le lui a soufflé juste avant qu'il ne s'endorme sur le canapé. Un sommeil lourd entrecoupé de rêves où il court sur une plage, enfant, un short, torse nu, il se retourne et jette des poignées de sable dans les yeux de Leena pour la faire pleurer. Il veut voir sa mère prendre sa sœur dans ses bras et la consoler. Il aime le regard de Sheenan lorsqu'elle console, entoure, enchâsse, berce et endort. Il veut observer sa mère, attraper son regard de loin. Clic, dans la boîte. Rien que pour lui. Elle est à cet exact instant extraordinairement charnelle dans cette fusion avec les êtres. Et les corps que peint Josepha ont ce charnel-là, cette réponse-là : une offrande. Tout se rejoint. Tout s'entremêle dans les rêves. Et dans les rêves, dans la consolation, Sheenan oublie sa tristesse et Josepha crée.

Harper l'a secoué au moment où Blaise, son père, allait le faire rouler dans le sable en criant : « Tu n'as pas bientôt fini d'ennuyer ta sœur ! » La puissance de son père, de son timbre, son visage si long, si anguleux, deux yeux de myope enfoncés derrière des lunes, ils disent la protection, ces yeux, la joie aussi, une lueur, infime, si peu. Blaise cesse enfin d'incarner la Distance. Rare. Devenir un père de chair, des mains qui le pétrissent et Jeep qui rit à pleine bouche, les poings enfoncés dans le sable humide.

Come on, Jeep, wake up, on s'y met ! *Lobster rolls for breakfast*, la spécialité d'ici, et café noir bien fort. Tu es sûr d'avoir dormi ? Tu as une tête à déterrer les morts.

C'est ce que je vais faire, Harper, déterrer les morts. Un monceau de cadavres. Les détrôner.

T'es bien un *Frenchy* toi, avec tes histoires de trône. Avant de *killer* la planète, et de te faire couronner, *be kind*, file sous la douche, ça achèvera de te réveiller.

Et ils ont travaillé.
Dur.

Et Jeep ne s'est pas plaint une seule fois. Il a enduré. Il est allé chercher l'énergie, ce courant à l'intérieur de ses oreilles, celui que Bride – par quel hasard ? – avait détecté. Il a accepté que Harper le brutalise, il a chialé, une fois, non deux, ou trois, ils ont engouffré des tonnes de homard et de pâtes aux palourdes de chez Ricardo, l'italien du bas de la rue qui livre sa pasta sur une mob rouillée, sa toque de cuistot sur la tête. Harper n'a rien lâché ; et avec lui, Jim le batteur, Irving le bassiste, et Clay, le pianiste qui remplaçait parfois Harper. Ils ont formé une famille, ri, chaviré, volé des quarts d'heure de sieste au quotidien, griffonné de la partition, essuyé leurs mains moites, vidé leur tête en descendant le Charlestown Bridge, respiré l'air du large, regardé les grands ormes roussir et tous, ils l'ont senti – au même instant : Jeep tenait enfin le truc. Le silence s'est prolongé après un ultime essai.

Naima.
Elle était née.
La grâce,
lorsqu'elle s'installe
et qu'elle soulève la vie.

Jeep n'avait pas senti cette joie-là depuis… Une joie de chair, celle de son père et de sa mère réunis, de tout son corps qui fonctionne en symbiose avec son cœur et sa tête. L'avait-il déjà sentie, d'ailleurs, cette fracture qui se soude ? Il a pensé : peut-être quand ma mère m'a regardé pour la première fois et il a saisi le regard de Sheenan serrant Leena dans ses bras, une infinitésimale fraction de seconde, et il s'est senti aimé. Terriblement aimé.

Il a posé la question : Josepha n'est pas là ?

Non, Jeep. Elle est en Europe en ce moment, une galerie à Genève, une rencontre avec d'autres artistes à Stockholm et un festival à Dublin. Elle se bat pour montrer son travail. Elle ne reprend qu'en octobre les cours qu'elle donne.

Elle ne te manque pas ?

Si, Jeep, elle me manque. *Deeply*. Obscurément.

Alors l'amitié entre Harper et Jeep s'est nouée, et Jeep en a profité : plus profonde qu'avec Bride, plus charnelle qu'avec Barber, et il a fini par se demander si les sons qui rimaient n'étaient pas faits pour lui. Définitivement. Harper, Barber. S'ils marchaient toujours par deux. Comme pour ses deux *e*.

.39.

Le jour de l'audition est arrivé.

Jeep a déchiré.

Grandiose dans le retrait. Grandiose dans la pudeur. *Naima*, c'est du velours. Technique certes, mais du velours, de la pluie sur New York et un ciel d'automne, gris et fauve. Jeep a senti tout cela tandis que ses doigts et son souffle mettaient au monde. Il n'a su qu'après que Laxie était dans la salle. Climb et Ragus aussi. Que Climb a pleuré et que Ragus lui a bourré un coup de poing dans les côtes. Bride n'a pas pu venir, un enregistrement en studio. Quand il est sorti de l'entretien individuel après son audition, Laxie était dans le couloir avec un *giant bagel* et des malossols dans un pot, à part. Elle lui a tendu le *bagel* dans son sachet papier un peu maculé. Barber m'a dit de te dire qu'il faut manger le *bagel* et croquer en même temps les malossols, c'est meilleur que de les poser entre les tranches de pain. Et Jeep s'est jeté dans ses bras.

Alors cet entretien ?

Jeep a réalisé ce qui venait de se produire, cette tension qui dégouline après un effort intense : il n'a pas parlé de musique au jury. Il a évoqué comment la vie l'a conduit là, une mère qui s'en va un dimanche matin, le claquement d'une porte, le crissement d'un TGV, peut-être, le bip d'un sms qui vous apprend sa mort quelques mois plus tard, le silence d'une sœur mutique à qui le père cache que sa mère est morte, les échos brouillés de la came qui grondent dans la tête, la came qui ne mène à rien parce qu'elle empêche de se voir beau, la came qui détruit peu à peu chacun des talents qu'on pourrait bien développer, pfouff, tchack, boum, la voix basse et claire du père qui résonne encore en dedans, cette pointure qui vient de quitter la terre elle aussi, pfouff. Un matin. Qui ne s'est pas réveillé. À qui on aurait aimé pouvoir répondre. Onomatopée. Un son de père qu'on aurait aimé avoir rencontré. Un son vivant.

Tu as parlé de tout ça ?

Enfin pas exactement. Je crois que je n'ai pas cessé de parler de Chostakovitch. Je ne sais pas pourquoi, j'ai toujours aimé Chostakovitch. Et Mercadante aussi.

Mercadante ?

Saverio Mercadante. Un pote de Rossini que mon père adorait. Il l'écoutait en boucle lorsque j'étais enfant… Laxie, je crois que j'ai complètement foiré cet entretien.

Moi, je ne crois pas, Jeep. *We can't be perfect in everything*. Et ce qui compte, c'est ce qui bat là. Le rythme de ta musique. L'entretien, on ne t'avait pas prévenu pour que tu te consacres à l'audition, et c'est bien mieux ainsi. Les grands musiciens sont d'abord le produit de leur histoire avant de jouer celle des autres, *don't you think?*

Si tu le dis.

Mercadante, tu me feras écouter. Un compositeur que je ne connais pas. Son prénom, *I love it!* Grave de chez grave ! Saveriooooo.

Tu vas le marier avec *Emma* ?

Why not?

—

Blériot XI

Avion de reconnaissance

Escadrilles 3, 9, 10, 18 et 30

Squadrons 1, 3, 7 et 16 du Royal Flying Corps

Pas d'armement

Structure en frêne partiellement recouverte de toile

Une à trois places

Train d'atterrissage à base de roues de bicyclette

Petite roue de queue

1er vol de traversée de la Manche

Louis Blériot, le 25 juillet 1909

—

« Il lui semblait avoir pris quelque chose d'elle, l'image de son corps restée dans ses yeux et la saveur de son être moral restée en son cœur. Il demeurait sous l'obsession de son image, comme il arrive quelquefois quand on a passé des heures charmantes auprès d'un être. On dirait qu'on subit une possession étrange, intime, confuse, troublante et exquise parce qu'elle est mystérieuse. »

Guy de Maupassant, *Bel-Ami*[3]

.40.

L'audition a fonctionné. Dans les jours qui ont suivi son entrée au Berklee College, Jeep a fini par comprendre que Bride est un dieu ici, qu'il y a enseigné, qu'il y assure encore quelques sessions pour des élèves très doués, et qu'il a été sans aucun doute d'une discrétion absolue concernant l'inscription de Jeep à cette audition. Jeep a bien essayé de cuisiner Harper. Peine perdue. Harper est une tombe. « L'important, Jeep, c'est la trime. L'oreille et la trime. Travaille ! »

Les cours sont éprouvants et ça ne plaisante pas, le bagne musical. Solfège à six heures du mat, instrument à huit, orchestre à dix, déjeuner quand il a le temps, cours particulier à treize et rebelote : orchestre à quinze. Deux fois par mois, cours d'histoire de la musique, hors jazz, ce cours-ci ayant lieu chaque samedi matin. Se couler dans un rythme effréné, des horaires. Surhumain. Jeep a choisi *Musiques du monde*. « Le panorama le plus vaste possible », lui a fait remarquer, Harper. « Harper, tu m'as dit de m'ouvrir, je m'ouvre ! » Et Ragus qui lui envoie régulièrement de la discographie à rechercher. Faire son oreille, petit. Ne rien laisser passer. S'ouvrir, oui, à tous les types de *sounds* parce que la musique est chemin et qu'elle traduit nos émotions avant même de traduire nos compétences, elle raconte une histoire et on doit être à la hauteur.

À dix-huit heures, Jeep peut enfin arpenter Boston, mais il ne l'arpente pas. Deux fois par semaine, Harper le reprend pour « l'improver », comme il dit, avant de partir pour le night-club où il joue dans le quartier des musicos, non loin de Tremont Street. Les trois autres soirs, Jeep travaille à la distribution de repas pour des personnes âgées isolées, le seul boulot qu'il ait déniché pour allonger un tant soit peu le pot commun, une misère au niveau de la paye, mais il s'en fout, personne ne l'oblige à faire la conversation. Jeep s'accroche, il aime ce monde totalement nouveau, cette ville plus européenne qu'américaine, ses quartiers aux façades anciennes, ses parcs, le fleuve Charles et l'océan toujours si prêt, le Harborwalk et les quais de déchargement du côté du quartier italien où il flâne parfois le dimanche, une heure entre deux répétitions. Il mange jazz, dort jazz, vit jazz. Il saisit la chance que la vie lui tend : parfaire ce don, s'engendrer par lui.

Et c'est bien parce que personne ne l'oblige à faire la conversation qu'il adore la faire avec son instrument et avec les petites vieilles qu'il livre ; et les *old ladies*, comme les surnomme Harper, le lui rendent bien, tout émoustillées par son accent *so Frenchy* ; elles rient à ses blagues et lui demandent parfois de leur parler de cette France si lointaine, et Jeep raconte Nantes et les quelques régions où il a passé ses vacances d'enfant, le Gers, le Massif central, les volcans, et un peu le Sud, Bayonne ou Avignon. Et il entend : « *Where is Cannes? Near Avignon?* » Et Jeep sourit : « La Côte d'Azur, toujours aussi *clichééé* ! » « Non, mythique ! Le jazz et la Riviera… » lui a répondu Laxie au téléphone. Et parfois, Jeep prend même le temps de jouer pour ses mamies un petit air de saxo.

Il est heureux. Et c'est simple d'être heureux. Regarder ce que l'on parvient à faire chaque jour et distinguer le neuf que l'on pose à chaque pas.

Les couleurs de la musique,
la musicalité des rencontres.

Il voudrait dire tout cela à Leena, mais Leena ne lui répondrait pas. Leena n'exprimerait pas ce qui fait battre son cœur, et Jeep se sent encore trop fragile pour tenter de la cerner, l'accepter. Si douloureux de l'avoir abandonnée. Lui aussi. Il a toujours évité son silence ; au début parce qu'il pensait que c'était un jeu et qu'elle allait finir par craquer et se mettre un jour à déverser son mal-être ; puis les mois ont passé, les années, et il a évité sa sœur tout entière, comme les autres, ses silences et son corps. Il sait que Leena voit plus loin que tous avec ses yeux qui interrogent le monde et le terrorisent, qu'elle saisit l'amplitude des détresses et des compromis, qu'elle est un peu magicienne et meurtrie, mais il ne connaît ni les philtres qui délivrent des sorts, ni les pansements qui cicatrisent les meurtrissures. Il ne connaît que sa propre impuissance et l'écrasement qu'elle produit : une tonne de rochers.

Ici, à Boston, il construit une infime partie de quelque chose qu'il n'a jamais touché du doigt : la confiance. Elle émerge peu à peu. Peut-il seulement mettre un nom sur cette musique qui vient au jour, son anche, son bec, ce souffle intérieur, qui déchire le silence et efface l'avant ? Il lui faut du temps, il aimerait rester. Plus de temps au temps. Prémonition. Il va devoir affronter plus fort que le son de son saxo. Pour l'instant, il ne voudrait changer de job pour rien au monde. S'il gagnait plus, il replongerait. Alors, il s'enivre. De Coltrane et de ses frères d'armes, de *lobster rolls*, de ses maîtres en vie, en galères et en espérance, Harper et Josepha, Climb, Bride, Ragus et Laxie, et du souvenir de Barber ; s'enivre de ses *old ladies* avec leurs gilets déformés qui s'avachissent sur leurs poitrines pendantes, leurs bas qui tire-bouchonnent sur des chaussons usés et leurs questions d'enfant. Et il photographie : les bas qui tire-bouchonnent, les chaussons usés et les mains. Surtout leurs mains, leurs rides, leurs taches, leurs paumes qui dessinent des routes dans le désert. Parfois aussi, leur regard au-delà des déserts.

Et quand le manque devient trop lourd, que le regard de consolation de Sheenan le traverse, il pleure, pleure comme un gamin, hurle dans son noir, et Josepha, qui sent parfaitement ces choses-là, lui tend un pinceau et lui dit de se débarbouiller le cœur avec.

.41.

Un dimanche matin, dans la brise glacée de novembre, fenêtre entrebâillée, il ouvre ce paquet que Laxie lui a remis il y a plus d'un mois et qu'il a totalement oublié dans un coin de sa chambre, sous une pile de partitions et de vinyles. « Un paquet. *From* France, Jeep. »

Il ne reconnaît ni le lieu d'oblitération – Poitiers : il n'y a jamais mis les pieds – ni l'écriture de l'adresse. Il ne comprend pas ce que cette maquette d'avion fait sur son lit, et entre ses doigts, ce bristol tapé, le timbre d'un manoir en en-tête, et aucune signature.

Une phrase extraite de *Bel-Ami*.
Maupassant.
Encre rouge, pâteuse.
Caractères d'imprimerie.
Machine à écrire des années soixante ?

De Maupassant, il n'a lu qu'*Une vie* et il n'a pas trouvé que c'était une vie fascinante ; en tous les cas, pas de celle dont il rêvait à l'époque ! Ni aujourd'hui.

Trop de tristesse dans ces écrits. La douleur de la passion, dont son père l'entretenait parfois, ne l'a jamais captivé. Il n'aurait pas envie de le relire, Maupassant.

Jeep réfléchit, il tourne en rond : il ne croit pas que son père ait entretenu une quelconque accointance pour l'aviation, ni qu'il ait eu le temps de construire dans son existence une maquette. Ni son père, ni sa mère. Alors qui ? Laxie ? Invraisemblable. Laxie n'a pas mis les pieds en France ces derniers mois. Si elle avait voulu lui offrir une maquette d'avion, elle l'aurait fait à New York. Josepha lors de son périple en Europe ? Mais Josepha ne le connaissait pas encore. Un de ses potes de Nantes ? Il n'a pas donné de nouvelles à quiconque depuis son départ, pas une adresse. Et ses potes n'étaient pas du genre à lire Maupassant, ou à prendre des notes sur une œuvre. Qu'est-ce que c'est que cet imbroglio ? Qui peut connaître l'adresse de Laxie ? Qui peut savoir qu'il s'est réfugié chez elle comme on se jette à la mer ? Jeep laisse tomber. Il accepte que la vie puisse offrir des mystères dont on ne peut percer le sens. Il accepte de ne se concentrer que sur cette phrase, la beauté de cette phrase de Maupassant, ce qu'elle appelle en lui. Ce qu'elle lui dit de Sheenan, de Leena, des femmes. Il n'a jamais aimé. Pour de vrai.

> Elle allège l'impuissance cette phrase,
> quelques centaines de caillasses en moins.

Il y a des mecs qui ont réussi à écrire ça, *l'image de son corps restée dans ses yeux et la saveur de son être moral restée en son cœur… une possession étrange, intime, confuse…*, un truc qui, cent ans après, vous propulse encore. Il y a des mecs qui parviennent à vous connecter avec le passé, à vous rappeler que vous avez des racines, que vous avez été planté quelque part, un ventre de mère, un pays, un écrin familial – même si sa dorure s'est ternie au fil des étapes. On est toujours le produit d'une histoire. Jeep glisse le bristol entre le cadre baroque et la surface du miroir, sur le mur de sa chambre. Au milieu de vagues qui roulent leur écume sur des berges de dunes dans un ciel démonté à grands traits de lave bleu électrique : les premiers essais de paysages de Josepha.

Il est satisfait que le bristol et Maupassant trouvent leur place dans sa cabane de pêcheur. Que cette phrase ouvre des perspectives. Il la relira chaque matin. Peut-être. La phrase qui allège l'impuissance. Oui, la vie livre des signes.

La maquette est somptueuse, une fois ôtés le papier bulle et les bandes de soie qui recouvrent chaque détail. Légèreté de la carlingue, architecture de cette queue en croisillons, on dirait une bibliothèque qui transporte des livres de nuages, ailes qui pourraient se briser au moindre coup de vent, hélice en bois qui tourne avec la poussée d'un seul doigt. Géant. Et l'homme qui a pu se propulser grâce à ce mélange de papier, de fragilité, si haut dans le bleu, un fou, son bonnet de cuir et ses lunettes ovales, la force du vent qui s'engouffre, la pluie qui douche, les monts, les vallées et les vagues de Josepha sous la carlingue, et les mots de Maupassant qui disent que le monde est souvenir, photographie de l'âme. Observer ce bijou. Il est posé, prêt à décoller. Sur un socle en bois verni, languettes en biseau sur le pourtour, fonte gravée à la main, une écriture penchée qui en donne le nom et les principales caractéristiques. Une housse en tissu – un tweed années cinquante – permet de tenir la maquette à l'abri de la poussière.

C'est à l'intérieur de cette housse que Jeep a redécouvert l'existence de Louis Blériot. Jeep vient de finir d'écouter l'intégrale des œuvres de Bill Evans. Jeep réalise que Blériot, Maupassant et Evans ont un point commun : la prise de risque.

Résonne aussi à son oreille le conseil de Harper :

« Trime ! »

.42.

Leena et Gaspard ont décompté les maquettes.

Cent soixante-seize chefs-d'œuvre, des petites, des plus grandes, certaines brouillons pour parvenir à réaliser les bonnes proportions. Des gravures, des articles de journaux, des photographies en noir et blanc, des cartes postales anciennes, quelques livres, tout un matériel de sources, des croquis sur des carnets où ils ont discerné une écriture serrée, nerveuse, penchée, si penchée qu'elle semble prête à être balayée par une bourrasque de vent.

Des consonnes qui décollent.

Hugo écrit comme il tient son manche à balai. Et puis, il y a les aquarelles, des petits formats, des nuages de toutes formes, en bandes ou esseulés. Et des levers de soleil à s'en déchirer les yeux.

Je crois qu'il aurait pu construire un zingue à taille réelle. C'était sans doute son rêve : revoler.

Ce n'était pas un rêve, Gaspard. Hugo volait.

Cent soixante-seize maquettes.

Cela change les plans pour la salle des slouchs.

Leena a décidé d'en faire une salle de slouchs, de lecture, d'exposition de maquettes d'avions et de *on verra*. Vivien a travaillé pour dessiner l'enseigne, l'a gravée dans un bois flotté et l'a fixée au-dessus de la porte de la remise, un matin lorsque la mer est haute à l'aube. La Calanque de l'Aviateur. L'enseigne tremble sous le vent et produit un son céleste, une sorte de feulement. Elle vole, a précisé Vivien. Gaspard s'est retenu de rire. Toi et tes superstitions de rêveur ! Vivien a répondu qu'il avait ses secrets et ses talismans et que le projet s'enclencherait plus vite qu'on ne le croit. Leena a hoché la tête. Leena aime quand Gaspard et Vivien sont ensemble, c'est rare et c'est beau cette entente à demi-corps, plus qu'à demi-mot. Ce sont leurs corps qui parlent et terminent leur conversation sibylline. Il y a toujours un geste de l'un qui conclut celui de l'autre, un coude qui se relève et une main qui empoigne, une épaule qui se hausse et un dos qui se penche. Leena suit leurs pensées et leur entente par cette chorégraphie que tracent leurs deux corps, et si leurs mains se rejoignent en une poignée fraternelle, c'est qu'ils ont fini de discuter : ils sont tombés d'accord.

Les travaux de la forge ne peuvent être entamés immédiatement, Vivien. Je n'en ai pas les moyens.

L'attente, Leena, c'est la clé du succès, ça fait mûrir les rêves, ça les rend accessibles. Les choses qui se font trop rapidement restent superficielles, et un musée de slouchs, ça doit se réfléchir. Tu verras, il se fera, ce musée.

Pour que cet endroit naisse, il faut retrouver Jeep. Question de succession, de partage, d'héritage. Leena a déjà engagé tout ce qu'elle avait mis de côté. Jusqu'à présent, le notaire de Nantes patine, mais un matin, c'est Me Gravillon qui a garé sa voiture devant la porte. Les ouvriers décaissaient une dalle-béton, impossible d'entendre la sonnerie d'un téléphone.

Qu'est-ce qui se passe, Leena ? Ça ne va pas ?

Transparente, Leena, au moment où il a fini de transmettre la nouvelle. Elle a eu si peur que Jeep se soit détruit, qu'il ait disparu, lui aussi, comme toute cette charpente familiale qui n'a cessé de se dérober depuis les coups de boutoir d'un claquement de porte, d'un crissement de TGV, d'un bip de sms. Parce qu'on a regardé le sms. En cachette. On a vu le sang du père quitter jusqu'à ses lèvres et cette douleur monter à son front. Ses lèvres qu'il a mordues violemment pour se ressaisir. On s'est douté. Le silence n'a jamais rendu les gens bêtes, le silence rend les gens observateurs. On a lu, on a su, et on n'en a jamais parlé. On a accepté la douleur au ventre qui réveillait celle de la fente et on a fait confiance à la Voix : elle allait revenir pour aider, elle allait trouver un sens à ce merdier. Sinon, on allait mourir nous aussi. Et la Voix n'était pas du côté de la mort. Alors, on a continué à lire, à vibrer, à chercher, à transcrire.

Là, le notaire de Nantes a prévenu son confrère : « Pouvez-vous informer ma cliente que nous avons retrouvé le second ayant droit ? C'est urgent. Je ne parviens pas à la joindre. » Me Gravillon a pris sa voiture et apporté le message et le numéro de téléphone :

« Rappelez mon confrère, mademoiselle, cela avait l'air urgent. »

Jeep est vivant.
Vivant.
Ses yeux s'inscrivent sur le mur du cœur de Leena.

C'est qui le second ayant droit ? a demandé Vivien.

Mon frère. Il s'appelle Jeep.

Eh bien, merci la marée haute. Elle ramène toujours les égarés.

À l'aube ! a fait Gaspard.

Vivien a explosé de rire.

Les couleurs étaient revenues sur le visage de Leena. Surtout des bleus. Les bleus des embruns qui, dans ses yeux, rendent le silence époustouflant.

Le notaire de Nantes a confirmé quelques minutes plus tard au téléphone la piste plus que sérieuse : les États-Unis, New York. Et Leena s'est dit qu'elle l'avait toujours su : Jeep cherche à retrouver leur mère. Il ne sait pas que Sheenan est partie au pays d'Hugo, qu'elle vole avec lui, si haut dans les courants d'air effilochés et indomptables. Il n'a pas lu le sms. Est-ce que le *décortiqueur* vole avec eux ? Est-ce que le *décortiqueur* est capable de voler ? Depuis la nuit où Leena a découvert l'atelier, cette obsession ne la quitte pas : les avions d'Hugo vont faire revenir Jeep. Alors, elle prévient Gaspard :

Gaspard, on va mettre les bouchées doubles. Deux fois neuf mois, ils sont à toi.

Pour rejoindre Jeep à New York, Leena a choisi la première maquette de toutes, sans doute pas la première fabriquée par Hugo, mais celle qui évoque les débuts de cette aventure des fous de ciel, de vent et de lumière, les amis des poètes et des peintres, ceux qui vont chercher toujours plus haut les rêves des hommes, ceux qui ont mis la Lune à une portée de satellite et à une roue de bicyclette.

La maquette de l'avion qui a effectué la première traversée de la Manche : le Blériot XI.

Trente-cinq minutes.
Cent mètres au-dessus des flots.
Les fous, les peintres et les poètes.

Ensuite, elle a pioché au hasard dans le cahier des phrases : Maupassant, *Bel-Ami*. Elle a expédié le tout à New York, chez une certaine Laxie Hamilton, depuis Poitiers. Elle n'a pas signé le bristol, elle l'a tapé sur une machine à écrire qui traînait dans le grenier à côté des maquettes. Deux rubans encreurs rouges obsolètes qui empâtent la phrase. Le silence va faire son travail. Le silence fait réfléchir les gens, il les rend intelligents. Ils deviennent capables de deviner ce qui se cache derrière les apparences. Et ils sont plus forts à percer les mystères de ce qui ne se dit pas.

Vivien l'a accompagnée : une virée à Poitiers, ça ne se refuse pas. Surtout dans une Chevrolet 1954 rouge… Gaspard, lui, a décliné : il faut que certains bossent !

Vivien n'a pas compris pourquoi ils faisaient des centaines de kilomètres pour trouver un bureau de poste, mais il roule dans une ancienne ambulance rouge avec une fille qui ne marche pas droit, bronzée, magnifique, il a envie de dénouer son chignon, il a envie de poser sa main sur son grain de beauté à l'entrée de son bras, il a envie de frôler le bas de son dos, cet interstice qu'il aperçoit entre le jean et le tee-shirt blanc et il a démesurément envie d'être avec elle, près d'elle, en elle, un matin d'aube où la mer est haute. Mais il sait que ces matins-là ne sont pas faits pour ça. Leena a dit : « La prochaine fois, ce sera Dijon. Si ça te dit ? » Il a répondu que Toulouse ou Lille, c'est bien pareil, du moment qu'il peut conduire l'ambulance rouge. Vivien n'a pas son permis, il l'a loupé deux fois, mais il ne s'en est pas vanté. Le colis s'est envolé.

Leena ne connaît pas Dijon. Ni Toulouse, ni Lille.

Elle a embrassé Vivien pour la première fois.

Sa joue.

Mais dans son cœur, c'était un baiser pour Jeep.

—

Macchi M.7 1917
Hydravion le plus rapide du monde
En version militaire : 210 km/h
Moteur Isotta-Fraschini Semi-Asso
6 cylindres en ligne 280 ch
Cabine de pilotage une place à l'avant
Surface allaire réduite
Aile inférieure plus courte
Ailes reliées entre elles par un châssis tubulaire
Queue monodérive cruciforme
Coque concave évidée
Trophée Schneider 1921

—

« L'innocence est si constamment placée dans une situation fausse que des êtres foncièrement innocents apprennent à manquer de sincérité. Ne connaissant pas de langage qui leur permette d'exprimer leurs pensées réelles, ils se résignent à en donner une traduction imparfaite. À l'état solitaire, ils existent ; quand ils essayent de se mêler à la vie, les concessions, les compromis auxquels les entraîne le besoin de donner et de recevoir un peu de chaleur de cœur faussent leur nature. »

Elizabeth Bowen, *Les Cœurs détruits*[4]

.43.

Jeep ?

Oui, Laxie.

Un autre paquet est arrivé pour toi.

Un paquet ?

Oui, à peu près le même que la dernière fois. Je te l'apporte à Boston ou tu veux le récupérer cet été si tu repasses par New York ?

Laxie, tu sais bien que je ne quitterai pas les États-Unis sans passer par New York.

Qui sait ? Peut-être que ton *son* se cache à San Francisco !

Non, Laxie, mon *son* se cache à l'intérieur de moi-même et maintenant, je le joue chaque jour.

C'est que tu progresses. Bride va être content.

J'espère. Moi, je le suis. C'est dur, mais je tiens le coup.

Super ! Je t'apporte donc les cookies de ta groupie dans quinze jours. Je viendrai en voiture.

Laxie, je n'ai pas de groupie. Dans ce paquet, ce ne sont certainement pas des cookies. En revanche, si tu peux m'apporter des malossols, je suis preneur.

OK, *guy*, ce ne sont pas des cookies… Mais, la groupie, tu en as une ! Je *suis* ton premier fan !

Ta première fan !

Quand tu joues, Jeep, c'est magique ! Pareil que quand ta mère jouait du piano. Tu as ça en toi. Tu te fonds dans la musique, tu sais la faire naître, l'habiter ! C'est une grande chance. Sheenan serait fière de toi. Quant au paquet, mystère ! Je n'ai jamais mis les pieds à Dijon ! Par contre, les malossols, je sais où en trouver !

Moi non plus, Laxie, je n'ai jamais mis les pieds à Dijon ! Je ne sais pas ce que c'est que cette embrouille. Merci pour les malossols. Tu es une mère pour moi ! Ceci dit, Harper les adore aussi ! Je vais être obligé de partager ! Je t'embrasse. Fort.

Kisses from me and Barber. J'espère bien que je suis une mère pour toi. C'est ce qu'aurait voulu Sheenan, non ? *Bye.*

Bye, Laxie. *Thanks for everything*.

Qu'est-ce qu'aurait voulu Sheenan ?

Qu'y a-t-il dans ce second colis ? Une maquette de Porsche ? Un jeu de quilles en bois ? Un Meccano pour petit bricoleur ? Des pots de moutarde ?

.44.

La Calanque de l'Aviateur a achevé sa remise en état. Neuf mois et du retard, beaucoup de retard : la maison des phrases peut ouvrir ses portes, et l'enseigne souffle et vibre pour appeler les lecteurs.

Gaspard a terminé de poser au sol les carreaux, du ciment en étoiles, de rejointer les murs de pierre, de colorier avec ses couleurs de mer les quelques cloisons, gris-blanc, gris bronze, gris-vert, gris de lune, gris de granit, d'installer ses suspensions, des fils en tortillons de couleurs qui pendent si bas, des aéronefs, sculptures de papier qui planent et font tomber des halos de lumière pâle sur les tables des livres. Aéronefs du futur à mi-chemin entre dirigeables et ailes de condors déployées. Onirique. Vivien les a imaginés, Gaspard les a électrifiés.

Une dizaine de planeurs, tous uniques,
éphémères et splendides.
Et Leena, subjuguée :
Mer-Souffle d'air-Si.

Et la pression de ses deux mains dans leurs mains à eux, et leur silence à tous les deux qui traverse l'émotion, inscrit ce cadeau dans l'éternité et rend leur amitié à la fois palpable et surnaturelle.

Seule concession de Gaspard à Leena dans La Calanque : le coin des enfants. Elle a voulu un mur orange, un mur de soleil. Et les étagères de l'Armand, décapées et blanchies, magnifient les couvertures des albums.

L'appartement du dessus, c'est autre chose. Leena l'a à peine retouché, elle a lessivé les parquets à grande eau ; un coup de cire, comme place Royale, de cette cire qui sent le miel et donne au bois un aspect neuf tout en laissant les rayons du soleil s'accrocher dans les nœuds d'usure. Ensuite, elle a appliqué une céruse sur les poutres qui éclaire les soupentes. Sa maison des toits. Elle a fait changer la fenêtre de la cuisine et a complété la vaisselle avec deux ou trois bricoles de Nantes. Depuis que l'escalier a été installé entre La Calanque et le premier étage et que la cheminée du bas fonctionne, elle peut sentir la chaleur traverser le plancher, venir adoucir son cocon, ses couleurs posées en continuité d'une pièce à l'autre, des grèges, des blancs poudrés, des blancs de chaux.

Contraste avec la bande turquoise derrière le buffet de Marceline, où elle a inscrit à la main des phrases qui enchantent le monde et la nature des hommes. Des phrases d'*Océan mer*. Et le vase avec sa grosse bulle dans le col, posé sur le buffet. Lui, trace le point final au tableau d'Alessandro.

Dans la pièce qui lui sert de bureau, elle n'a pas encore installé sa table d'architecte, mais les bibliothèques sont là, couvertes des livres qu'elle n'a pas lus, qu'elle ne lira jamais. Elle pense : Ils emplissent ma vie, ces livres achetés que je ne lis pas. J'ai besoin d'eux. De mes bibliothèques de livres qui dorment et m'attendent. Ils sont le fruit d'un choix que j'ai posé, un jour de pluie battante, un matin d'hiver dans le brouillard, un soir de canicule aux traînées de vieux rose, juste avant la fermeture de la librairie. Ils sont le reflet de ce que j'ai cherché à un instant donné. Qu'ai-je cherché de moi chez un écrivain ? Des confrontations ? Je ne m'y suis jamais frottée. Des points de vue ? Je m'en suis passée. Puisque je ne les ai pas lus. Pourtant, il me faut la présence de ces livres non ouverts. Un jour, dans une autre vie, une vie où je me connaîtrai parfaitement, je les lirai. Tous. Ils me diront ce que je ne suis pas. Ce que je n'ai jamais été. Ils me diront une chose essentielle : ce que j'aurais pu être.

Le *décortiqueur* a-t-il lu tous les livres qu'il a achetés ?

Son jardin : sa *Cour aux graminées*. Avec l'aide d'Éliane, elle a terminé de l'habiller. Des mois de patience, des heures de travail, des drapés, un carré de salades, quelques plants de Roses de Berne et de Russes rouges, quelques buissons de fines herbes, et partout, des dégradés de bleus, de bleus de Méditerranée, des bouquets de jade et d'azur, d'indigo et d'outremer, tiges frêles, souffles de pétales, herbes folles et corolles bouillonnantes. Deux massifs de romarin en contrepoint embaument et encadrent le poirier.

Gaspard a repris ses dessins, ses truelles et ses nuanciers pour bâtir une salle de slouchs, à côté de la maison des phrases. C'est plus simple : une grande salle, un coin cuisine, des bancs, des tables, des espaces de présentation pour les maquettes d'Hugo, quelques-unes accrochées au plafond peint en bleu d'ici avec des nuages de brume dorée, et un escalier pour atteindre l'atelier et le grenier, où Leena nichera deux chambres, ou peut-être un dortoir. Les plans bougent, les slouchs ne donnent pas toujours des idées claires. Il faut attendre, c'est le conseil de Vivien, alors Leena continue à ne pas marcher droit certains matins, et clic et clac, dans la boîte de Vivien elle enferme les marées, les coquillages et les vents et Vivien développe les marées, les coquillages et les vents. Les enfants de l'école, aussi, lorsqu'ils courent sur la plage. Des portraits d'enfants noir et blanc, sur le vif. Qui s'entassent dans l'atelier d'Hugo.

Le notaire a donné son accord pour la seconde phase de travaux, Jeep a répondu depuis les États-Unis aux demandes administratives de Me Lambert. Il n'a pas voulu savoir à quoi la part de sa sœur allait servir. Il ne sait pas non plus à quoi sa propre part sera destinée. Leena, elle, n'a rien demandé sur son frère, excepté l'adresse de cette Laxie Hamilton. Et elle a fait promettre à Me Lambert de ne jamais lui indiquer sa propre adresse.

Mademoiselle Leena, je ne crois pas que ce soit une bonne chose. Il faudra bien un jour… Il y a l'appartement de la place Royale que vous désirez vendre. Je crois que votre frère serait d'accord.

Maître Lambert, soyez gentil, vous êtes une tombe. Dans cette famille silencieuse qu'était la nôtre, c'est sans doute pour cela que mon père vous avait choisi. Respectez sa volonté et la mienne.

.45.

L'hiver, les habitants continuent d'apprivoiser l'ambulance rouge. Entre deux coups de bêche, deux coulées de béton, deux phrases à recueillir, à recopier dans le soir du *grenier à foin*, Leena n'a pas abandonné : elle l'installe trois fois par semaine sur la place en face de chez Jocelyne. Les plaids ont remplacé les transats.

Oh bien sûr, il y a moins de monde que cet été, parfois même de longues demi-heures sans croiser un chat, mais un noyau d'habitués se tisse : Herblain, Euben, Gilles, Éliane, Orpère, les institutrices, Sarah et Angèle, parfois des faïenciers à la sortie de l'usine, une ou deux mères de famille du lotissement, et quelques adolescents qui viennent surtout pour des histoires de meurtres ou de philtres. Entre ces deux options, ce qu'ils veulent devenir ne les trouble pas plus que ça. Ils ont leur casque et Internet. Le monde, ce n'est pas dans les livres qu'ils ont envie de le découvrir. Néanmoins, Charline, une gamine de quinze ans, a parlé au collège de l'ambulance rouge et depuis, des jeunes viennent discuter à proximité du Samu rouge, comme ils l'appellent, entre deux roues arrière de mob.

Leena attend, elle connaît la part des anges.

Elle sait que Charline a fait à elle seule un superbe boulot. Les jeunes viendront à La Calanque. Ils commencent déjà à regarder, à feuilleter les drôles de cahiers. Certains se marrent. Néanmoins, quand Charline a lu à voix haute une phrase de Sándor Márai :

« À quatre-vingt-dix ans passés, on vieillit autrement qu'après la cinquantaine ou la soixantaine : on vieillit sans se sentir offensé. »

Les Braises[5]

ils ont tous discuté des vieux du village et de la veuve Delambre qui est la plus chouette des vieilles dames, toujours à demander à la jeunesse comment elle va. Ce ne sont pas des mauvais bougres, ces gamins.

Parmi eux, il y a le tee-shirt américain. Lui, il emprunte tous les Harlan Coben et le prochain, il a décidé de se l'offrir pour l'ouverture de la librairie, le 30 avril. Du coup, il bosse, à réparer des mobs, un euro par-ci, un euro par-là. Il économise. Il s'appelle Yoann et il est très beau Yoann, ses cheveux en brosse, ses pommettes saillantes et ses yeux noirs de matador, il les enfonce ses yeux dans les vôtres, toujours de la bravache, masquer sa timidité, rien ne lui fait peur, il a l'Amérique tatouée dans le dos, et il aimerait que Leena le remarque, plonge dans le fond de ses yeux de matador, qu'elle sonde son assurance, qu'elle la liquéfie. Ainsi, il pourrait lui dire que, lorsqu'il sent le désir monter en lui, c'est à elle qu'il pense, à ses seins sous le tee-shirt blanc, à son grain de beauté, là, sur son poignet. Enfin, il essayerait. Lui voler des baisers.

Déception. Leena ne plonge pas, son regard passe au travers du visage de Yoann et s'en va mourir à l'horizon. Cependant, elle lui a proposé Jón Kalman Stefánsson et il adoré cette écriture de jour sans nuit et de nuit sans jour, de froid polaire et de fjords enneigés. Maintenant, Yoann veut découvrir les polars des hommes du Nord…

La bande a hâte de fouler les étoiles en ciment, tous le lui disent, et Leena voit bien qu'elle s'élargit, des nouveaux descendent à l'arrêt de l'épicerie au lieu de poursuivre jusqu'au lotissement. Il est vrai que l'hiver est rude ici, et que le soleil ne se trouve à battre que sous les parkas et les gilets, bien planqué dans les dénivelés cardiaques. Et que la jeunesse a toujours eu besoin de battre le pavé, alors, de temps en temps, Leena gare l'ambulance rouge après les cours devant le lycée et les laisse lire ses phrases et rire sur les vidéos du Samu rouge qu'ils s'échangent de portable à portable.

> Leena ne connaît pas de temps mort,
> pas la solitude.
> Celle de Nantes s'est effacée.
> Peut-être parce que ici,
> elle n'est pas qu'actrice de sa propre survie.

Et puis il y a Jocelyne. La gouaille de Jocelyne… Jocelyne est devenue une habituée et la plus attachante des ambassadrices. Elle vient souvent papoter entre deux clients. Elle ne discute plus des problèmes des uns et des autres, elle discute littérature, ce qui revient au même lui fait remarquer Orpère en prenant son tabac à rouler. Ce virus l'a attrapée et celui-là, elle ne l'éradiquerait pour rien au monde. Jocelyne conseille, tranche, soulage toujours ses clients avec sa bolée de cidre, mais elle y a ajouté sa liste de best-sellers. Elle l'a scotchée sur la porte vitrée de l'épicerie et la remet régulièrement à jour. Grâce à l'ambulance rouge, comme elle dit, plus besoin du médecin.

.46.

30 avril.
La Calanque ouvre ses portes.
La Calanque fonctionne en horaires décalés.

L'ouverture officielle se fait à sept heures avec les slouchs de l'Armelle et son petit blanc sec. Pour l'occasion, elle a abandonné son coin de mer, ses cuissardes en caoutchouc, et s'est s'amarrée avec son bandana et son ciré jaune près de la cheminée où brûlent quelques bûches. Cela n'étonne personne : un feu de cheminée dans une librairie. L'assurance a mis en garde. Leena n'a pas lâché : Ici, les phrases vous choisissent devant la cheminée. Éliane a prévu du café et des tartelettes citron-fraise, poire-chocolat. Le premier bus de ligne est à sept heures vingt-six. C'est donc Yoann qui ouvre les hostilités avec sa bande. Ils sont tous là, à fureter, à rigoler. Des livres, il y en a partout. Rien à voir avec le Samu rouge. Leena n'a pas eu besoin d'ouvrir la caisse. Yoann a le compte rond en pièces d'un et deux euros, quelques pièces jaunes aussi, et lorsqu'elle le remercie droit dans ses yeux de matador, la terre s'ouvre sous ses pieds. Il pourrait faire un enfant à Harlan Coben. Charline feuillette le cahier des phrases, mais elle a déjà sa petite idée : un Stella Gibbons, *Le Bois du rossignol*, et un livre de poèmes, Guy Goffette, *Le Pêcheur d'eau*.

Dans le cahier des phrases, il y a un poème.

En entier.

« Assieds-toi, mon âme

Et puis un jour arrive et le bonheur est là
comme la mer au pied de la mer, on touche
la fenêtre, le bois, pour apaiser ce sang
qu'on croyait disparu

avec le vieux cheval qui ruminait l'azur,
et le cri vert de l'herbe sous l'étouffoir
glacé ; on touche à ce qui n'est pas encore,
ce qui viendra : la vie

promise, mais on a trop de jambes, trop
de bras et le cœur fait des nœuds
– assieds-toi donc, mon âme, assieds-toi, laisse
L'enfant de tes rides, l'enfant perdu,

Défaire le filet du pauvre pêcheur d'eau[6] »

Charline veut devenir le poisson de Goffette, nager en eau douce sur ses ondulations. Elle choisit des versions poche, légères dans le sac. Ce dont elle a besoin ce matin : de la passion et de la légèreté. Elle offre une phrase à Leena, son cadeau pour ce jour d'ouverture : *Un livre est comme un jardin que l'on porte dans la poche*. Elle ne sait plus où elle l'a lue. Leena lui demande de l'inscrire sur la grande ardoise à l'entrée : le tableau des collectes. La bande réagit : « De toute façon, Charline, c'est notre intello ! » Elle ne se défend pas. Le bus arrive. Elle souligne juste :

J'aime les histoires réalistes et les vrais personnages de femmes.

Et la poésie, alors ?

C'est pour pouvoir vous supporter ! Trois quarts d'heure de bus avec vous tous, galère !

Les oooooooh l'accompagnent jusqu'à la porte. Orpère arrive à cet instant : « Petite Leena, tu as déjà mis l'ambiance, à ce que je vois ! » Leena lui explique que les slouchs à la plage, c'est promis, reprendront dès demain, avant l'ouverture. C'est leur rituel d'aube. Elle n'y dérogera pas et il faut bien rapporter la bourriche à La Calanque pour les clients. Orpère ne lit pas dans le cahier des phrases. Orpère ne sait pas lire. Enfin pas bien. Pas très vite. Il laisse ses doigts errer le long des couvertures et demande une histoire de naufrage, de bateaux et de capitaines qui se font remettre à leur place. Avec des images, si c'est possible. Et Leena lui met dans les mains l'album grand format de *Moby Dick*, dessins somptueux plein écran de jaillissements d'eau, de canot et d'hommes au harpon, nageoire caudale en plongée. Et Orpère aime assez que ce soit une baleine qui tienne tête à l'absurdité des hommes.

Vous me le réglerez plus tard, si vous voulez.

Hors de question, petite Leena ! Je ne voudrais pas mettre en péril un tel projet. Si on a ouvert La Calanque d'Hugo, c'est pas pour la refermer ! Et le devoir de mémoire, merde alors !

La Calanque ouvre en horaires décalés.
7 h-11 h 30. 17 h-21 h.

La journée a été bonne. Très bonne même.

Ce soir de première, Leena ne parvient pas à rester dormir sur place dans la nouvelle chambre avec l'armoire aux roses que l'Armand a rénovée. Le tiroir coulisse à présent. Leena n'y a glissé aucune affaire personnelle. Cinq tee-shirts blancs et un pull corail, cela n'occupe pas tant de place. Elle y a ajouté l'écharpe qu'Éliane lui a tricotée pour Noël, des rayures, de l'orange et du jaune, du lie-de-vin et du vert amande, des teintes du Sud. « Pour aller avec votre pull. » Éliane vouvoie encore Leena. Comme Gaspard. Un vous qui veut dire tu. Leena a simplement poussé les rouleaux de cotonnade : un petit abri dans une armoire de mercière.

Il faut fermer, abaisser le rideau.

Oui, la journée a été belle. *Une belle, belle journée.*

Elle se souvient du soir de son arrivée chez Éliane, de la rencontre avec Vivien et ça pfouff, tchack, boum dans son cœur, et il se pourrait bien qu'elle ne dorme pas cette nuit. Gaspard termine d'éteindre sa baladeuse dans la salle des slouchs. Elle l'entend replacer le panneau de bois sur l'ouverture, sécuriser le chantier. Les aéronefs de papier planent, un sur deux, lumière de début de nuit et toile de bleu tendue en plein ciel, piquetée de points lumineux. C'est tellement immense un ciel d'étoiles, tellement sensuel. Gaspard entre, silence. Il descend le rideau, éteint les aéronefs, lui prend la main, silence. Il l'entraîne, monte, silence. Le contact de la main de Gaspard la soulève. Chaque marche, elle la connaît, silence. Dans la chambre, pas de volet, les draps de lin blanc réfléchissent le bleu de la nuit. Il se déchausse, elle est déjà pieds nus, silence. Il s'allonge, ouvre ses bras. Elle se blottit, il sent le plâtre, la pierre froide, silence. Elle s'endort. Quand le chantier sera fini…

.47.

The Song is You. Stan Getz.

Jeep vient de terminer de maîtriser le morceau. Son professeur n'en revient pas. Il a appelé Bride à New York. Son élève est un ovni. Le *Frenchy* ne parle pas, mange à peine, bosse comme un fou et il a la grâce. Rien ne lui échappe. Il sent chaque souffle, chaque note, chaque harmonie.

Bride, on tient un géant. Est-ce que c'est possible ? Le gamin débute !

Bride a ri de son énorme rire.

Clark, ce môme revient d'une caverne, il a l'oreille neuve, il recrée le monde. La musique, c'est sa souffrance. Il veut la dépasser, elle ne se laisse pas faire. C'est un *huge warrior*, il gagne à tous les coups.

Comment as-tu pu discerner ça ?

Il pleurait lorsqu'il est arrivé au Full Gospel Tabernacle. Même ses pleurs jouaient du jazz. Ça vibre et ça crache son solo, aussi simple que ça ! Je te dis, il vient d'une autre planète, il a le jazz dans le sang.

Et il est blanc !

Ouais, mec, il est blanc. Blanc de blanc ! Avec des ancêtres noirs de noir !

Jeep maîtrise les standards, un à un, des mois de lutte, mais *The Song is You*, c'est différent. Non parce que c'est Stan Getz, Jeep sait bien que Stan est inégalable, mais parce qu'à l'instant où il a eu le sentiment de le tenir, ce n'est pas seulement ce morceau qui est devenu lui, mais la musique, l'entière musique. Il a failli rechuter. Le combat a été mortel. Titanesque. Ne pas sortir dans les ombres de la nuit. Se bourrer de *marshmallows*. Merci, Josepha. Courir, un fou, aller-retour, aller-retour, aller-retour, sur le Charlestown Bridge. *Marshmallows*. Courir. *Marshmallows.* Fourrer ses mains dans la peinture, patauger dans des jaunes criards, ses pieds sur la toile au sol, traces de rouges brûlants, mains dans les terres d'ocre, joues couvertes de croûtes, surtout des bleues, pointillés de pigments fluorescents. « Des pixels », a dit Josepha, en le photographiant. Elle a gardé le tee-shirt avec lequel il a foulé la peinture. « Si tu veux réessayer. » Elle a marché avec lui. Elle l'a attendu dans ses courses à l'aube : Christopher Columbus Park, Rose Fitzgerald Kennedy Greenway, Hanover Park : ils se les ont tous faits. « Viens, on va se manger une pizza, ça te changera des *lobster rolls*. » Elle l'a récupéré en nage. En larmes. Pas très masculin, les larmes. Pas très courageux. « On s'en fout. Les larmes, ce sont les larmes. Plus elles sortent, plus tu te laves la tête. Plus tu te laves la tête, plus tes idées sont claires. Plus tes idées sont claires, plus tu sais où tu vas. Ou plus tu acceptes de ne pas savoir. Et c'est très bien ainsi. Ce sont les moments où l'on ne sait pas qui engendrent ceux où l'on sait. Arrête de vouloir tout maîtriser. Reçois. *Marshmallows.* »

Merci, Josepha.

Cette lutte.

Il fallait qu'il parvienne à *The Song is You*. Parfois, il voulait arracher le *g* à *song*. Cela le hantait. Le morceau n'était pas si complexe. Et il vient de comprendre. Il pose son instrument. Peter, le pianiste le regarde.

Everything's all right?

La musique vient de se donner à lui. Il la reçoit. Indescriptible, la jouissance, quand on aime et qu'on est aimé. Il ne peut plus rechuter. Le monde de la nuit, c'est la daube, les crève-la-faim, la jouissance factice. Lui, Jeep, veut la jouissance éternelle. Il la tient. Éternelle ! Plus de scintillement inutile dans la poudre diabolique, plus de paillettes. Lui : ce qu'il est, ce qu'il donne.

Je sors un moment me dégourdir les jambes. Je te rapporte un café ?

Up to you!

Devant la machine à café, Jeep s'adopte.

The Song is You.

Il est prêt.

Direction, son père.

.48.

Jeep erre sur le campus du MIT, perdu. Un campus américain, c'est démesuré, et celui-là, particulièrement : la crème de l'Amérique y transpire. Une coupole, une colonnade blanche, des bâtiments rectangulaires, des pelouses, des voiles de bateaux au loin. Jeep a abandonné ses études, après sa deuxième année de droit au Tertre à Nantes.

Il s'assoit. Sur l'herbe. Comme les autres. Mais lui observe. Des groupes d'étudiants, piles de cours sur les bras, les filles, identiques, queues-de-cheval haut perchées, blondes ou brunes, les garçons, identiques, coupe courte, bruns, surtout des bruns, tous propres sur eux, tenues cool à l'américaine, jean-tee-shirt-casquette-besace-baskets, des kilomètres à parcourir. Lui se pose des questions. Pourquoi son père venait-il régulièrement sur ce campus, où l'on enseigne les mathématiques, les sciences, l'économie ? Qui peut répondre à sa question sous cette coupole ? Le silence, toujours le même depuis que Sheenan a claqué la porte… Lui n'a personne avec qui faire la conversation sur cette pelouse.

Peter lui a répété maintes fois : « Tu sais, le *Frenchy*, tu devrais rencontrer des gens, les Américains sont *friendly*. » Veut-il lui signifier par là qu'il serait temps de répondre présent quand les étudiants du Berklee College décident de prendre un verre le soir après les cours ? Jeep est assez mystérieux pour eux tous. Alors, lorsqu'il a enfin demandé à Peter un peu d'aide pour visiter le MIT, celui-ci n'a pas hésité : il lui a donné l'adresse d'un café où de nombreux étudiants se retrouvent. C'est là que lui-même se rendait lorsqu'il sortait avec Kate, une fille en sciences éco… Jeep l'a coupé :

Merci, Peter, je te revaudrai ça.

Ça, quoi ? Le MIT, ce n'est pas Fort Knox. Tout le monde peut y entrer et l'adresse d'un café, ça n'a jamais renversé la terre !

Sauf que c'est dans ce café que la terre va se renverser pour Jeep. Prendre les choses comme elles viennent. Cesser de vouloir tout maîtriser. Puisqu'il ne sait pas par quel bout commencer, il se lève et se dirige vers le café de Peter. C'est là que l'attend Odessa.

. 49 .

Odessa s'installe chaque jour au Peter's Cafe. C'est ainsi que Jeep décide d'appeler cet endroit. Ça grouille d'étudiants en bande. Mais ça ne chahute pas. Tout le monde bosse, ça rature, ça consulte son PC, ça parle à mi-voix et ça consomme des lattes en quantité. Sauf Odessa. Odessa écrit, un cahier, pas d'ordi, de grands yeux bridés, des cheveux noirs, si noirs, pas de queue-de-cheval. Odessa a toujours les cheveux lâchés, sa frange le lui permet, un crayon entre les dents, un stylo plume qui court sur des feuilles à peine rayées. Les lignes doivent toujours être très pâles pour Odessa, juste un repère pour aligner les mots. Jeep commande au comptoir et s'installe en face d'elle. Parce qu'elle est la seule à être seule. Elle ne relève pas le nez. Pas tout de suite. Elle griffonne. Beaucoup d'à la ligne. Jeep ne croit pas qu'elle l'ait remarqué. Jeep ne croit rien. Jeep n'a pas de cahier. Il n'y trouverait pas les réponses à ses questions. Encore que. Dans un livre peut-être ?

Depuis qu'il a déballé la seconde maquette d'avion, celle de Dijon, la phrase d'Elizabeth Bowen infuse bien au-delà de la personne qui peut lui expédier ces merveilles de maquettes.

L'innocence est si constamment placée dans une situation fausse...

Il a rêvé que c'était sa mère qui lui postait les avions et les phrases.

Que le sms prévenant son père qu'elle avait trépassé était un leurre.

Mais sa mère est bien morte.

Son rêve ? Un véritable cauchemar…

D'ailleurs, le père n'en a jamais reparlé de ce sms, il ne s'est même pas rendu à l'enterrement.

Sa mère, est-elle vraiment morte ?

Où l'histoire s'est-elle déroutée de son sillon ? Une famille, un bon boulot, une reconnaissance sociale, deux enfants, un garçon, une fille, le choix du roi, une mère au foyer exemplaire, qui fait le pain, vient vous chercher à la sortie de l'école, des vacances dans le Gers, la résidence secondaire. Où le nid-de-poule est-il apparu ? Quand ? Qui envoie des maquettes à Jeep ? Pourquoi ? A-t-il seulement le droit de les conserver ? Elles sont si incroyables, fluides, intemporelles.

La deuxième, c'est un avion de guerre italien,
vert et gris,
un peu de rouge sur la cocarde de la queue.

Un avion de guerre,
qui envoyait des hommes à la mort,
en défendait d'autres.
Qui a le droit de vivre ? Qui décide ?

Après la première maquette, il ne s'est pas posé plus de questions que ça. Mais lorsque Laxie lui a tendu son paquet avec une énorme boîte de cookies et un bocal de malossols, il a tout de suite su ce que contenait le second colis : la même écriture sur le kraft qu'il ne reconnaît toujours pas.

Et là, dans ce café de Boston, il espérerait presque que d'autres paquets suivent. Évidence. Inexplicable. Les avions et les phrases ont un lien avec sa musique, si bizarre que cela puisse lui paraître. Ils l'aident à se maintenir en vol.

> Altimètre plein ouest.
> Fendre le vent.
> Bonnet de cuir.
> Ne pas replonger.

Odessa a fini de griffonner. Elle tend sa main.
Hi. Odessa.
Hi. Jeep.

Elle commande un second latte. Jeep est au jus de pomme. Il aimerait du cidre mais il ne faut pas trop en demander aux Américains. Odessa, elle, replonge dans ses notes. Lorsque le serveur lui apporte sa boisson, elle ajoute :
Deux *cinammon rolls*. Tu vas bien en manger un ? Au moins, tu feras quelque chose au lieu de me regarder.
Je ne te regarde pas. Je réfléchis.

Tout le monde réfléchit ici, mais en général, la pensée de chacun se traduit par un bruit : le crayon qui glisse ou le martèlement ininterrompu des touches d'ordinateur.

Moi, je réfléchis en silence.

Odessa repousse son cahier. Explique-moi ça.

. 50 .

Ils ont fini par quitter le Peter's Cafe. Le brouhaha s'était intensifié et Odessa aime le calme, pour travailler, et pour écouter. Il n'était plus question pour elle de poursuivre ce matin-là l'écriture du scénario en cours : la vie lui en livrait un neuf, une détresse insondable derrière de grands yeux clairs. S'ouvrir aux impromptus.

Ils ont marché la journée, fracturé le silence. Enfin, lui. Il se dévoile. Elle l'écoute. Bienveillance. Il explique.

Non, il libère.

Tout.

Sa fuite. Ses carnages.

Il fallait qu'il reprenne depuis le début mais tout se mélangeait un peu. Un peu trop pour elle.

Odessa n'interrompt pas ou lorsqu'elle interrompt, elle reformule, murmure des phrases limpides, des directions, des pistes qui éclairent et anéantissent les échecs. Comme si elle pouvait lire en son âme. Odessa avec ses longueurs d'ébène douces, sa peau bronzée, ses billes noires de tempête qui veulent évacuer les mondes anciens, s'ouvrir aux équinoxes et aux dénivelés de ses contemporains, laisse Jeep entrer dans sa vie.

Simplement parce qu'elle sait écouter les âmes déchirées, qu'elle a conscience de ce talent, qu'elle le cultive. Laisser les autres se déverser en elle, retranscrire. Cela la nourrit. Ou la hante. Alors, elle en fait des pièces de théâtre. La vie des autres se joue. Tout capter, tout regarder. Et partager.

Plus tard, bien plus tard, elle expliquera à Jeep qu'elle fait jouer ses pièces à des femmes en prison, qu'elle les filme acte par acte, qu'au départ de chaque création il y a leur parole de détenues, une parole d'une grande humanité – comment elles en sont arrivées là –, qu'elle poste ses vidéos sur Internet, que c'est ainsi que ces femmes se remettent à marcher, se regarder en vérité, ne jamais se fuir. Elle, Odessa, ne fait que mettre en dialogue. Elle est une jeune femme du à la ligne.

Pour le moment, ils déambulent.
Jeep nettoie
Les traînées de suie. De brouillard. Son âme.

Le départ de la mère. Le désespoir. Sa sœur. Le silence. Mettre en mots, le silence. Son père absent. – Difficile encore de poser le *son*. – Est-il présent dans cet appartement, derrière ses recherches, ses montagnes de livres, ses lunettes, les auteurs, les personnages, leurs méandres et les siens ? L'inattention ? C'est sans fond. Impalpable. L'inexistence. De la vie, autour de lui, en lui. Tout est sibyllin. Jeep cherche le mot en anglais, ne le trouve pas, simplifie, le prononce en français et Odessa comprend, incite à poursuivre. Ses mains indiquent la voie ; l'une parfois frôle le pull de Jeep, l'index se soulève, montre le ciel. Lui reprend. Cautérise.

Il n'y a pas de refus de parler, il y a l'abandon, le père a abandonné : le jour qui se lève, la nuit qui repose. Ses enfants. Il est là mais il n'y est pas. Et puis, la mort de la mère. Un sms. Qu'il faut cacher. Protéger le plus faible, est-ce raisonnable ? L'impuissance. On cherche un soutien. Ailleurs : le mot devient déterminant. On sort de cet enfermement, on veut en sortir, mais ailleurs, on ne sait pas comment prendre la vie. On n'est pas bête pourtant. On a le bac ! Ces études de droit où l'on tente de se maintenir à flot, le droit pénal qui n'intéresse plus, ces lois, ces jurisprudences, elles essorent la mémoire – qui peut avoir envie de passer sa vie dans un prétoire ? Odessa sourit.

Étrange, le sourire d'Odessa.

Odessa a un sourire minuscule, presque auto-effaçable. Dans sa culture, chez son père, on ne sourit pas à un inconnu, chez sa mère on sourit tout le temps à cause du froid qui vous glace les os et des fourrures qui ne laissent même pas voir vos lèvres, alors on sourit *plus* avec les yeux. Et Jeep s'accroche aux yeux d'Odessa qui sourient *plus* que ses lèvres. Ils lui sourient et il peut.

Après, tout sera cendre, dévasté, traversé.

L'effondrement. La fac que l'on finit par quitter. Sans le dire. Un secret de plus. Tout est secret. Tout est trappe, couvre-feu. Ailleurs, la vie est toujours plus belle. Jeep ne cherche plus ses mots, ils coulent. Ailleurs. Sa rencontre avec Octave, un connard fini qui deale et déconne et peut se le permettre parce que ses parents bossent comme des ânes et ramassent du fric à la pelle dans les décomptes bancaires, ceux des autres… Octave et Jeep, une sacrée paire, trouver du fric, suivre Octave dans ses délires. Blaise qui ne reconnaît même plus son fils… C'est comme l'enfance. Jeep et Octave. Ils jouent aux gendarmes et aux voleurs. Ils veulent oublier. Oublier quoi ? Ils n'ont pas d'échecs à leur actif. Le vide, sidéral. L'angoisse qui ne fait que les rattraper lorsqu'ils n'ont pas pris leur potion magique. Les autres qui traînent avec eux se croient plus forts, ils pensent que ça n'a pas de conséquence de se shooter, un jeu, et Jeep voit bien qu'il devient accro, agressif, débile, dégénéré. Lui, il voudrait consoler Leena – de quoi ? L'aimer – comment ? Jeep ne sait plus. Jeep ne sait rien. Jeep a sombré.

Il empoigne la main d'Odessa, quelques secondes, dans l'air vif de cette journée, sans vraiment s'en rendre compte, dans ce vent qui les accroche le long de la promenade, sous le soleil bas, l'hiver. Odessa remonte sa fermeture Éclair, et lui, il embrasse ses doigts. C'est un geste simple, de survie. Un baiser minuscule. Elle ne les retire pas. Chez son père, on n'embrasse pas, chez sa mère, on embrasse sur la bouche, alors Odessa choisit le juste milieu, ne pas embrasser, se laisser embrasser, un effleurement sur sa paume, il est ailleurs : un baiser sur une main, c'est étonnant, ce n'est pas grand-chose, ce n'est que de la tendresse. Ou de la gratitude.

L'arrêt cardiaque,
une nuit.
Le cercueil. La fin.
Le silence de Leena devant le cercueil,
pas une larme.
Il va lui dire que leur mère est morte.
Il n'y arrive pas.
La fuite. New York.
Jeep s'est tu.

Sa voix à elle soudain s'élève, menue, deux *la* au-dessous du vent. Elle offre ce qu'elle connaît de cette pointure du campus. Sa main, Jeep ne la lâche pas. Tandis que la voix d'Odessa défie la bourrasque, il observe sa blouse de soie, ses manches longues qui se resserrent au poignet, des myriades de petits plis, ils attrapent les fleurs de la terre en bouquets folkloriques. Et elle, elle lui tend ses bouquets. Ce temps qui s'étire. Il faut tant de temps pour traverser.

Il est en train de tomber amoureux.
C'est ce qu'il se dit.
Il a effleuré sa main.
C'est sa seule chance : aimer
Ne pas chercher à être aimé.

Il n'est plus qu'écoute. Attente.
L'harmonique de son père.
Une face qu'il ne connaît pas ?
Mais que connaît-il de son père ?
Entrer. En Dialogue. Avec lui.

Ton père était un professeur remarquable, un as de l'ingénierie informatique, admiré pour son excellence sur les Mooc.

Les Mooc ?

Odessa explique et sa voix ouvre le monde.

Des cours en ligne *via* le Net.

Mon père venait jusqu'à Harvard pour donner des cours par Internet ?

En quelque sorte. Il les préparait, les donnait dans le cadre des cours magistraux et pour certains, en enregistrait une version Mooc… Au MIT, nous avons une chaire arts et sciences médiatiques. Il y a peu d'enseignants français sur ce programme. C'est la raison pour laquelle, vu son excellence, ton père avait été repéré et était apprécié. Il travaillait pour ce *degree*. Ses cours en ligne étaient destinés à un plus large public : à ceux qui voulaient se mesurer au journalisme – ce que ton père appelait une écriture sèche, d'investigation ; à ceux qui voulaient se confronter à l'immense littérature française, sa spécialité, les odyssées, les textes qui se calligraphient sur la durée, qui laissent du temps au temps… Puis il y a toutes ces personnes qui, sur notre sol, n'ont pas les moyens de se payer des études. Ton père voulait étendre cela, une sorte de démocratie de la connaissance. Par les Mooc. Il était précurseur dans ce domaine. Pour lui, cela dépassait la simple notion de nouvelle technologie. Il intervenait également en droit de la propriété intellectuelle. Il *voulait* transmettre. Par tous les moyens. C'était *sa* raison d'être. L'excellence, la compréhension de l'homme, l'exception culturelle française. L'homme, il le voyait, il le voulait debout par la connaissance, spécialement grâce à la littérature.

Tu l'as eu en cours ?

Non, malheureusement. J'ai suivi certains de ses Mooc sur la construction littéraire.

Jeep, abasourdi.

Son père, toujours le carnet dans la poche, qui traçait à Nantes tous ses cours à la main sur des feuilles A4 pelliculé, 100 grammes, pour que le feutre ne perce pas, qu'il puisse écrire recto verso, son père qui ne possédait pas d'ordinateur, qui ne supportait pas qu'on lui parle de jeux vidéo, son père, une pointure informatique !

Ailleurs.
Son père tenait…
L'homme debout. Par la littérature.
Des phrases d'auteurs et des maquettes.

Tu veux que je te montre l'endroit où il travaillait ?

Non… je ne crois pas… que je pourrais voir son bureau.

Tu as raison. Tu n'as sans doute pas besoin de cela pour tracer ta voie.

De quoi ai-je besoin ?

De savoir qu'il a aimé ta mère à la folie. D'aller explorer de son côté à elle. Il ne peut pas avoir enregistré le Mooc qu'il a enregistré sur *Madame Bovary*, en parler avec cette délicatesse, sans l'avoir aimée à la folie.

Il a enregistré un Mooc sur *Madame Bovary* !

Sur Flaubert, plus exactement. C'est un de ses plus passionnants.

Tu l'as lu, toi, *Madame Bovary* ?

Oui, je l'ai lu. Difficile de faire autrement quand tu suis le Mooc. Peut-être que tu devrais entrer dans son cours lorsque tu seras prêt. L'écouter parler d'Emma.

Et de Charles. Des tentatives de Charles pour comprendre Emma. Ces tentatives, ce sont les siennes. Un livre, c'est aussi ce qu'il y a derrière les lignes, ce que chacun y met. Si ton père n'avait pas aimé ta mère d'une manière aussi pure, aussi romanesque, il aurait refait sa vie. Il est mort de son départ. C'est tout… Il n'avait plus de force. Seulement, *cette mélancolie morne, ce désespoir engourdi.* Ce sont les mots de Flaubert. Ton père les vivait. Cet anéantissement, tu l'as expérimenté toi-même.

Oui, sans doute.

Ton père est parti parce que c'est seulement là qu'ils pouvaient se rejoindre. Ils s'entendent tous les deux au milieu des nuages. Il n'y a plus cette pression de réussir. Juste deux âmes qui s'émeuvent. Et qui rient ensemble, comme au premier jour de leur rencontre.

Odessa s'est tue.

Un long moment. Dans les secondes qui s'égrainent, la circulation qui s'intensifie, des traces de klaxon sur la mémoire, des hurlements de radio, le silence est chantant.

Jeep, si tu veux dépasser cette histoire, c'est le langage de ta mère qu'il te faut comprendre. Enfin, je crois. Le langage d'une mère, même s'il est silence, c'est notre ADN, à chacun. De là, surgira une force neuve. Lorsque tu auras mis le doigt sur la raison de son départ.

Le soir tombe sur Boston, la lumière des réverbères trace des sillons lumineux au loin derrière le fleuve. Des esquisses de nuit, en contrastes.

Jeep ose. Ce mot, oser, il est si nouveau en lui.

Odessa… parle-moi de toi.

Ce sont les autres qui se racontent à moi, Jeep.

Mais elle a accepté qu'il se blottisse, elle le serre dans ses bras, il se réchauffe contre son cœur. Un tout petit cœur. Jeep sent dans son cou cette odeur de sucre et de rose, et pfouff, tchack, boum, le jazz qui pulse sous la blouse fleurie. Un éblouissement. Et, ce n'est pas si douloureux.

Tu aimes le jazz ?

Porte grande ouverte sur un horizon de bleus, de pépites et d'étoiles. Bercer les étoiles. Et son sourire qui éclaircit son bleu à lui, ses yeux.

Le jazz ? Lequel ? Il y a tellement de sortes de jazz. Je n'y connais pas grand-chose…

Le Jazz !

Le jazz qui entre d'un seul coup dans ses veines. Elles ne charrient plus du carbone, ses veines, mais de l'oxygène à pleine respiration. Lutter. Reprendre pied. La musique, elle le prend, sa sève l'irrigue. Elle me fait toucher, un vrai ciel, un ciel incarné, tu comprends ? Pas un ciel de pacotille, de fumée, de brouillard, ce ciel n'existe pas, n'existe plus, n'existera jamais. Le jazz m'offre l'éternité du ciel. Moi, si minus, le saxo me cueille et me pose tout en haut et je vois le monde et je crée le monde…

Créer le monde, de toute façon, ça prend des milliards d'années. Et nous, au milieu de ces milliards, nous n'en avons que quelques-unes pour nous réaliser…

Le soir est tombé sur Boston. Odessa a entraîné Jeep dans un tripot russe au fond d'une cour délabrée où on mange les meilleurs *pirojkis* de la terre. Là, elle peut déverrouiller sa porte. Son prénom de port.

Elle aussi, cherche, gratte.
Des petits bouts d'à la ligne.
Elle calligraphie.
Elle étudie le droit. Il y a des gens qui ont envie de passer leur vie dans un prétoire !
Oups !

Le soir est tombé sur Boston.
La neige s'est mise à tomber.
Bercer les étoiles.
The song is you

—

Caudron C. 450

1934

Avion de course

Moteur Renault 433 à compresseur

6 cylindres inversés de 7,95 litres

325 ch à 3 250 tr/mn

Habitacle encastré dans le fuselage

Entièrement bleu moyen

Inscriptions diverses

Numéro de course en blanc

Marcel Riffard

—

L'indicible ! Il était mystérieusement lié, je le comprenais maintenant, à l'essentiel. L'essentiel était indicible. Incommunicable. Et tout ce qui, dans ce monde, me torturait par sa beauté muette, tout ce qui se passait de la parole me paraissait essentiel. L'indicible était essentiel.

Andreï Makine, *Le Testament français*[7]

. 51 .

« Une lignée de femmes hors du commun. »

Elle a passé la porte de La Calanque, à l'aube, un matin de mai, avec cette phrase.

Et Leena l'attendait. Ou plutôt Leena s'y attendait.

Elle en était persuadée : un jour, elle la verrait en chair et en os.

Elle en avait entendu parler. Des bribes. Par Jocelyne. Les jeunes. Des ragots de village. Comme elle en était elle-même la cible.

Elle a passé la porte avec cette phrase et elle a répété : « Je suis issue d'une lignée de femmes hors du commun. » À peine plus fort, de la conviction sans assurance. Peut-être pour être certaine que Leena l'ait entendue. Leena n'a pas bougé. Elle a laissé sa visiteuse flâner dans La Calanque. Sans l'interrompre, après le seul murmure de son bonjour. Elle l'a observée. Son fond de teint. Démarcation visible au niveau du lobe de l'oreille et de la jonction du cou. C'est ce petit détail qui l'a émue plus que la phrase elle-même.

C'est ce petit détail qui l'a poussée à relever parfois la tête de son livre, *Le Portrait de Dorian Gray*, à cesser de s'acharner sur son annulaire gauche, là où une peau morte dans la rondeur de la lunule la titille ; elle finit toujours par l'arracher à cet endroit.

Un coup d'œil à la dérobée, sur cette longue robe de mousseline vert de mer, gris d'olivier, un vert grisé, celui du Sud, bras mats et nus, sandales argentées, talons d'une hauteur démesurée, brides en croisillons, trois strass au centre. Il pleut dehors et ces longs cheveux roux sont humides, un peigne en écaille les retient le long de la nuque. Ils glissent comme un manteau sur le vert. Une sirène.

Leena laisse le silence s'épaissir entre elles. Elle ne propose ni slouchs, ni café, ni tartelettes. Elle respecte le pas cambré, lent, devant les étagères, le visage incliné, les deux opalines tristes et pâles qui scrutent les titres, les doigts fins qui hésitent à se poser sur les tranches. Ils jouent avec le souffle de l'air une partition sur un piano invisible, à la hauteur des yeux. La valse de l'hésitation, non parce que l'on ne sait ce que l'on veut lire, mais parce qu'une étagère de librairie, c'est intriguant. Il y a tant de vies contenues sur ces murs. Il semble à Leena que cette femme ne désire pas rompre l'harmonie de cette plénitude alphabétique.

Elle l'a laissée ressortir. Pas d'au revoir. Elle a goûté le decrescendo de ses talons qui claquent sur la pierre du trottoir jusqu'à la dernière note.

Infinie richesse du silence lorsqu'il s'est réinstallé.

Elle sait qu'elle reviendra.

La comtesse a abandonné son étole bleu de nuit au pied des petits prix, dans le rayon Jeunesse. Devant le mur orange.

.52.

Gaspard désobstrue, reconstruit, installe. Des baies vitrées. Des planchers. Des arrivées d'eau. Des parois. Gaspard dessine, architecture, ponce. Des vitrines. Gaspard nettoie, souffle, admire. Des maquettes d'avions. Euben électrifie, joue avec ses prises, ses compteurs, ses jonctions, ses fusibles. Éliane nourrit, invite, invente. De grandes tablées avec les ouvriers, avec ses hôtes. Orpère passe chaque soir, décharge l'ambulance, encourage, serre la main, caresse la joue, traverse, salue Jocelyne, se roule son tabac, sans filtre. Vivien conduit, gribouille, tire des bords, et il est toujours là pour le coup de main entre deux mises à flot.

Mais c'est Gaspard qui monte
et dort avec Leena.
Parfois.
Lorsque Leena n'a pas émis un son de la journée.
Lorsqu'elle redevient l'amante du silence
et de ses déclinaisons.
Gaspard monte et elle se blottit.
Et Vivien n'est pas jaloux.

Parce que Vivien offre à Leena la mer et que la seule pression de sa main dans la sienne lui suffit. Il la croise certains matins aux slouchs, dans les traînées de rose et de marbre qui peignent les vibrations du ciel. Il l'attend. Elle vient en vélo ou elle arrive avant lui avec l'ambulance rouge. Et il plonge dans le carnet des phrases ; il en trouve toujours une qui lui est destinée. Il ne lit pas. Il préfère quand Leena raconte. Si elle ne se souvient plus de l'intrigue, elle repart à la voiture, fouille, voit si elle peut dénicher le livre. Vivien l'écoute. Et lorsqu'elle le quitte, il sort sa feuille à lui, pliée en quatre dans une poche, et trace des lignes qui disent la fragilité des amours déçus, la limpidité des matins où l'on voudrait disparaître.

Personne ne possédera Leena, ni lui, ni Gaspard. Gaspard dort avec Leena. Puisqu'il ne rentre pas au manoir. Gaspard caresse le corps de Leena endormie. Gaspard caresse l'interstice entre le jean et le tee-shirt blanc. Gaspard ne possède pas Leena. Le grain de beauté sur son poignet est à Vivien, à lui seul. Gaspard construit des maisons à Leena. Vivien lui écrit des lettres. Qu'il ne poste pas. Ensemble, ils font le tour de la France dans l'ambulance rouge. Dernièrement, ils sont allés à Toulouse. Pour trouver un bureau de poste. Ils ont déambulé sur les places roses, bu des cafés, posté un troisième colis. C'est toujours Vivien qui écrit l'adresse. Ils se sont assoupis quelques heures dans la voiture, au bord d'une route dans un champ, avant de retraverser les paysages, rentrer. Leena lui a donné sa main. Il l'a regardée dormir. Comme Gaspard. Étendus sous le plaid, leurs deux mains enlacées. Et lorsqu'il s'est réveillé au beau milieu d'une nuit de velours, il a baisé son grain de beauté, ses lèvres sur le mamelon brun.

Puis, Vivien a écrit dans l'aube de ce nulle part, parce que c'était son endroit avec Leena qui dormait.

La seule chose qui ne changera pas en Leena, c'est la solitude. Celle d'ici, elle l'a choisie. Leena n'est jamais seule, pourtant. Leena s'enroule dans la couverture des mots et avance. Des mots qui sauvent. Des mots qui réveillent, qui enchantent, qui surgissent et resurgissent, qui appellent et bondissent et chantent et recréent, pulsent, palpitent et vibrent. Là, à l'intérieur. Les mots, les phrases ne sont pas dans la tête de Leena. Ils sont dans ses entrailles, au creux de son ventre, entre ses cuisses qui tendent les mots et les dénouent, délient les fibres. Les mots qui dansent sur l'univers des rêves évanouis, des possibles singuliers. Les mots qui ouvrent, et qu'on déguste seul, parce qu'ils sont votre seul rempart. Tenir debout dans le froid de la solitude. Goûter les mots. Leur amertume et leur duplicité. Tenter de les maîtriser et savoir qu'il n'en est rien. Ce sont eux qui vous confrontent. Confondent. Devant la page, Leena est nue. Comme au premier jour du premier jour. Elle se découvre avec un corps, ses opaques, ses tourments. Mais elle est nue. Jamais conditionnée. Toujours prête à choisir. Je veux être l'opaque de Leena. Puisque Gaspard est son transparent.

Vivien écrit des phrases, des contes, des chansons pour Leena. Il ne les lui offre pas. Peut-être, un jour, franchira-t-il le pas… Au prochain voyage. Ils se sont mis d'accord pour Lyon, et Vivien a envie d'aimer Leena dans l'ambulance rouge sur un quai de Saône, Fourvière au loin.

.53.

Certains matins, lorsque Vivien a retenu la main de Leena qui enserre le livre, elle arrive en retard à La Calanque. Yoann est triste s'il ne la croise pas. Lui aussi l'attend. Il loupe le bus malgré l'insistance des autres. Il arrive de plus en plus en retard au lycée. Leena doit le raccompagner en cours, pas d'autre moyen, il n'y a pas de bus de ligne à cette heure et Yoann monte dans le Samu rouge.

Yoann est amoureux.

Leena lui dit que cela doit cesser, elle doit être à La Calanque pour travailler. Elle lui parle de Charline, de Vanessa et de Camille. Des filles qui viendront cet été des villes. Des bouquets de filles de son âge, impatientes de le rencontrer. Elle sent que la main de Yoann pourrait glisser sur son jean, elle ne saurait pas... Sa main à elle, elle ne veut pas la tendre. Elle tend son cœur, sa voix. Elle lui parle de la majesté de l'amour qui met tant de temps à s'installer, à se gravir épreuve après épreuve. Elle lui raconte combien il faut vivre sa jeunesse, que les échecs s'oublient vite, que ce ne sont pas des échecs, seulement des picotements, on est jeune, on n'a encore rien vécu, que les blessures de jeunesse cicatrisent plus vite que les autres. Elle n'est pas pour lui, elle est trop vieille. Leena semble ne pas avoir vingt ans. Yoann boude. Yoann grogne. Il ne la croit pas. Il se venge, l'oublier ; bravache, il drague Charline. Il n'a pas tant que ça envie d'aller à la pêche avec Guy Goffette, mais Charline a de la ressource. Elle aussi vénère Harlan Coben. Elle lui montrera autre chose de la littérature américaine. Elle a toujours apprécié son tee-shirt : le drapeau U.S. dans le dos.

Tout compte fait, Charline est belle dans ses bras.

Charline a les yeux verts.

Il y a de plus en plus de monde à La Calanque. Les beaux jours reviennent. Entendons-nous : rien à voir avec l'affluence de La Page du Temps à Nantes. Mais tout de même.

La comtesse choisit toujours les instants où Leena est seule pour faire son tour. Comme si elle guettait cet exact instant où elle peut les avoir à elle, rien qu'à elle, tous les livres de La Calanque. Le bruissement des pages qui se tournent d'elles-mêmes, il n'y a que la comtesse et Leena qui puissent le percevoir. Elles l'écoutent ensemble. La comtesse ne parle pas, ne feuillette pas. Elle déambule.

Leena ne lui a pas rendu son étole. Elle ne veut pas ouvrir une brèche dans leur silence. Elle avance vers elle avec cette phrase : « Une lignée de femmes hors du commun. » Et repère cette attente insoumise, cette instinctive défense naturelle, cette difficulté à ne se dire que par fulgurances. Elle a les mêmes symptômes. Le silence entre elles ne s'épaissit pas. Il les frôle, les porte l'une vers l'autre, et lorsque la comtesse franchira le premier mot, Leena l'accueillera sur les terres féminines du « hors du commun ». Pour l'instant, Leena se laisse encore grignoter par quelques interrogations : Qu'attend-elle de moi ? Cherche-t-elle dans mes livres des destins de femmes pour se comparer, s'enrichir, savoir négocier son propre héritage, cette lignée qui lui colle à la gorge au risque de l'étouffer ?

Elle ne sait rien de la comtesse, sinon les ragots, une histoire d'amour qui a mal tourné, un repli dans sa propriété au-dessus de la mer, la falaise plus au nord, un blockhaus de granit échoué sur une île déserte, une histoire à la Brontë. Et cette présence. Miraculeuse et fugace. Parfois maquillée, robe longue, matin de nuit décharné. Parfois naturelle, simplicité de l'élégance, jean et blouse de soie, espadrilles, début d'après-midi entre deux averses. Elle sait seulement que la comtesse n'a pas loin de quarante ans et Leena sonde le « hors du commun » de cette femme étrange, envoûtante et perdue. Du souffle, des aventures, des vies, des destinées. Des Mata Hari, des Mère Teresa, des Alexandra David-Néel, des Margaret Thatcher. Est-ce à cela qu'elle veut se confronter, lorsqu'elle vient en visite ? La comtesse n'explore jamais les cahiers de phrases. Pourtant, le mode d'emploi de La Calanque, tout le monde le connaît. Il est inscrit sur une ardoise à l'entrée, et Leena renouvelle chaque semaine la phrase d'auteur sur le tableau.

Quelle citation peut la réenchanter, la poser à la hauteur des ombres qui la hantent ?

Et puis un matin, à l'aube, Leena arrive à La Calanque avec Vivien. Ils sont trempés. L'averse nerveuse et fulgurante les a surpris au bout de la pointe. Le temps de rentrer. Ils ont couru. Main dans la main. Vivien a conduit. Ils vont prendre un café et sloucher et il se pourrait que Vivien puisse embrasser plus longuement le grain de beauté de Leena. Elle est là. Dégoulinante, devant la vitrine. Nu-pieds en cordage et robe longue, noire, des strass en décolleté vertigineux, pas de poitrine, à peine un renflement sous le tissu collé, pas de maquillage, pas de collier, pas de veste, pas même de voiture. Elle a marché toute la nuit. Elle le dit comme ça, j'ai marché toute la nuit, je suis trempée, puis-je m'abriter ? Sa voix basse. Vivien lui pose sa veste sur les épaules, le temps que Leena remonte le rideau, qu'elle mette la cafetière en route, qu'il allume les aéronefs. Lueur d'un jour granuleux de nuages qui se chamaillent en bandes. Il lance le feu, elle approche ses mains des flammes. La comtesse boira comme eux un verre de blanc sec et Vivien sépare les valves, frôle Leena, la désire et pose son désir avec les valves, sur les assiettes : des Gien à monogramme bleu marine sur du blanc. Il slouche avec délicatesse, et se sauve. Il embrasse Leena sur la joue. Première fois. Il ose. C'est un matin de première fois. La mer est montée toute la nuit. Il retourne aux Balises à pied, un cours de 4.21 pour les 6-8 de Sarah. Il dit ça comme ça, lui aussi, en enfilant sa veste. Il va être en retard. Le grand beau s'est levé. Le silence s'est réinstallé.

.54.

« Cela m'a tarabustée. »

Leena ouvre la brèche. Et pfouff, tchack, boum, elle sait que c'est important d'enfoncer les défenses naturelles, que la banalité est sa seule alliée pour l'heure, que c'est maintenant ou jamais. Choisir le maintenant.

Ne jamais le laisser filer : l'exact instant.

Contre toute attente, la comtesse répond.

Qu'est-ce qui vous a tarabustée ?

Votre phrase.

Laquelle ? Je ne me souviens pas… Je veux dire, de vous avoir adressé la parole.

Celle sur la lignée de femmes hors du commun.

Leena marque une pause.

Celle dont vous êtes issue.

Les deux opalines cessent de fuir, le regard s'éclaire, déshérence qui s'efface.

Leena ajoute : Ce que je ne sais pas, c'est ce qu'être comtesse peut avoir de « hors du commun ». Surtout de nos jours. L'aristocratie française ne fait toujours pas ses courses au supermarché ?

Il n'y a pas de perfidie dans sa question. Depuis que Leena a retrouvé sa voix, elle pose ses questions sur le monde pour ce qu'elles sont : des questions. Qui appellent des réponses qui font avancer. Sinon Leena ne pose pas de questions. Elle avance par elle-même.

Je suis Alexandrine. Alexandrine de Vineuil… Surnommée la comtesse.

Leena rit, un rire léger à trois notes, simple comme la caresse du vent dans le matin, et c'est bon de rire, de se sentir caressée par le vent. Alexandrine hésite, puis se laisse caresser par les trois notes, elle enclenche les siennes, seulement deux, un rire d'hésitation court, la brume se soulève de ses épaules, de ses cheveux qui dégoulinent. Leena lui apporte une serviette de coton, un nid-d'abeilles, et la comtesse s'autorise à le respirer, laisser monter l'air des poumons jusqu'aux lèvres en un mouvement de dépôt, les épaules se redressent, puis s'affaissent, avant d'enfouir ses cheveux dans le parfum. De la lavande d'enfance. De frotter la masse, laisser la pluie s'envoler.

« C'est difficile de réapprendre à rire, n'est-ce pas ? » Leena a tendu sa main en même temps qu'elle parlait. Rare, inédit. Geste généreux qui appelle la complicité. Alexandrine ne retire pas ses doigts avant d'avoir soufflé :

C'est difficile de retrouver le contact d'une main fraternelle. Et vous, vous êtes ?

Leena. Je suis Leena avec deux *e*.

Leena ne sait pas pourquoi elle a ajouté : avec deux *e*. Elle ne l'a jamais précisé avant cette rencontre. Les deux *e*, cela ne l'a jamais tarabustée, même si elle entendait souvent Jeep se plaindre de son prénom à sa mère et que Sheenan ne répondait pas. Ou plutôt si : « J'aime ton prénom, Jeep. Infiniment. Tu es mon Jeep avec deux *e*. Et cela me suffit. »

Leena. C'est joli… Le *e* d'espérance, le *e* d'évasion.

Je n'ai pas vraiment réfléchi à la question… Les deux *e* du mot silence, peut-être !

Il faut réfléchir… À la question, je ne sais pas. Mais réfléchir, c'est certain. C'est la seule chose que je suis capable de faire.

Pour être franche avec vous, ce n'est pas la lignée qui m'a tarabustée. C'est le « hors du commun ». Surtout le vôtre. On a tous un « hors du commun ». Je suis passeuse de phrases. Je cherche la perle rare chez les écrivains. Le personnage à faille, celui qui dit l'envers du décor. Je cherche la phrase qui reste parce qu'elle subjugue.

Entrave…

Parfois.

Joli métier ! Je vais vous décevoir. Je parle peu. Mon « hors du commun » personnel n'est pas dans les phrases que je prononce. Mon « hors du commun » personnel n'existe tout simplement pas. Moi, c'est à la lignée que je suis accrochée. Je n'ai rien d'exceptionnel.

Sauf que vous vous baladez, insaisissable, en robe de soirée à l'heure de midi, avec cette phrase en bandoulière.

Leena lui tend son étole de soie bleu marine. Puis, elle s'approche de la vitrine, retourne le panonceau sur la porte : « La Calanque est en sommeil. »

Venez.

Elle empoigne le plat d'huîtres, la bouteille, elle indique l'escalier à Alexandrine. Toutes les deux montent. Les slouchs, elles vont les terminer sur la table usée devant Alessandro et le vase à bulle.

Il y a des matins où la mer est montée toute la nuit.
Il y a des matins de première fois.

.55.

Alexandrine a quinze ans de plus que Leena. Quinze ans d'avance. C'est en cela que Leena discerne en elle, à la seconde où Alexandrine entre dans sa vie, un hors du commun incontestable. Alexandrine n'est pas une oisive comme la dépeint la rumeur, une évanescente un peu détraquée qui passerait son temps à se balader sur les dunes et à scruter la mer dans l'attente du retour d'un quelconque prince charmant.

Alexandrine se balade, certes,
toujours aux mêmes endroits, certes,
dans des tenues bizarres, certes,
mais Alexandrine présente une qualité qui compte :
Alexandrine lit.
Alexandrine lit de toute son âme.
Alexandrine lit avec candeur, avec intensité.
Avec passion, avec patience.

On pourrait presque écrire qu'Alexandrine ne fait que ça : lire. Qu'elle a tout lu. Tout. Si la littérature pouvait mourir un jour. Mais la littérature est increvable.

Même si l'homme pense avoir déjà tout écrit, il cherchera toujours une voix particulière pour lui tendre des mots d'amour, des phrases de meurtres, des paragraphes de complots, des pages de douleur, des chapitres de prudence, de révolte, de corruption, d'envie, de grandiose, de bonheur. Instinctif : reconnaître l'âme sœur sur une feuille de papier, celle qui entend son cœur battre comme le vôtre, dévoile sa propre vision de la problématique, la voix du témoignage, des fragilités, des non-dits. Des livres de Pensée. Parce que l'homme a le malheur de penser. Et le malheur d'Alexandrine, c'est qu'elle ne sait faire que cela : penser. Observer, essayer de comprendre. Retranscrire, d'autres le font pour elle.

Alexandrine lit et pense et se balade le long des dunes en tenues hors du commun. Dans ce froid impitoyable où il faut traquer le moindre rayon derrière les bouffées de gris et de ténèbres. Leena n'a rien à lui apporter.

Alors, l'exact instant propulse sa magie – ou peut-être est-ce Hugo ? : c'est ainsi que les choses s'inversent et qu'Alexandrine devient quelqu'un qui compte, qui a sa place, qui rentre dans le rang, puisque c'est elle désormais qui va nourrir Leena dans cette amitié naissante, entre deux slouchs et un verre de vin blanc sec à sept heures du matin. Leena a visé juste : Alexandrine aime sloucher.

Alexandrine est la femme du pas à pas. Elle indique. Elle tend parfois. Un seul titre. Jamais deux. Ses coups de cœur sont innombrables, enfermés, chacun, dans un repli de la mémoire. Elle ne note pas. Elle effleure le dos du livre et pose un mot : « Voilà. » Leena questionne. Elle répond : « Il faut découvrir. Si je vous donne la clé, le livre n'est pas le même. Un livre ne doit jamais être dévoilé, ou alors comme vous le faites, au hasard d'une phrase. Un livre doit être transmis, d'oreille à oreille, de bouche à bouche. Un livre conforte, réconforte mais surtout… il *inconforte.* » Et c'est cette dimension de l'inconfort qui va compléter la vision de la littérature encore en gestation chez Leena. C'est ce hors du commun-là qui va toucher le sien et le soutenir : la Littérature fait aborder des zones inconnues, des endroits où l'on n'ose se rendre.

La Littérature dérange, engendre.
Elle est créatrice
Elle fascine, elle façonne.

Alexandrine tend,
Leena reçoit
et le dialogue s'engage.
Leena tend à son tour,
Alexandrine reçoit
et le dialogue ne peut mourir.
Il devient universel.

Au château, sur la pointe désertique, face à la mer, au vent qui n'arrête jamais de s'engouffrer, des livres, il y en a partout, des piles et des piles, sur des planchers au point de Versailles couverts de poussière, dans des pièces vides aux volets jamais ouverts, tout a été vendu, liquidé, le strict minimum, un lit, quelques serviettes de lin monogrammées, le reste d'une ménagère en argent, une louche, des couverts de service, une théière Napoléon III à palmettes. Et les portraits des ancêtres. Uniquement des femmes accrochées. Les hommes sont au sol, visages face au mur, les uns derrière les autres, dans une antichambre qui ne respire pas le jour. Des femmes énigmatiques et somptueuses. Une lignée de femmes.

Un jour, Alexandrine expliquera à Leena comment sa grand-mère, Eulalie de Vineuil, a aimé à s'en rompre les méninges, le ténébreux Hugo, l'aviateur à la gueule cassée ; mais là, c'est trop tôt... La vue de certaines maquettes dans l'appartement au-dessus de La Calanque l'a propulsée cent ans en arrière, dans les bras charnels d'Eulalie. Dont elle a hérités.

Alexandrine caresse les hommes à Paris, comme Eulalie caressait Hugo dans le grenier. Avec attention et instinct. Et se laisse caresser. Mais Alexandrine n'a plus de tendresse. Maintenant, elle a du métier. Et le métier de la caresse lui permet de ne pas liquider ce qui reste à liquider et de mettre un peu de bois dans la cheminée de sa chambre.

Et cette destinée-là,
Leena la trouve exceptionnelle.
Définitivement.

Lorsque Alexandrine aura envie de raconter, leur amitié aura dépassé depuis longtemps le stade de la rencontre, de l'approche. Une fusion dans laquelle on ne sait plus qui nourrit qui.

Mais Gaspard sent à présent,
lorsque Leena s'endort,
qu'elle est apaisée.

Elle ne crie plus dans son sommeil, ne pleure plus des larmes de nuit dont il ne sait que faire. Leena mue. Sous le regard d'un amour désintéressé, celui de cette comtesse qu'il croise parfois à l'aube lorsqu'il descend se préparer un café, cette femme dont Leena parle peu. Il y a aussi l'amour des livres : ils lui rendent enfin tout ce que Leena leur a donné depuis qu'elle a quitté les chemins que le *décortiqueur* avait oublié de baliser pour elle.

Leena replonge dans le silence,
elle lit plus vite,
boulimie, énergie,
elle note, copie,
sélectionne les phrases.
Et les maquettes.

La collection, elle ne la quitte pas du regard une seule journée. Se trouve toujours un instant où elle prend le temps de répertorier un modèle, de le sortir de sa gangue de tissu, de le contempler. Le livre des maquettes grossit lui aussi : leurs noms, leurs descriptifs s'écrivent de cette très belle écriture de chair et de reconnaissance. Et les mains d'Hugo les caressent, accompagnent le travail de Leena. Et son œil les construit là-haut, tout là-haut, dans son refuge où personne n'a pénétré.

Où le ciel rejoint la terre et la poésie : la vie.

Les vitrines qu'Armand est en passe de terminer pour les offrir à la vue du public sont des œuvres d'art, légèreté et clarté d'un bois de beige et de rose. Comme les cages soufflées à la faïencerie, sur une idée de Vivien, où les lignes frêles et arrondies du biscuit laiteux éclairent à peine les merveilles, et contraignent à s'approcher pour distinguer le secret des ailes contenu sous les échancrures.

Se pencher,
détailler,
soudain
se sentir propulsé.
Pfouff, tchack, boum
Rencontrer Hugo.

Des avions dans des cages, Leena a aimé cette métaphore. À la folie. Comme un embrasement. Elle et Vivien sur la même fréquence, dans les mains déchirées d'Hugo. Cette idée exprime l'impossibilité réelle de cet enfant de la guerre à revoler, mais elle convie avant tout chaque visiteur à un voyage intime, tel qu'Hugo l'a vécu.

Où sont vos propres ailes ?
Sont-elles déployées ou repliées ?
Où vous déposent-elles,
lorsqu'elles s'abaissent et se relèvent ?
Vers quelle intimité, quel demain ?
Quel hors du commun ?

.56.

La neige ne cesse d'ensevelir Boston, Odessa et Jeep de déraper sur les trottoirs. Elle avec son manchon de fourrure et son bonnet à oreilles brodé de mille nuances ; Jeep avec son saxo et sa nuque offerte aux flocons. Odessa a dit qu'elle allait lui tricoter une écharpe. Il a répondu : Surtout pas ! Il en a déjà cinq. Ses *old ladies* tricotent. À déraison. Et Jeep photographie leurs bonnets de laine, elles les portent au sommet de leurs corps tassés lorsqu'elles déblayent leur perron, pointillés de couleurs, fluorescence et contours qui illuminent le gris de Boston. Jeep fait des bonshommes de neige pour chacune d'elles sur leur carré de jardin et il noue les rayures tricotées autour des silhouettes glacées ; l'avenue des maisonnettes aux portes bleues où il livre les repas à cinq petites vieilles et à un petit vieux – il le surnomme le rescapé – est devenue Snowmen Avenue, sauf que tous le prononcent en français : *la rouou des bounshômes de nègggge* ; ça leur met un filet de bonheur dans leur journée en plus de la soupe chaude que Jeep apporte. Et il rêve, Jeep, avec le rescapé et sa pipe, d'une gigantesque bataille de boules de neige entre *old ladies*, et Odessa attrape toujours ses mains lorsqu'il partage ses rêves avec elle.

Jeep la voit peu. Odessa lui manque, il y a toujours des examens, des *deadlines*, des fuites, des compromis, des moments volés. Lui aussi veut valider son semestre. Lui aussi, plus que jamais, pille la musique, la construit, la déconstruit, la torture, la peaufine, l'embobine. La laisse le submerger. Peut-être est-ce la musique, sa vraie maîtresse… Lorsqu'elle naît, il imagine le corps d'Odessa qui se dessine sous les couches de broderies, la fleur unique posée sur son nombril, une renoncule charnue épanouie d'un jaune pâle, si pâle, sur son corps brun, et Bill Evans lui dit qu'il a raison.

À présent, Jeep accompagne Peter certains soirs boire un verre, mais l'alcool, il n'y touche pas. Il renoue avec le plaisir de discuter : à dire vrai, il écoute plus qu'il ne converse. Dans ce groupe, il y a des étudiants de toutes disciplines et Jeep se sent porté vers ces discussions qui bataillent sur la vie, la font exister dans ses directions multiples. Un jour, il aura un point de vue. Pour le moment, il ne tranche pas, attentif aux camps qui se répondent. Il intervient seulement lorsqu'on lui demande son avis en tant que Français. Ce pays au rayonnement si particulier. Il entrevoit pourquoi son père a pu défendre ces textes constitutifs, reflets de la place singulière que sa nation a pu jouer dans l'évolution de la pensée humaine.

Il a envie de lire les œuvres des phrases qu'un inconnu lui envoie de sa terre natale. Il a sondé Me Lambert sur une collection de maquettes d'avions que son père ou sa mère aurait pu acquérir. Me Lambert a été formel : aucune trace, dans le patrimoine familial déclaré.

Bride se bat pour lui obtenir une bourse d'études, une carte de validité : rester sur le territoire, pas toujours facile, mais Clark a appuyé la demande, et Clark a le bras long.

Un jour la neige a cessé et le printemps s'est déployé d'un seul coup : le grand nettoyage de la grisaille en une nuit et les senteurs de lumière qui se sont réinstallées, avec le vent de mer. Josepha n'a rien lâché : course à pied chaque matin sur le Harbourwalk avant d'aller faire chuinter son anche.

Jeep a reçu un troisième avion. Depuis Toulouse. N'importe quoi ! Mais il a adoré cette nouvelle maquette, son bleu de chauffe, son bleu de marin, son bleu d'ardoise qui dit la puissance du ciel et la fragilité des hommes. Et il a pleuré en découvrant la phrase d'Andreï Makine.

Jeep pleure encore un peu.

Il ne connaît pas cet auteur, mais il aime que son nom sonne russe, que ce nom lui rappelle Odessa, que le titre de son livre colle à sa propre histoire, *Le Testament français*, que sa phrase lui rappelle Leena, et il a eu terriblement envie de les retrouver chacune. Dans ses rêves, elles se rencontrent. Il a relu la phrase de Makine. *L'indicible ! Il était mystérieusement lié, je le comprenais maintenant, à l'essentiel...*

S'en imprégner.
Il vient d'en comprendre le sens,
une lueur :
il est temps de reprendre la route en *son* voyage.

Appeler Beety, sa tante,
l'entendre lui parler de l'enfance de sa mère,
enlacer Sheenan.
Après, il pourra retrouver Leena.
Rentrer.
Même s'il ne le veut pas.

.57.

La maison est ancienne, mal entretenue : stores aux lamelles de bois cassées, deux buissons grêles au bas de marches peintes en noir, un semblant de pelouse miteuse. Seul signal de vie, une rangée de pétunias sur la fenêtre de gauche reçoit l'eau de la gouttière déglinguée qui tape en oblique et gîte contre la vitre au moindre souffle de vent.

Jeep s'est assis dans le café en face. Il pense à Barber à cause des banquettes en Skaï. Ici, elles sont noires, et la patronne est la reine du potage de courge au parmesan. Sicilienne, avec sa tribu, elle sert des gnocchis gratinés romanesco-potimarron et des cannolis aux zestes de citron confit, à se damner. C'est ce que lui a dit Beety qui l'a convié à l'attendre dans ce boui-boui en face de chez elle. Terrain neutre pour l'approche frontale et les questions qu'il ne manquera pas de poser. Bombardier. Mais Jeep, arrivé un peu en avance, n'a plus trop envie de savoir.

Elle se présente, calme, discrète, pas d'effusions, cheveux mi-longs, des reflets de blond cuivré dans la mèche qui descend jusqu'à l'oreille, main droite tendue qui ne serre pas, frôle, regard franc, et elle aussi, un français impeccable avec ce drôle d'accent qui tonifie le phrasé, pose de la sensualité sur les mots : heureuse, rencontre, inespéré, enchantement, confiance, rebondissement, vie, mystère, dévoilement. Jeep voit les yeux de Leena, le regard de Leena : une Leena adulte qui aurait gravé les sons de Sheenan sur son tuner. Beety, elle, ce qu'elle voit, c'est un homme complètement différent de ce qu'elle aurait pu imaginer, mais elle n'a guère eu envie d'imaginer ni son beau-frère ni son neveu ni sa nièce. Les ressemblances, elle s'en moque. Sheenan ne ressemblait à personne, sinon elle n'aurait pas réussi à tenir tête à leur père, elle n'aurait pas réussi à quitter le pays sans se retourner. À y revenir pour y mourir.

Sa force, la force de cette empoignade, le jour où Beety a dû annoncer que Sheenan était partie pour Nantes avec un homme qu'elle venait de rencontrer – un Français en plus ! –, et la croix que Sheenan lui a laissée autour du cou : « *Toi*, Beety, tu sauras le lui dire. » Une croix à transmettre.

Nantes ?
En France, papa.
Comme si je ne le savais pas !

Son visage, glabre, mâchoires serrées. Le poing qui vient s'abattre sur la table, le vase qui vole, ses morceaux sur le plancher, tiges éparses, corolles à terre, des bleues, des blanches, légères. C'est tout ce qui reste à Beety du départ de Sheenan, cette vision de quelques tiges vertes, de pétales décousus : leur famille.

Et là, devant elle, le fils de Sheenan qui n'a ni les yeux de leur père, le grand Jeepherson, ni ceux de leur frère, Lee. Peut-être la carrure, un coffre, cette poitrine.

Il s'est levé pour l'accueillir à la table près de la fenêtre d'où l'on distingue son pavillon, et Jeep lui a paru immense, avec une porte à la place du torse et deux fenêtres en guise d'épaules, et Beety a tout de suite eu envie de le sculpter dans un bois dur, un cornouiller, traces brunes sur le doré, et elle s'est sentie libre en détaillant les traits de son neveu. Pleinement libre, réconciliée, elle a laissé le silence les sculpter ensemble, l'un en face de l'autre, avant qu'il ne murmure : « Vous lui ressemblez » et qu'elle ne réponde : « Et toi, tu ne ressembles à personne et c'est très bien ainsi. »

La conversation s'est installée autour de cet accent tonique, du potage et des gnocchis, entre deux battements de silence. Mais Jeep et Beety n'ont eu aucun mal à s'apprivoiser, parce que Jeep a envie de laisser crever la poche qui l'étouffe au niveau de la gorge, que ça pisse, que ça s'évacue, et Beety a envie de remplir la poche qui freine sa respiration, que ça se ventile, que ça s'aère.

Maintenant, il sait.

Il est seul dans le parc en face du port et il sait. Et ça n'en finit pas de pisser, de s'évacuer. Le fleuve Charles charrie ses bennes de produits de consommation, les treillis métalliques dressent des ballets d'oblique, l'araignée de Germaine Richier se contorsionne et Jeep pleure, ça a le goût de la vie qui vous manque lorsque l'absence est trop dense, le son d'un saxo à l'aube sur l'Hudson, *Naima*, toute la musique du jazz vient de *Naima*.

Pourra-t-il mêler tout ce qu'il vient d'apprendre aux silences de Leena ?

Un bip sur son portable : Laxie dans le bon tempo, quoi qu'il arrive.

Hi boy, où en es-tu avec ton *son* ?

Hi Laxie, just need to kiss you now.

Ferme tes yeux. Je dépose un baiser sur chacune de tes paupières.

Jeep pense que c'est exactement ce que Sheenan aurait fait, deux baisers sur ses paupières, sur ses deux *e*, comme ceux du mot *EYE*, qui sont le mystère de son prénom, des prénoms délirants de cette famille ; les larmes de Jeep s'interrompent.

Tu veux rentrer à New York ?

Non, Laxie, je continue. Je monte à la frontière canadienne. Sur sa tombe.

Tu es prêt ?

Je suis prêt.

Jeep s'est assis dans un bus de la Greyhound USA pour Montpelier, la capitale du Vermont, direction Newport à la frontière, là où sa vie risque de prendre une autre couleur. Mais des arcs-en-ciel, depuis son arrivée aux States, il en a vu plus d'un se dessiner. Il s'est calé contre la fenêtre, l'étole de Sheenan sur les épaules. Beety lui a tendue avant qu'ils ne se séparent. « Elle l'a portée jusqu'au bout. Puis, elle me l'a laissée. Je ne crois pas qu'elle m'était destinée. Plutôt à ses petits. Elle s'est endormie en disant : Mes petits. » C'est la nuit profonde et majestueuse. L'étole sent sa mère. Elle sent bon l'enfance et la forêt et son sourire. Il s'assoupit. À ses pieds, son sac à dos et son saxo. Bride n'a pas voulu qu'il s'en sépare, ne serait-ce qu'une minute. Sa bourse est acceptée. Un second semestre va s'enclencher.

Madame Bovary dépasse de sa poche :
ça, c'est le cadeau de Harper.

.58.

Ce sont les deux *e* de Sheenan qui l'ont sorti de sa torpeur. Son EYE à elle qui s'imprime en lui dans ce bus qui file vers un puzzle dont les morceaux ne s'emboîtent pas encore.

Il en est sûr, le fil de son *son* est corrélé avec ces maquettes d'avions : elles découpent dans les nuages les pièces manquantes qu'il aura à emboîter. De Beety, il n'attendait pas grand-chose, du banal. Et il est tombé dans une histoire archi-romanesque qui dépasse les livres, les livres qu'il n'a jamais lus, qu'il n'a jamais voulu lire, et c'est son histoire, c'est vraiment la sienne : le *son* dont il est issu, qui a façonné sa mère, que sans doute son père ignorait, et là, il doit recoller des morceaux. Avec deux mots : *EYE* et *IROQUOIS*. Miser sur des maquettes pour retrouver les pièces manquantes. C'est sûr, il devient dingue. Mais, dans les livres, on a le droit de l'être.

Dans ce bus. Nuit noire. Manque. Manque de tout. Putain de manque. De came. D'Odessa. De ses mains.

De son nombril-fleur. De shots d'alcool fort. D'alcool dur. De murs. Taper avec ses poings. Marteler. Défoncer. Abattre. Sueurs. Étincelles. Il crève de faim. Il crève de Coltrane. Il veut Laxie. Ou Sheenan. Caresse de mort. Sexe. Flash. Entre deux brèches d'angoisse, les femmes de Josepha l'enserrent sur le mur de sa mémoire, des sirènes qui volent, jaunes, bleues. Flash. Des ailes d'avion qui se télescopent au-dessus de flots déchaînés, abysses insondables, glauques. Sa propre vie qui coule. Défonce. S'accrocher à *Naima*. Jouer. Sortir son saxo. Étui à ses pieds. Jouer dans ce bus, dans le noir de la nuit. Il ne peut pas. Tous, ils dorment. Silence. S'enfoncer. Respirer. Des heures de route. Le bus s'arrête. Lumière de la station-service. Néon rouge. Ça clignote. Vitrine au loin, silhouette penchée sur un clavier, bouteilles dans la vitrine. Personne ne descend. Il est le seul. Trois, quatre pas. Sonné dans le froid. Respirer. *Hey, guy, everything's all right?* Signe de tête. Disparaître. Apnée. Coup de rein. Remontée. Il est gelé. Le chauffeur lui tend une clope. Il décline, marche. Cartographie, aller-retour, aller-retour. Mains dans les poches. Il la sent soudain. Cette couverture. Elle le brûle. Elle est là. Il remonte dans le bus. Il se jette dessus. *Madame Bovary*.

Il plonge. Trouve. Dès les premières lignes. L'âme de son père. L'amour de ce texte. Il lui transfuse, là. Exact instant. Son père, dans ce bus. Pénètre la détermination d'Emma, ses errances, celles de son corps, sa soif. Les chandeliers dans la petite chambre de Rouen, l'hôtel, attentes, espoirs anéantis. Il lit. Détresse. Elle est sœur de la sienne, de celle de son père, de celle de sa sœur. Il lit. Les pages s'envolent. Il fouille dans sa poche intérieure. Crayon de papier. Et il se prend à souligner des phrases. Les extraire. Ses phrases. Elles sont pour lui. Les noter. Ailleurs. En son cœur. Il n'a pas de carnets à lignes pâles. Alors, il les note sur ses portées de jazz. *Emma* sur *Naima*. Dans les coins, les bordures, les espaces, calligraphie verticale dans les marges. À côté des croches qui font des vagues sur les feuilles, son écriture, maladroite, serrée, en tempête. C'est tout ce qu'il a sur lui, ses portées, et l'aube se lève. Une aube de forêts, de collines boisées, de verts, d'armures et de troncs, une aube de lacs bleutés qui reflètent les ombres. Il ne voit rien. Cabanes, clochetons, ardoise de ciel, asphalte, pick-up. Rien. Il ne peut pas lâcher. Emma. Orbe orange qui monte, au loin. Perfusion. Emma.

On est arrivés. Jeep descend à la gare routière.
Il voit Sheenan et Blaise.
Leur histoire.
Parallèle.
Un éblouissement.

Blaise qui ne voit rien lui non plus, suppose, cherche. L'impuissance. L'écrasement. Sheenan si jeune qui ne trouve que la pluie mortelle de Nantes. Sheenan aime à la folie son époux. Blaise toujours lointain. Sheenan s'ennuie. Sheenan s'enfonce. Blaise qui bientôt ne la devine plus qu'à travers les textes qu'il étudie. Ses lèvres bleues. Si bleues. Jeep ne peut pas lâcher. Emma. Il doit prendre sa voiture de location. Poursuivre jusqu'à Jeepherson, Ingrid, au pied du lac. Emma. Il s'est assis sous l'auvent. Gobelet de café, carton brûlant sous les doigts. Dans le vent qui emmêle et éclaircit. Il avance avec Emma. Sur ce banc. Des gens s'assoient à côté de lui. Il ne les voit pas. L'arsenic. Jeep n'en veut plus. Emma qui meurt. C'est fini. Charles et sa petite.

Il referme le livre.
Il a *Emma*. En lui.
Et *Naima*. Josepha. Odessa.
Leena.
Et dans ce concert de *a,* il adule Laxie.
Alexandra.
Mais personne ne l'appelle ainsi.
Il rit.
On le regarde.
Il danse avec une ribambelle de voyelles.
Il termine son café. Froid. Soulagé.
Il attrape les clés au comptoir de location,
le plan de la région,
et il démarre la Ford.

. 59 .

Soudain, ça sonne dans l'habitacle. Jeep est paumé, sa carte sur les genoux, son GPS lui joue des tours. Il plante la voiture sur le bas-côté, décroche : Laxie.

Désolée d'interrompre ton voyage. Un nouveau colis vient d'arriver. Je ne sais pas si je dois te l'expédier, si cela a un rapport avec ce que tu cherches. J'ai pensé que c'était important…

Hi, Laxie. Tu ne peux pas mieux tomber ! Je commence à avoir l'habitude ! Oui, ce colis a sans doute un rapport avec ce que je cherche. Ne me le réexpédie pas. Ouvre-le.

Que je l'ouvre, maintenant ?

Oui, maintenant. Dis-moi ce qu'il y a à l'intérieur. Dis-le-moi comme tu le ferais avec tes élèves si tu devais leur parler d'un texte que tu a-dores !

OK. Je vais le déballer. Je te rappelle dans une minute.

La voix de Laxie au téléphone : une voix d'enfant, subjuguée. Ce cadeau, c'est d'abord ce moment qu'ils passent, Laxie et Jeep, entre Sheenan et Blaise, ils les enveloppent, au bord de cette route, de ces troncs qui s'élèvent, de ce vent qui fait ployer les branches, assouplit la verticalité des sapins. Ensemble devant cette maquette.

Somptueuse et réparatrice.

Il n'y avait que le vide, après la mort du père. Un choc immense. On n'y croit même pas. On a à peine encaissé celui du départ de la mère. De la mort de la mère. De ce secret que le père ne veut pas dévoiler à Leena. Que Jeep doit taire à toute force. Silence qui obstrue tout. Qui délite, étrangle. Il sait que sa sœur est fragile, que son père veut la protéger. C'est si lourd un silence de plomb, face à un silence de fragilité…

Ces deux chocs de leur absence soudaine n'existent plus. Ils se sont rejoints cette nuit dans un bus pour s'anéantir ; et de cette explosion est née cette infinitude d'amour qui a tout balayé, tout redéployé. Oui, Blaise et Sheenan sont morts d'amour. D'amour consumé, délicat, difficile à mettre en mots, à se dire, lumière qui ne s'éclairait qu'à travers leurs auteurs favoris : ils les réunissaient. Leena et Jeep sont le fruit de cet amour des textes, qui ne se retrouve que dans les silences d'éternité.

Jeep, il y a deux choses dans le paquet…

Oui, un avion et une carte de visite !

Je ne t'apprends rien, à ce que je vois ! Par quoi veux-tu que je commence ?

L'avion.

Nieuport 17. C'est son nom. Sur l'étiquette.

Gravé à la main, le cartel ?

Ça a l'air.

Une écriture penchée, un peu malhabile ?

Malhabile ? Je ne trouve pas. Elle est touchante, cette écriture. Elle contient tellement d'énergie dans de si petits rectangles. *Incredible to do that, so emotional, so French!* C'est quelqu'un que tu connais ?

Pas exactement.

Ouvre grandes tes oreilles. Parce que je ne vais pas recommencer ! Surtout en français ! C'est un avion de chasse biplan. De la Première Guerre mondiale. Deux petites roues à l'avant, toutes petites. On dirait les roues d'une bicyclette d'enfant. Fuselage gris acier, un ovale allongé, très étroit, avec une hélice en bois clair. Elle tourne comme une vraie ! – *so incredible!* Deux pales ? – je crois, je vérifie en même temps sur mon traducteur. Un nez circulaire. Une grande bouche de métal lisse, tu vois, qui ferait un *o* à chaque fois qu'elle attrape le vent…

Qu'elle fend le vent.

Exact ! Deux paires d'ailes : une au-dessus du fuselage, une en dessous. Et une petite queue, ronde – le gouvernail sans doute. Rayée bleu-blanc-rouge, *of course* ! La cabine, c'est un habitacle minuscule pour un pilote. Et les…, *wait a minute*… cocardes – oui, c'est ça le mot – les cocardes bleu-blanc-rouge. En plein centre du fuselage. Et sur les ailes. Sauf que là, il n'y en a qu'une : à gauche. Là où bat le cœur de l'avion. *No doubt!* Il y a aussi le nom des aviateurs : Guynemer, Nungesser, Dorme, Heurtaux, français, Bishop, canadien, Ball, britannique.

Les noms sont écrits sur le cartel ?

Non, une liste est collée sous le socle. Il est précisé que cet avion a servi sur le front de la Somme en 1916.

Le vent dans les feuilles. Ça tremble, vibre. Laxie et Jeep volent. L'espace de quelques secondes. Au-dessus des tranchées, de la boue, du sang, de la carrosserie du monde totalement éventrée, entre dépouilles et silence de mort. La fleur au fusil. Et Jeep pense : C'était le sien. Celui qui a fabriqué ces maquettes était un aviateur et c'était le sien. Pfouff, tchack, boum. En plein cœur, sa cocarde.

Et sur la carte ?

Il y a une phrase. *And you're not going to believe...*

Madame Bovary !

How do you know that? Tu as reçu d'autres phrases de ce roman dans les autres colis ?

Non, pas de ce roman-là. J'ai reçu des phrases d'autres auteurs. Mais puisque c'est toi qui as ouvert ce paquet, il fallait bien que ce soit *Madame Bovary* ! Ce n'est pas ce que Barber dit tout le temps ? La vie livre des signes et nous ne savons pas les lire.

Étrange, tout de même !

Plus rien ne m'étonne.

Moi si. Sans doute pour ça que je suis encore vivante !

Je suis vivant, Laxie. Vivant et confiant.

C'est l'adulterie qui te rattrape !

Je l'aime de plus en plus !

Tu sais quoi, Jeep ? Sheenan serait heureuse !

Elle l'est.

Je te lis le texte.

« L'amour, peu à peu, s'éteignit par l'absence, le regret s'étouffa sous l'habitude ; et cette lueur d'incendie qui empourprait son ciel pâle se couvrit de plus d'ombre et s'effaça par degrés[8]. »

Laxie s'est tue.
Silence de vie.
Il n'y a rien d'autre à ajouter.

Laxie, je crois que quelqu'un veille sur moi, là-haut…

Ça, je n'en ai jamais douté. Je te maile une photo de l'avion et de la carte. *Madame Bovary*, je suis obligée !

Encre rouge foncé, tapé à la machine ?

On ne peut rien te cacher. On se croirait dans un roman. Plus personne n'utilise des machines à écrire comme ça à l'heure d'Internet !

On est dans un roman, Laxie.

Je te crois, Jeep. L'histoire d'amour de ton père et de ta mère en était un. Dramatique, certes. Mais un roman d'amour. Je t'embrasse. Sois prudent sur la route.

Merci, Laxie. Moi, je te serre fort.

Tu es un gamin magnifique !

Jeep rouvre *Madame Bovary*. Dans l'exemplaire offert par Harper, cette nuit, en face de ce paragraphe, celui que vient de lui lire Laxie, en page 151, il a d'abord noté : *Mum*. Puis, il a ajouté à la ligne : *Et papa*. Puis, encore à la ligne : *Mum et papa*.

.60.

Les quais de Saône sont roses, de cette lumière qui mange le fleuve et s'intemporise dans la douceur. La cathédrale Saint-Jean accroche des paillettes de tous les bleus de grès sur sa façade endimanchée. La journée sera évidente de simplicité. Les choses s'inscrivent. Ils quittent leur chambre d'hôtel, main dans la main, toujours une aventure, les mains, les leurs se pressent, s'accrochent, ouvrent un dialogue, celui des vérités, des sens et des interdits, et l'esprit de Vivien oscille entre anéantissement, douleur, révolte. Lorsque l'envie de meurtre le saisit, il regarde Leena, il la trouve fragile et forte dans cette odeur de crêpes qui lui rappelle sa mère, sur cette terrasse de café qui s'éveille dans la pétarade d'une mobylette et l'agitation des deux serveurs – eux terminent d'installer les chaises, leur bout du monde.

La tenir dans ses bras, la nuit entière, il en rêvait. Sentir cette ode de pureté, de terreur, palpiter, des violettes cachées sous la mousse, une terre humide sous un rayon opaque, c'est l'odeur de Leena : une germination intense, une sève qui monte haut, et ploie, parfois. La laisser se blottir, ce corps contre le sien, ses seins menus sur ses avant-bras, ses cheveux détachés le long de sa joue, la respirer, sa nuque, ses épaules, son souffle, entendre ses gémissements, ses mots fracturés dans son sommeil, *décortiqueur*, la réveiller, palper son poignet, délicatesse, la laisser s'ouvrir, reprendre pied, caresser son grain de beauté, poser ses lèvres dans son cou, l'apaiser, tandis qu'elle ose, qu'elle livre, qu'elle avance dans ses mots à elle, elle ne pourra plus, elle ne peut pas, pas encore, aimer qu'est-ce que c'est lorsqu'on vous a fracassé, lorsqu'on a planté en vous le doute, l'humiliation, la souillure, qu'on s'est retiré en laissant ce mal-là vous engloutir ? Il écoute, Vivien, sonné, il caresse, il n'y a pas de larmes à essuyer, seulement ce poignet, une route, un chemin vers elle, vers son corps, son intérieur, cette liberté d'être qu'elle s'est forgée en dépit de tout. Elle ne croit pas aux miracles, pourtant elle en a vécu un, elle doit sortir de l'emprise de Valentin Audouit, de la terreur qu'il a instillée en elle, du doute qu'elle ne combat que par les lignes des autres, le silence de la méditation où elle regarde le monde se créer, au loin, cette absence de prise. Les yeux fixent le mur, un papier peint, des oiseaux qui chantent sur un bleu de fin d'été, des plumes, des roses et des pourpres, tandis qu'elle parle. Elle ne cherche aucun mot, tout est fluide jusqu'à la Voix, jusqu'à Alessandro qui vient la récupérer dans le tombeau de la détresse, le chemin des phrases s'ouvre, une voie lumineuse dans son silence, l'enfouissement.

Elle parle, il rassure, elle se blottit, elle se rendort.
Lui, pas.
Vivien va tuer Valentin Audouit.

.61.

Ils sont rentrés tard de Lyon. Devant la mer qui s'ébroue, ce matin, Vivien est seul. Leena n'est pas venue sloucher. C'est la route d'Orpère qu'il croise. Et cela le soulage. Il n'aurait peut-être pas su écrire cette nouvelle journée sans se précipiter dans ses bras. Orpère voit bien que Vivien en a gros sur la patate. Lui slouche, déjà au petit blanc. Il lui tend son verre. Vivien décline.

Qu'est-ce qui te chafouine, mon gars ? C'est parce que Leena n'est pas là ? Tu sais, ça lui arrive de ne pas venir.

Oui, je sais. Elle doit être fatiguée. On a fait une grosse virée à Lyon ce week-end.

Lyon ? C'est pas la porte à côté ! Mais, je suis assez fier, ça veut dire que la guimbarde tient le coup !

Plus que jamais, Orpère, elle tient le coup.

Toi, par contre, t'as pas l'air ! T'as conduit ?

Je veux !

Fais gaffe, tout de même ! Je sais bien que je t'ai appris mais le papier, vaut mieux l'avoir dans la poche. Même si tu conduis mille fois mieux que ces blancs-becs qui ne savent que se poser le fessier sur la plage !

Avec le portefeuille bien garni dedans !

Ils rient.

T'as graillé ce matin, mon Vivien ?

Pas faim.

Allons donc, slouche une ou deux fines, ça te requinquera.

Non, je ne crois pas.

Alors on va marcher un peu sur le sable et tu me diras ce qui te travaille. Les histoires d'amour qui ne veulent pas commencer ou qui se terminent mal, j'en connais un rayon.

Toi ?

Ben, qu'est-ce que tu crois ? La seule différence, c'est que je fais pas ma Jocelyne, moi !

Orpère poursuit, il finit son verre en marchant.

Ça, pour sûr, les femmes, elles parlent pour se soulager. Les hommes, y ferment leur gueule pour éviter d'en rajouter. C'est simple comme le monde, les histoires d'amour. Des histoires de contraires à faire fonctionner ! Faut de l'huile de coude. Un peu ou beaucoup, c'est selon !

Là, il m'en faudrait des centaines de litres.

T'es bien trop pressé, Vivien. Leena, c'est une fille qui se mérite.

Leena n'est pas une fille pour moi.

Tiens donc. Elle est pour qui alors ? Pour Gaspard ?

Pas plus pour Gaspard. Elle est une fille pour personne.

Raconte-moi un peu ça. Parce que j'ai du mal à y croire ! Enfin, je voudrais pas être indiscret. Si c'est trop chaud, laisse tomber.

Non, Orpère, à toi, je peux tout dire. T'es comme un père pour moi. Pour Gaspard… Pour Leena aussi.

Ils ont marché longtemps. Arrivés au bout de la grève, sous le petit bois de genévrier, tous les deux avaient attrapé la même envie de meurtre.

Orpère a dit que pour la première fois de sa vie, il allait visiter le père Bonnefoy. Pour remettre son âme d'équerre avant de commettre l'irréparable. Et Vivien a répondu que c'est lui qui y irait en premier. Lui, il a l'habitude d'aider le père Edgar, il le connaît bien, même s'il ne met pas les pieds à la messe tous les dimanches, trop compliqué avec ces messes qui tournent dans une église différente pour contenter tout le monde. Il faut avoir un agenda virtuel greffé au cerveau pour savoir où rencontrer le Sauveur, alors Vivien ne Le rencontre que lorsque la messe se pose sur la grand-place, trois fois par trimestre.

Orpère, à l'église, il n'y va que pour les enterrements, donc le moins possible. Mais le père Bonnefoy, il l'aime bien, d'abord à cause de son nom : avec un nom pareil, il est fait pour le job, ça saute aux yeux, donc peut pas être de mauvais conseil. Sans compter qu'il parle toujours des trépassés avec grande miséricorde et qu'il a un faible pour Marie Madeleine, la pécheresse repentie. Orpère, c'est la sainte qu'il préfère depuis qu'il l'a rencontrée à un cours de caté, quand il avait huit ans. Ce jour-là, elle l'a subjugué : il a pensé que sa propre mère qui l'avait abandonné à la naissance avait pu s'en repentir avant de mourir, et avait sa place au grand paradis blanc, et ça, ça l'a apaisé ! Une immense paix : celle qui remise aux oubliettes la haine qu'on ne maîtrise pas. Et lorsqu'il prie – ça lui arrive, de temps en temps, juste histoire de se mettre l'âme en règle et *surtout* pour les trépassés – c'est toujours à Marie Madeleine qu'il se confie ; et le père Edgar le rassure, des fois qu'y ait vraiment un paradis blanc derrière tout ce merdier, cette côte qui ne nourrit personne et qui déchiquette les âmes et les corps à force de pousser des vents violents de tourments. Et là, c'est sa *sinueuse* qu'une ordure a mise en danger. Pas possible qu'il y ait du paradis pour ces gens-là, tout de même.

Vivien a poussé la porte du presbytère en fin de matinée. Coup de bol. Le col romain est bien là sous son pull noir, regard franc, pas d'esquive. Il vous accueille tel que vous êtes, le père Edgar, en guenilles ou en smoking. Il vous sonde dans la minute

Ah, Vivien ! Bienvenue. Ça fait un bail, mon grand ! Tu vas bien ? Qu'est-ce qui t'amène ?

Le père Bonnefoy, c'est le père du Bienvenue. Il ne sait pas dire bonjour. Dans sa langue, bonjour se dit Bienvenue.

Je voudrais vous parler de Leena.

De Leena, la libraire ?

Oui, la libraire.

Le père Bonnefoy voit très bien qui est Leena. Leur rencontre s'est gravée dans son cœur dès le premier échange. Il s'est rendu à La Calanque un jour de fin de travaux et il a posé son mot : Bienvenue. Avant, il n'avait pas trouvé le temps. De cette jeune femme, tout le monde en parlait. Elle lui a renvoyé son Bienvenue illico. Avec un sourire mystérieux : des yeux qui plissent. « Bienvenue à vous, mon père. » Les yeux ont cessé de plisser, regard parfaitement ouvert, lucidité impressionnante, maturité des acquis. Le père Edgar, on ne la lui fait pas, il sait lire les âmes, il sait lorsqu'elles ont beaucoup souffert, il sait le prix de leur sincérité, de leur compromis avec le mal qui les ronge, qu'ils n'ont pas demandé, à qui ils n'ont parfois même pas tendu la main. Elle est magnifique, cet enfant du bon Dieu, lumineuse dans son tee-shirt blanc. Magnifique et tellement fragile. C'est l'image de la colombe qui lui est venue à l'esprit. Banal. Une colombe blessée. Une seule aile repliée. Il en a plein ses nefs des colombes blessées qui viennent chercher de l'air. Redécoller, ce n'est jamais si simple. Elle, elle est sur le point de. C'est une évidence : elle n'aura pas besoin de lui ni de ses encens ! Seulement du Très-Haut. Comme Lui, elle est la jonction des éléments, ciel, mer, terre. Pas étonnant qu'elle soit venue s'échouer dans ce bout du monde. Celui qui n'aimante que les âmes libres, éprises d'immensité. Cette gamine a déjà compris comment on conquiert l'horizon. Cela tient en un seul petit mot : Bienvenue. Bienvenue à l'autre, le petit, le sans-rien, l'inconnu, l'événement, quelle que soit son origine, sa stature, sa finalité. Le Bienvenue de Leena est assumé, à l'écoute. Pas à l'emporte-pièce.

Je ne suis pas encore ouverte, enfin, je veux dire, les travaux ne sont pas encore terminés, mais si vous voulez un verre de blanc et quelques fines, c'est de bon cœur.

Je ne suis pas si sûr que vous ne le soyez pas.

Comment ?

Ouverte ! Je pense que vous l'êtes plus que quiconque.

Personne ne dit *Bienvenue*, ici. Ce n'est pas une expression du coin. Ici, on dit *Bonjour* ou *Belle, belle journée.*

Il a ri de bon cœur.

Bien vrai ! *Belle, belle journée*. On est obligés d'en rajouter, pied de nez à la météo !

Moi, j'aime votre *Bienvenue*.

Elle a fait glisser les valves dans l'assiette, a fait slouch, il l'a suivie. Là, il a senti que les ailes qui allaient se déployer seraient infinies.

Elles sont bonnes ?

Délicieuses ! Celles de l'Armelle, si je ne m'abuse ?

Oui, celles de l'Armelle.

Il a décliné le verre de vin.

Je suis un peu étonné que vous veniez vous enterrer ici.

Je ne viens pas m'enterrer ici, père, mais me déterrer.

Ne rêvez-vous pas d'ailleurs ?

Mes voyages à moi sont intérieurs. Les phrases que je sélectionne ont une portée universelle.

Que je sélectionne ?

Elle lui a expliqué son travail. Elle a su immédiatement que lui comprendrait. C'est un homme du silence et elle n'a pas oublié la Voix, qui a peut-être un rapport, même ténu, avec ce en quoi ce prêtre croit. Elle a fini par lui tendre un de ces gros cahiers posés à côté de la caisse.

Je ne sais pas ce que j'aimerais lire.

Ici, on ne sait jamais. C'est le cahier qui décide.

Moi, dans ma vie, c'est plutôt Dieu qui décide, et depuis fort longtemps.

Dieu aime les livres ?

Il ne les déteste pas, à ce que j'en sais.

Ouvrez au hasard.

Comme la Bible ?

Exactement.

Il est tombé sur *Les Frères Karamazov*. Dostoïevski.

> « On ne peut susciter l'amour avec rien, il n'y a que Dieu qui tire quelque chose du néant[9]. »

La phrase ne l'a pas quitté.

Qu'est-ce qui te tracasse avec Leena ?

Vivien a tout lâché, il sait qu'il est ici dans une poche de confiance, un sas de sécurité où se livrent les secrets de l'humanité, qu'ils sont entendus pour ce qu'ils sont, des secrets, qu'ils sont déposés par cet homme dans un ailleurs où lui seul peut le faire, et que cet acte les transforme, parfois, en pluie de grâces. Il s'est livré et lorsqu'il n'y parvenait pas, le père Edgar lui a donné les clés, avec humilité et sagesse.

Il a parlé de son amour pour Leena, diffus, indicible, de cette souffrance qui est aussi…

Exaltation, Vivien.

Cette impuissance à exprimer cette envie charnelle, elle le broie, ces suées, ces vagues qui l'engloutissent, se donner à elle, être dans ce corps, être à ce corps.

Cela s'appelle le désir, Vivien, et c'est très beau dès lors que c'est sincère. Tu dois toujours poser les justes mots sur ce que tu ressens.

La blessure de Leena, ses terreurs, son enfermement, cette ordure d'ordure.

Et là, mon père, je vous assure que je pourrais les poser plus violemment, mes mots.

Pose, Vivien, pose. Le fait de poser, cela t'apaise déjà. Si tu le veux, je recevrai ton acte de contrition après.

Pas sûr que je vais regretter les insultes.

Vivien, il y a toujours un moment où l'on regrette, peu importe quand. Ça peut prendre du temps, nous sommes des êtres de chair, pas des logiciels.

Et, le plus éprouvant : cette envie de meurtre qui le tenaille depuis quarante-huit heures. Voilà, il va tuer l'ordure d'ordure.

Le père Edgar a laissé toute sa place au silence, puis il a ajouté : « Les choses s'arrangent toujours, Vivien. Toujours. Elles nécessitent de la patience. Pas de rajouter du sang au sang. »

Vivien a retrouvé Orpère en fin d'après-midi. Ils ont décidé tous les deux d'une petite expédition punitive chez le Valentin Audouit de Nantes. Mais à leur manière. De meurtre, il n'en est plus question. Cependant…

Après, tous les deux, ils iront se confesser,

l'un avec l'autre.

Tope là.

.62.

Jeep a garé la Ford au détour du lac, le plus loin où il pouvait. Il n'a pas admiré ses miroitements dans la chaleur de ce début d'après-midi, ils nimbent la lumière d'une brume irisée. Dans les flocons de cette lumière, il s'enfonce sur le chemin, le plan griffonné de Beety entre ses doigts. Dans l'autre main, il serre son saxo et l'étole de sa mère. Un tissage, ligne à ligne, couleur à couleur, des ocres, des verts fumés, des rouges terre, des jaunes tournesol, assemblage de triangles en trame inversée. Si loin des bleus éteints qu'elle portait à Nantes. Des couleurs de potier. Qui l'a tissée ?

Le bleu cristallin du torrent jure avec les pierres brunes des rochers et l'ombre des sapins qui se reflète dans le jaillissement. Jeep monte. Lentement. Chemin initiatique, métamorphose. Il a besoin de sentir cette odeur de forêt fraîche pour comprendre cette langue qu'elle a quittée en émigrant.

Il y avait la langue de naissance – celle de l'autre continent, par-delà la mer – et celle des origines, ces onomatopées rugueuses qui l'ont surpris lorsque Beety en a prononcé quelques-unes : une langue qui ressemble aux envolées de son saxo, la langue du camp, ces cabanes au bout de nulle part, où sa mère a grandi. Vers lesquelles il se dirige. Pour le moment, il fait corps avec son souffle dans cet infini de l'espace qui le contraint à être puissant dans l'humilité. Gigantesque, ce paysage sauvage dans lequel il lui faut se fondre pour retrouver son *son*. Le vert de Corot, le vent de Van Gogh trépidant dans cette toile abrupte, ils lui chuchotent qu'il est de cette terre, de ce maillon-là, aussi. Compter sur ses forces et savoir que rien ne se fait sans la grâce, cet élément essentiel qu'on ne possède pas. C'est elle qui vous possède lorsqu'elle vous est donnée. Il suffit de croire. Le voilà son *son*.

Il a fini par dénicher le cimetière en contrebas, avant le bouquet de petites maisons : des dominos de bois rouges et verts, qui se chevauchent et s'égrènent en cercle autour d'un tipi majestueux, plus au loin sur le pignon de la colline, les reflets d'une toile peinte, du rouge, du beige, du vert, en losanges, et les mâts entrecroisés, une croix dans des filets de fumée.

Il a posé son saxo au sol.
Il s'est allongé sur la terre,
l'herbe douce.
Elle est mouillée.
Tout son long.
Quelques centimètres
au-dessus du corps de sa mère.
Enroulé dans son étole.

L'enlacer.
Sentir qu'elle l'enlace.

Qu'elle l'aime, qu'elle lui demande pardon, qu'elle a voulu le protéger de sa dégradation, ne lui laisser que cela, son odeur, tissée sur un châle, celle de la place Royale, celle d'ici, humus, pluie d'ombre et bourgeons, et son sourire indécelable, strates de souffrances enfouies, et son amour, perceptibilité éphémère, grandiose. Il fait corps, il fait âme. Son cœur éclate. L'esquisse de Blaise se propage, s'éclaire, s'impose. Il est là. Lui aussi. *Deeply*. Même s'il est enterré de l'autre côté du grand océan.

Il devient Jeep.
Américain, français, iroquois.
Il est Jeep.
Avant d'être tout cela.

Il se relève.
Devant lui la stèle, une planche,
ce nom gravé : Sheenan Vallande.
Deux dates.
Entre les dates de Lee, son frère,
et celles de Jeepherson, son père.
Jeep a un oncle. Jeep a un grand-père.

Il ramasse son saxo.
Et il joue.
Pour elle, sa mère. Pour lui, son père.
Pour tous. La chair dont il est issu.
Tous, ils viennent se faire enterrer ici,
dans ce bout de vert et de brun ;

qu'ils soient d'ici, ou des confins du monde.
Il joue.
Il compose.
Il vibre. Avec eux.
Avec sa terre.
Avec Coltrane, Evans, Stan.
Il naît.
Il fera transférer le corps de Blaise ici.
Dans ce havre de paix. Sous les sapins noirs.
À perte de vue.
Au loin, le lac scintille.
Ardoise et argent.
Il joue.
À la marge du temps.

Il ne l'a pas entendue approcher.
Ingrid.

. 63 .

Un bouquet de renoncules jaunes dans les mains, un regard de voûte céleste, d'innombrables rides. Un peu tassée : pas tant que ça. Elle l'écoute jouer depuis un moment. Il se retourne.

Bonjour, Jeep. *Welcome.*

Hi, Ingrid.

Elle a déposé sa tache jaune, le nombril d'Odessa, sur le gras de la terre, elle a tendu sa main.

Ils remontent le chemin, un grand pas dans un petit pas, sa main à elle sur son avant-bras à lui. Il pense aux mains de ses *old ladies*. Il regrette de n'avoir pas emporté son appareil photo. Sa grand-mère a une main d'enfant. Et une nuque d'un blanc de lait sous les cheveux qui tentent de s'échapper. Il a placé l'étole de Sheenan autour de son cou. Le vent vient de se lever. Il pousse les nuages, des losanges de coton disparates. Au centre, un losange plus épais se détache, du violet sur le bleu du ciel, sur le bleu du lac, avec des franges grises de part et d'autre de ses pointes, des filaments de comètes égarés dans les rayons d'or pâle. À peine sensibles, ils traversent le banc cotonneux.

Elle a murmuré : *the Strong Eye*,
en l'invitant à lever les yeux.

.64.

Cabane avenante, tout en rondins peints, un rouge, celui de la tribu, un mélange de sève de mélèze, de racines de garance et de baies de sureau, qu'on applique chaque année pour éloigner les bestioles, et surtout les mauvais esprits. Sous un toit bronze, du chaume sur lequel poussent des iris et des bouquets d'autres plantes qui font des surimpressions céladon sur le brun pâle. En osmose avec ces pentes de lacs bleutés et ces vallées foncées de brume. Ce sont les anciens qui ont apporté ces plantes de France, lorsqu'ils sont venus s'installer sur ces terres, à l'aube du monde, quelque part dans un siècle qui égrenait ses années en quinze et ses vaisseaux de quitte ou double. 1562, acte de naissance d'une nouvelle vie.

À l'intérieur de la cabane, du bois, omniprésent. Rondins des murs, planchers, niches, bahuts, courbes, dénivelés, plateaux de marches : l'espace se dévoile, plus grand qu'il ne le laisse paraître de l'extérieur. Et des livres anciens. Dans chaque recoin. Tranches cuir. Ou couvertures ivoire.

Ce sont les miens, précise Ingrid. Je les ai fait venir depuis Paris. J'en ai fait venir des quantités. Sa main se balance. Les autres, ce sont ceux des générations qui se sont succédé dans ces murs. La plupart en français. Maintenant, je ne lis plus autant qu'avant : mes yeux… Beety vient me faire la lecture lorsque son travail lui laisse un week-end de répit. Beety habite Boston. Mais peut-être le sais-tu ?

Jeep ne laisse rien paraître.

Elle me visite plus souvent depuis que Jeepherson, ton grand-père, nous a quittées. Auparavant, elle venait moins. Elle n'avait pas complètement déserté, comme Sheenan, mais elle ne se montrait que de loin en loin.

Ingrid sert le café dans des mazagrans, entre deux bouquets de renoncules et de fleurs des champs, un jardin sur la table, une pointe de nostalgie : « Ces verres-là, Jee les a fabriqués. » Lorsque Ingrid pose ce surnom sur son époux, Jeep entend le début de son prénom et il devient ce fil ténu qui devait relier sa mère à ce passé enterré dans la poussière de sa mémoire. Dont elle n'a jamais soufflé mot. Peut-être à Blaise ?

Un trappeur, ton grand-père, et une sacrée personnalité. Une force de la forêt, descendant en ligne directe de l'Iroquoise qui a épousé ton arrière-arrière-arrière. Je ne saurais te dire combien d'arrière, mon grand ! Un noble : Aimé de Villessanpin. Il arrivait directement du royaume de France, quelque part du côté de la pointe de Cherbourg. Et il portait joliment son patronyme. Débarqué affamé. Et combatif ! Devenu trappeur ici, il a abandonné son nom de baptême pour le surnom de « *Strong Eye* », des peintures sur le corps, et *surtout* un art de survivre dans ces forêts inhospitalières. C'est là que l'aventure a commencé. Les mythes, les légendes, les hommes qui se battent, des histoires de conquête. De terres. De lopins de terre. Et de femmes fortes, solides, exigeantes, parce que la terre d'ici exige. La terre sculpte les âmes, avec ses hivers de gel, l'âpreté de ce froid de banquise et ce ciel de fibules qui enfilent leurs bouquets de strass. C'est pour ce ciel, sans doute, que les hommes d'ici s'entre-déchirent, pour la terre qui s'y reflète ou pour une femme qui a accroché à son épaule sa traîne d'étoiles. Tout est écrit dans le livre, là, sous le globe au-dessus de la cheminée. Le journal de bord d'Aimé. Elle indique avec son index la direction où poser le regard. Hochement de menton imperceptible. Ses yeux sont ailleurs. Dans la sienne de traîne. Ingrid a des yeux de pierres précieuses aux reflets de tous les ciels.

Villessanpin était un écrivain-né. Son journal est tout bonnement prodigieux ! Si tu veux t'y plonger. Cette mémoire qui ne demande qu'à resurgir dans chaque tasse de café… Puisque tu es là.

Jeep connaît certaines pages dévoilées par Beety lors de leur rencontre, mais cela reste fragmentaire. Il ne le mentionne pas. Il veut laisser Ingrid raconter. Se plonger dans ses yeux couleur de lac au petit lever du jour. Sa grand-mère française. Trace primitive et fugace de cette mère qu'il a si peu connue, si peu eu le temps d'aimer. Se blottir.

Jee, ton grand-père, je l'ai rencontré en 1966, au Yosemite, ce territoire au-dessus de la Californie. Sa mâchoire de forçat et son torse de bûcheron statufiés devant des chutes monumentales. Des capharnaüms de jaillissements qui arrachent tout sur leur passage et plongent dans des gouffres majestueux en un vacarme de tous les diables ! Impossible de s'entendre ! Tout est passé par le regard. Ses yeux bruns, des billes qui percent à jour. Il faisait une chaleur étouffante, mille six cents mètres d'altitude, moi avec mon petit sac à main, comme il a dit en voyant mon sac à dos, lui avec sa chemise à carreaux et son attirail de boy-scout. Je cherchais un peu de fraîcheur, incapable de repartir. Ma gourde était vide. J'allais tout simplement tomber dans les pommes. Il m'a offert à boire. Je n'étais pas bien grosse à l'époque et surtout pas habituée à faire ce genre d'exercice, et encore moins seule ! Un défi que je m'étais lancé. J'étais à un moment de ma vie où je pensais que je n'avais plus grand-chose à perdre ! Les cascades, lui s'en moquait ! Moi, fascinée, j'en étais arrivée à avoir envie d'y sauter : le grand saut à l'élastique au-dessus du canyon, à dix-huit ans, et sans élastique, si tu vois ce que je veux dire ! Jee, lui, s'était mis en route *pour* les séquoias. C'était sa passion, les arbres. Élevé dans la forêt depuis des générations, de père en fils. Jee était une part d'eux. Ce jour-là, il devait grimper plus haut pour dénicher ces géants qu'il voulait étudier. Contempler. Comprendre. Les cascades, ce n'était qu'une simple halte avant l'aridité des sommets. Je l'ai suivi…

Ingrid s'interrompt. Elle sort raccrocher un volet qui ne cesse de cogner. Lorsqu'elle ouvre la porte, le vent s'engouffre, il propulse le souffle de l'histoire. Ingrid réapparaît, elle a un regard de petite fille facétieuse. Facétieuse décoiffée. Qui le sait et qui s'en moque. Un peu plus de lave dans le bleu-vert de ses yeux. C'est le vent qui vient de faire son portrait, elle s'est laissé faire, elle rit tout simplement, se rassoit.

Histoire banale d'une gamine qui venait de se faire plaquer et qui pansait ses plaies en ayant raconté à ses parents qu'elle avait une irrésistible envie de parfaire son anglais sur la côte Ouest. Quelle plaisanterie ! J'étais leur fille unique. Ils me voyaient déjà professeur d'anglais dans un lycée parisien renommé et moi je voulais tellement plus grand ! Professeur de littérature française sur la côte Ouest des États-Unis ! Au fond, je ne savais pas trop ce que je voulais. Ce dont j'étais certaine après cette eau désaltérante, c'est que c'est *lui et lui seul* que je voulais. Sa trentaine. Ses beaux yeux de rêveur ! Le travail que j'allais bien pouvoir faire n'avait plus aucune importance ! En France, les esprits commençaient à s'échauffer, les filles timidement réclamaient. Aucune route n'était tracée pour les femmes, tous les chemins pouvaient s'ouvrir. Mais il fallait batailler dur, et je n'en avais pas envie. Une année de fac d'anglais en Sorbonne, des romans dévorés depuis l'enfance : je pensais que j'étais prête pour affronter la vie et ses imprévus. Jee a été mon imprévu. Il n'était pas vraiment pour que je grimpe plus haut avec lui sous cette cagne, eu égard aux dénivelés et à mes tennis de midinette. Il a tâté de ma détermination ! Alors, il a cédé ! J'ai compris immédiatement que c'était un taiseux. Il a été distant pendant toute la balade ! Et pourtant, ça montait dur. Pour être honnête, je n'avais pas envie de l'ouvrir moi non plus, j'avais du souffle à économiser et puis, je ne voulais pas qu'il me prenne pour une pisseuse ! Une Parisienne bourgeoise façon Simone de Beauvoir. J'avais le chignon banane, ça n'aidait pas ! Bien qu'à cette époque je doute que ton grand-père l'ait déjà lue !

Ingrid rit encore. Ses yeux verts, leurs traits de bleu, de givre. Jeep lui prend la main. Il n'ose la serrer. Réserve qui s'efface, complicité qui s'installe. Il est heureux et c'est doux d'être heureux. Une main que l'on caresse.

Alors je me suis accrochée ! *Behind his back!* Jee ne s'est pas retourné une seule fois ! Ce n'est qu'au bivouac du soir, lorsqu'il a compris que j'étais française, qu'il s'est déridé. Instinctivement. Je l'ai vu changer d'attitude, s'ouvrir, et c'est là qu'il m'a raconté son histoire. Cette famille qui avait maille à bâtir avec la France depuis des temps immémoriaux. Leur culture francophile. Leur bibliothèque. Et son français incroyable ! Il a vu en moi un signe : le *Strong Eye*. Celui de son ancêtre. Et nous ne nous sommes plus quittés. Un mariage six mois plus tard, presque à la sauvette, un bouquet de violettes et de myosotis, une robe de coton bleue – c'est tout ce que je possédais – à l'ombre de leurs ombres. Les grands bois. Cette vie dans les cabanes accompagnée par la grâce des textes, ceux que je recevais, ceux que j'écrivais. Et mon Jee. Plonger dans l'ombre avec lui et s'y sentir à sa place, dans le retrait du monde. Jee aimait les signes, les observer, les déchiffrer, une sorte de religion naturaliste, ça lui coulait dans le sang, il m'apprenait les empreintes d'animaux, le sens du vent, la qualité de la pluie, des rites, que tous au camp se transmettaient. Impossible à décrire. Il faut vivre chaque jour, chaque changement de saison. Moi, je ne voyais que l'amour ! Avec mes baskets de midinette et mon sac à main de Parisienne ! Oui, nous ne nous sommes plus quittés. Et les enfants sont nés. D'abord, Albertine, morte dans mes bras, trois ans plus tard, d'une malformation cardiaque. Jee a dit que c'était parce que je n'avais pas mis les deux *e* de l'ancêtre dans son prénom. J'ai rétorqué qu'il y avait deux *e* dans Albertine. Il a répondu qu'ils n'étaient pas côte à côte ! Je n'ai plus jamais voulu de prénoms français. Et je l'ai laissé choisir pour les enfants suivants... Est-ce que tu veux boire quelque chose de plus fort ?

Non, Ingrid. Je vous remercie.

Qu'il est beau ce *vous* français ! Combien il infuse le respect, l'amour courtois, la filiation. Il te va comme un gant, ce vous. Tu as l'âme profonde, Jeep. Elle coule dans ta musique. Avec ta bonté d'âme d'enfant, tu m'offres de la comtesse ! Un peu de ce terroir de naissance qui appartient à chaque Français, de cette noblesse de cœur...

Je ne suis plus un enfant, Ingrid.

Étonnant de prononcer
un prénom qui vous lie.
Ingrid.
L'écho résonne sur le cœur de Jeep, s'apprivoise.
Un battement
Ingrid
Un battement

C'est sûr. Mais ta venue jusqu'ici prouve le contraire. Tu traques les étoiles. Tu ne sais pas encore qu'elles sont inscrites à l'ombre de ton cœur dès ta naissance. Comme les stries des arbres. C'est ce que disait Jee aux enfants. Qu'à chaque fois que tu apprends quelque chose de neuf, une étoile s'allume en toi, et ne peut plus jamais s'éteindre. Quel âge as-tu au juste, Jeep ? Ma mémoire…

Vingt-six ans, Ingrid.

Un battement

C'est elle qui lui caresse la main à présent, qui lui glisse ses traces de bleu-vert, un pastel au bout de ses doigts légers, ils terminent leur mouvement en pianotant comme pour secouer la poussière de couleur qu'il resterait à déposer. Jeep lui rend le dessin qu'elle a posé sur sa main, en un baiser. Un baiser à sa grand-mère : une immense étoile. À cet instant, Ingrid a les yeux de Leena. La vie avance.

Avec la mort d'Albertine, j'ai aussi abandonné ma patrie. Je ne suis jamais retournée en France. Sans doute pas envie d'entendre les reproches de mes parents qui n'auraient pas manqué de me faire remarquer que je vivais au fin fond de nulle part, sans hôpital à moins de trois heures de route. Je ne les ai pas revus. Mais, j'ai conservé toutes leurs lettres. Je les relis encore. Parfois. Puis Sheenan, ta mère, est née. Et Lee, notre seul fils, deux ans plus tard, la fierté de Jeepherson, et enfin, Beety, notre étoile filante. Mais, depuis la mort de notre aînée, plus rien n'allait réellement comme avant. Ingrid se tait un instant, puis elle ajoute, d'une voix plus faible :

Selon Jee, nous avions attrapé le *Wrong Eye*. L'expression d'ici ! Les épreuves se sont succédé.

Jusqu'à celles de ces dernières années. Et Jee, je n'ai jamais cessé d'apprendre à l'aimer. Dans ce vent amer, dans ces forêts couleur d'ébène.

Apprendre à l'aimer ?

Oui, Jeep. Ce n'est qu'à la dernière minute d'une vie à deux que l'on peut dire « Je t'aime ». Jamais au commencement ! Au commencement, on ne sait que se laisser pénétrer par la foudre. L'amour, c'est bien autre chose… C'est avoir envie d'apprendre de l'autre chaque matin. Se faire tout petit pour le recevoir. Jee était si grand. Il a mis du temps à entrer en moi : ouvrir judicieusement ses silences. Ou parfois avoir tout bonnement envie de les fracasser. De tout fracasser. La vie m'a appris à jouer avec les silences de l'amour, les accepter, les sublimer. Ils sculptent l'amour et lui donnent sans doute sa plénitude. Je me suis toujours placée du côté de la résurrection, pas de l'enfermement. De ce silence qui fait naître le meilleur de chacun parce qu'il nous oblige à lire l'autre dans sa profondeur, à dépasser le superficiel. Même si cela est immensément douloureux. Nous devons accepter que cela ne nous concerne pas. Cette fragilité, soit elle explose un beau jour et permet la résurrection, soit elle ne fait qu'enfoncer l'être plus loin en lui, dans des zones inaccessibles. Le mutisme leur confère une pureté qu'ils ne peuvent pas salir. Une sorte de lumière intérieure qu'ils ne livreront jamais. Un refuge. Cette lumière ne nous est pas destinée. C'est tout. Je ne sais pas bien si tu peux comprendre…

Ingrid se lève, un peu fatiguée, elle fait réchauffer le café, se sert à nouveau, ajoute un nuage de lait. Jeep décline quand elle veut remplir sa tasse. Il aime Ingrid.

Il aime son phrasé fluide. Cela fait si longtemps qu'il n'a pas entendu sa langue sans accent, sans limites, sa langue qui construit son être et le fait osciller entre sa mère et son père, entre ce grand-père inconnu et cette grand-mère forte, solide, exigeante. Il la découvre, Ingrid : femme d'ici. Et à travers elle, il retrouve des ébauches de Sheenan, des verrous qui sautent, des portes qui s'entrouvrent, des pas qui s'engagent. Chancelant.

Elle boit, petites gorgées brûlantes,
lenteur de leurs mains qui se retrouvent,
du silence qui pose les acceptations, les ententes.

Elle reprend. Elle ne veut plus rien retenir de cette mémoire qui parfois s'égraille dans des mots d'une autre sonorité. Jeep observe ce visage, cette architecture, le même menton que celui de sa mère, le même front haut, dégagé, les cheveux retenus par un peigne sur la nuque, cette masse, mêmes boucles épaisses, et ce regard qui vous transperce pour sonder au-delà.

Aujourd'hui, Ingrid n'appartient plus au silence.
Ingrid n'appartient qu'à elle seule
et elle le fait savoir :
elle libère ce mutisme
que la solitude lui a toujours imposé.

.65.

En quelques années, Ingrid a perdu Lee, Sheenan et Jee. Blaise, aussi, bien sûr.

Là, elle vient de trouver un petit-fils et c'est un miracle. Le miracle que Jee lui envoie. Alors, elle le lui dit : « Tu es mon miracle, Jeep. Comme Jee l'a été. »

Ingrid l'attendait depuis des décennies.

Elle savait qu'il allait finir par arriver. Elle lisait les signes elle aussi dans la forme des nuages. La veille, elle l'avait aperçu au beau milieu du gris : l'œil, grand ouvert avec sa pupille bien franche, à peine dilatée. Du violet à l'intérieur et des franges aux extrémités. Ce matin, il était encore là, le losange, dans son violet annonciateur, suspendu au-dessus du toit. Elle ne pouvait plus douter. Un adage ici affirmait que « lorsque le losange se posait, le cours du temps s'inversait ». Et là, elle l'avait surpris, son miracle ! Dans le cimetière, qui plus est ! Plus de temps à perdre, elle devait transmettre toutes les pentes que la vie lui avait fait gravir : silences, éloignements, crève-cœur, résolutions, souplesse, échine qui ploie sous les coups du sort et joies fugaces. Les yeux de son Jee, ses deux *e* à elle, rien qu'à elle.

Les départs de leurs enfants :
les mêmes que le sien
des années plus tôt dans ce grand canyon,
leurs fuites,
leur liberté.

On n'enferme pas l'œil du ciel, sinon il se rebelle.

Ça avait été l'erreur de Jee de refuser le départ de Sheenan pour la France. Surtout pour la France. Et l'œil avait frappé. Comme il avait déjà frappé la famille des dizaines de fois, même s'ils avaient souscrit à la coutume imposée dans un passé si lointain par l'Iroquoise qu'Aimé de Villessanpin avait prise pour épouse : les deux *e*, leur protection. Les deux *e* qui, de part et d'autre de leur *y*, formaient le museau d'un loup dans le mot *EYE*. C'est ce qu'ils affirmaient tous. Des superstitions… Mais pouvait-il en être autrement dans ce bout du monde hostile, où le moindre colis de livres arrivant de France était un exploit, où même Internet ne parvenait pas à pénétrer ?

La cardiopathologie de Sheenan. La même que celle d'Albertine, repérée dans sa cinquième année, inopérable. Celle de Lee. Apprendre à vivre avec. Le sursis, chaque jour, que la forêt procure. Nous avons failli le perdre à plusieurs reprises. Alors, le départ précipité de ta mère si jeune, avec cette constitution si fragile, pour un homme beaucoup plus vieux… Pourtant, elle, Ingrid avait eu confiance immédiatement en cet homme qu'elle n'avait pas rencontré.

Le coup de foudre au premier regard, on ne peut rien contre. J'aurais été bien en peine de m'y opposer, n'avais-je pas agi de la même façon au même âge ? Ce Blaise aimait la littérature, d'après ce qu'en avait dit Beety, il en vivait – tout ce patrimoine à transmettre que moi-même j'appréciais tant – et puis, il était *français*, mon pays, le pays d'où provenaient les ancêtres de Jee. Si ça, ça n'était pas un signe ! Jee n'a rien voulu entendre. Si meurtri depuis la mort d'Albertine. Terrifié peut-être parce que dès la naissance de Sheenan, il a su qu'elle lui échapperait. Elle était sauvage, ténébreuse, indomptable, aussi silencieuse que lui. Cependant, ils se comprenaient. Elle seule parvenait à calmer ses colères froides, et il en avait beaucoup. Terrifié peut-être à l'idée de ne pas connaître ses petits-enfants. Je ne sais pas. Qui peut démêler quoi que ce soit dans la vie en face d'une personne qui n'exprime rien ? On apprend à gérer l'impuissance, on s'y résigne, mais c'est un silence qui peut vous détruire. Profondément. Qui vous réduit au silence vous-même.

Jeep sent bien que sa chair tout entière palpite au diapason des mots d'Ingrid. Le silence de l'autre qui vous détruit, il en connaît chaque nuance, le goût : celui de l'abandon. Et il y a les lèvres bleues de sa mère. Dans le miroir de la salle de bains. Certains soirs.

Nous avons eu vent de votre existence, bien entendu. Par Beety. Et une amie de Sheenan, Alexandra. Elle et Sheenan correspondaient. Une amitié indéfectible nouée sur les bancs de la fac. Elle est venue jusqu'ici. Une fois. Pour l'enterrement de ta mère. Une amie exceptionnelle, une vraie tristesse de la séparation.

Jeep ne relève pas. Il sait que Laxie est l'Amie. Il sait d'où il revient grâce à elle. Lui ne dira pas à Ingrid ce qu'il a traversé, ou peut-être à l'ombre des grands bois.

Vos merveilleux prénoms : Jeep, Leena. Sheenan y avait posé les deux *e* de protection. Rien n'y a fait. Jee s'était senti trahi. Sheenan avait pris son envol sans lui demander son avis. Ou peut-être qu'un océan, c'est trop immense entre deux personnes. Trop puissant. Il s'est enfermé. Un peu plus. Un peu plus profond. Il n'a jamais voulu parler à Blaise. Même si ton père a fait plusieurs tentatives. Ton père écrivait. Des lettres, magnifiques. Elles sont toutes là, dans le livre de l'aïeul sous le globe. Ton père avait le *vous* d'un comte. Tu tiens cela de lui. Sans aucun doute ! Nous savions qu'il venait à Boston régulièrement pour son travail. Dans ses lettres, il donnait de vos nouvelles, proposait de s'expliquer. Il joignait des photos. Jee refusait, catégorique. Tu peux me croire, Blaise n'est pas en cause, il n'a jamais lâché. Il a été d'une fidélité incroyable, d'un amour extraordinaire. Il a même accepté de ne pas venir la visiter ici. Il a respecté sa volonté. Il devait être perdu. Tellement perdu de cet emmurement. De sa fragilité. « Économiser chaque mot pour conserver un peu de souffle », c'est sa seule phrase durant ses dernières semaines. Oui, votre père a dû être totalement perdu lorsque la maladie l'a rattrapée. Je crois qu'il s'est douté dès le départ qu'elle était rentrée chez nous… pour mourir. Parce que ses lettres ont cessé d'arriver dans notre bout de bleu.

À présent, ce dont je suis sûr, Ingrid, c'est qu'il l'aimait tellement qu'il s'est laissé consumer pour la rejoindre le plus vite possible. Même si personne à l'extérieur n'aurait pu le discerner.

L'évidence se déchire au bord des lèvres de Jeep, un soleil qui monte à l'horizon derrière le fracas d'une tempête dans un silence de genèse, une certitude qui inonde tout, et ce faisant, restaure, panse, cicatrise.

Leena et moi, chacun à notre manière, nous avons su que quelque chose s'était brisé en lui, nous avons engouffré, partagé, communié à cette peine, cet engloutissement, parce que nous avons su que rien ne pourrait le soulager, pas même notre présence.

Jeep n'ajoutera pas que les lettres de Sheenan à Laxie ne se résument qu'à un cri : celui du déchirement d'un amour que l'on va perdre. Celui de la douleur de ne pouvoir déployer cet amour, de crainte de ne blesser à mort ceux qui en sont les destinataires.

> Impuissance
> de tous côtés
> qui broie, effondre, martèle, pille, cogne, anéantit.
> Tonne de rochers qu'il faut soulever
> par un murmure.

C'est celui d'Ingrid qui vient au jour :
De vous avoir mis au monde, cela tient tout simplement du miracle, Jeep, c'est tout. Et c'est si précieux.

Maintenant, elle se tait, elle est dans les bras de Jee, enveloppé dans le silence de son homme qui la domine, qu'elle ne peut pénétrer, qui dit protection, apaisement, liberté, infinité, symbiose avec les conditions d'ici, la forêt, la survie heure par heure, drame à drame, le temps qui ne se vit qu'à la seconde où il se crée et rejoint déjà le ciel, la dimension de l'éternité.

Elle se lève soudain, attrape un cadre sur un bureau, le tend à Jeep. Un portrait de son Jee. Puis, une seconde photo : un cliché de Blaise. Jeep ne l'a jamais vu.

Sheenan a laissé cette photo pour vous deux.

.66.

Elle le bouscule, cette photo.

Il faut bien perdre ses propres repères pour entrer dans ceux des morts. Dans ceux qu'ils ont essayé de construire et que l'on tente vainement d'affleurer.

Blaise, jeune. Si jeune. Du noir sur du blanc.

Jeep essaye d'être neutre. En position de recevoir. Ingrid le laisse seul face à son propre silence, elle s'efface un moment, le repas à préparer…

Blaise, leur maison du Gers, Lectoure.

Torse nu, maigrichon, soleil de plomb, borsalino de paille, il pose, les deux mains sur une pioche, c'est le mur d'enceinte, le second portail, ils viennent de terminer de le remonter. Il semble détendu ; grave, cependant. Blaise n'est pas un homme du sourire. Il y a un autre homme à sa gauche sur le cliché, Jeep ne le connaît pas, lui aussi torse nu et grave, mais tout en muscles, peau tannée, couverte de poussière, une moustache, une barbe de quelques semaines, des cheveux bouclés qui dépassent d'un bandana. Et Sheenan, de l'autre côté, un peu en arrière, elle tient Blaise par l'épaule, pas vraiment appuyée, sur le point de s'envoler avec sa jupe légère qui se gonfle sous le vent de Barran, on ne voit pas bien ses yeux, on ne voit que la visière de sa casquette, et ses lèvres qui ourlent le monde, Sheenan, incandescente, présente au souffle de l'été. Elle ne sourit pas au soleil, elle est le soleil. Dans ce vent qui tresse des milliers d'étoiles dans ses cheveux. Jeep distingue la traîne qu'elle porte, épinglée à l'épaule. Belle. Autre. Entre son mari et son frère. Le cœur de Jeep commence à se recoudre.

Ingrid se rassoit. Dans la maison, soudain, une odeur de gratin, de présence qui enveloppe, de brume qui se déchire, mots extraits de certaines phrases qui s'enclenchent, résonnent plus que d'autres, rythme qui se ralentit, confidences qui mûrissent à l'ombre de la soirée qui s'avance, les bleus s'installent et nimbent la pièce d'une auréole d'outre-temps. Elle ne dira rien sur la photo.

Jeep sourit. Il lui semble que c'est la première fois.

C'est un sourire mystérieux qui vient du fond des âges, des transmissions et des secrets, intérieur, un sourire de création.

Il sait :
on n'en exhale qu'un
chacun.
De toute éternité.

Il ne parlera pas à Ingrid du mutisme de Leena. Il vient seulement de détecter sa source, une résurgence de cascades qui coulent dans cette famille. C'est son miracle à lui. Le mot résurrection résonne. Oui, il va rentrer en France. Il va réenchanter Leena. Avec prudence. La retrouver. La faire resurgir.

Maintenant, il peut.

Ingrid poursuit dans le bleu de la nuit, dans le bleu de son châle qu'elle a jeté sur ses épaules. Jeep est allé le lui chercher dans sa chambre, sur le grand lit. Entourer une personne âgée de prévenance, il sait faire maintenant. Il sait être utile et beau de cet amour gratuit. Elle a caressé à nouveau sa main, un instant. Pour s'assurer qu'elle ne rêvait pas.

Lorsque Jee a appris la mort de ton père, tu peux me croire, de sa vie, je ne l'ai jamais vu autant abattu. Plus que pour la mort de Lee : un enfer. Il pleurait, pleurait tous ses silences. Une douleur effroyable. J'ai su qu'il ne survivrait pas. Un séquoia plusieurs fois centenaire qui tombe sous les coups de butoir d'un vent déchaîné, qui a résisté si souvent et qui s'effondre dans un craquement terrible. Voilà ce qu'était mon Jee. Tu vois, un séquoia à terre, personne n'en a jamais vu, c'est impossible, les séquoias bravent le monde, ils en sont la puissance. Je suis la seule à l'avoir vu. La seule. Inconsolable. Impossible à redresser. De ce jour, chaque matin, il est allé déposer deux bouquets sur la tombe de ta mère. Jusqu'à son dernier souffle. Depuis sa mort, j'y vais, à mon tour, chaque jour. Mais moi, je n'en dépose qu'un : un pour tous ceux qui sont ensemble et se tiennent la main dans le violet du *Strong Eye*.

La nuit s'immisce peu à peu, le brouillard remonte, joue avec l'ombre des arbres ; ils ont allumé des photophores un peu partout, petites flammes qui dorent le bois, sécurisent leur périmètre de confidences, une cathédrale de non-dits qui se déploie, dont Jeep ne doit pas apercevoir les larmes qui brillent parfois, qu'elle essuie à la dérobée. Jeep ne pleure pas. Il ne pleure plus. Il ne parle pas. Il descend dans ses zones inaccessibles, les visite, les fait remonter au jour de sa musique. Il en écrit mentalement la partition. Lignes de notes, sonorité qui perce, titre qui s'inscrit : *Strong Eye*. Dédicace : À ma mère, à mon père. Il rature. À ma sœur.

Ils ont fini par mettre le couvert.

.67.

Ils dînent. Omelette au bacon, gratin dauphinois : le plat préféré de ton grand-père. Jeep se sent à la maison : Sheenan était une as du gratin dauphinois. Il le dit à Ingrid, elle acquiesce, complice. Il ose à présent. Pose ses points d'interrogation. Elle évoque Lee. Avec quiétude.

Ingrid marche avec son fils sur des bandeaux de nuages, sa voix feutrée l'esquisse dans le ciel où il aimait tant se réfugier. Pas question d'étoiles, mais de planètes avec des causses, de lumières fluorescentes, d'insectes inconnus qui rongent son avenir et qu'il dessine à foison dans des carnets de papier brun, au feutre noir. Inventés, irréels. Sur des troncs. Les sinuosités des écorces. Gravées. Cette malformation cardiaque comme une plaie, une cicatrice. Il ne s'est jamais marié, son Lee. Indispensable à l'exploitation des bois un peu plus loin. On ira voir demain, si tu veux ? Lee, fragile mais si déterminé. Il a voulu devenir bûcheron : il n'en avait pas les capacités physiques. Il s'est accroché, c'était sa lutte, la forêt, la faire vivre, l'entendre respirer, la nettoyer, l'embellir. Le départ de ses sœurs l'avait rendu plus taciturne. Il était très joyeux dans l'enfance, à courir malgré les essoufflements, à dénicher des scarabées sous les buissons, à ramener les oiseaux blessés, à les soigner, les relâcher. Écrasé par un arbre, son Lee. Erreur d'appréciation de la trajectoire d'un tronc qu'on vient d'entamer à la scie électrique, pas eu le temps de s'en dégager. Maudit progrès mais il en faut bien, du progrès, on n'a jamais arrêté la course du monde. Le craquement trop rapide, elle l'a entendu, puis le bruissement des feuilles qui rendent l'âme. Et le pépiement des oiseaux qui renaît, quelques secondes plus tard.

Beety a fini par partir elle aussi. La seule au cœur solide, un vrai cœur de petit soldat, son poste de chercheuse au centre de documentation géographique de Boston, section météo, Beety qui voyage aux quatre coins de la terre, passionnée par les vents et les civilisations antiques, Amérindiens, Aztèques, par la recherche des alizés, des exilés, en Europe, en Russie, jusqu'aux confins de la Chine, pour entrevoir l'autre. Mais qui ne l'a jamais rapporté dans ses bagages, l'autre.

Puis, Sheenan, ta mère, qui revient un beau matin, avec, dans ses bagages, cette saleté d'essoufflement fulgurant, qui sait que c'est la fin, qui ne parle pas plus qu'avant, qui ne rapporte dans ses poches que deux photos, un livre relu mille fois, *Madame Bovary*, et son refus de mourir à l'hôpital, qu'il soit français ou américain, se laisser terrasser ici dans sa forêt, sous leurs séquoias, sombrer sous leur gigantisme, leur faîte qu'elle ne peut même plus apercevoir. Et mon Jee, terrassé par une embolie, sous ces mêmes séquoias, au même endroit que sa fille. Terrassé par le chagrin ! Ou le remords. Le *Wrong Eye* sur eux. Depuis tant d'années. Alors, tu vois, j'ai supplié la Madone, celle de mon enfance, celle que j'avais abandonnée derrière moi. Elle était encore vivante, enfermée dans le grenier, au chaud dans le sac à main. Mon chapelet du bout du monde, je l'ai retrouvé.

Elle le sort de la poche de son tablier et le lui montre : des petits grains, du bois d'olivier et une médaille ovale à son extrémité.

Et la Madone m'a répondu. Comme elle m'avait répondu cinquante ans plus tôt. Sans même que je le comprenne. Tu es là, Jeep. *Strong* ou *Wrong*, aujourd'hui, je m'en contrefiche. Il était écrit que cette histoire retournerait sur le sol de France. C'est ce qui est en train de se produire. Et c'est loin d'être une question de forme de nuage.

Jeep écoute et un jour, il rentrera. Il poursuivra l'histoire, sur le sol français, comme Aimé de Villessanpin l'a écrit dans son journal de bord. Ingrid s'est saisie du livre et déchiffre :

Me sera-t-il donné de retourner au royaume de France ? L'œil surgit et notre vie change de cours. Nous avons vaincu le Wrong Eye. *Le* Strong Eye *prend le relais. Plaise à Dieu que ce signe sauve notre tribu des pilleurs, des assassins d'Indiens, des destructions, des cataclysmes.*

À présent, Ingrid peut aller rejoindre son Jee dans le petit cimetière de vert et de brun en contrebas. Elle n'a plus de temps à perdre. Elle déploie sa cascade de mots et, comme la soirée n'y suffira pas pour qu'elle reçoive ceux de Jeep, il accepte de dormir là-haut dans la chambre des filles, Beety et Sheenan.

Demain, il jouera du saxo.

Demain, il apprendra que sa grand-mère a donné le goût des grands auteurs français du XIXe à Sheenan. Mais que la poésie, c'est Jee qui s'en est chargé. Chasse gardée. Demain, il apprendra que son grand-père jouait fort bien du violon et faisait danser toutes les familles du camp. Il déchiffrait les notes des partitions sans les avoir apprises. Demain, il apprendra à lire dans le ciel la forme des nuages. À tenir un chapelet. Demain, il apprendra à sa grand-mère que lui et sa sœur ont des cœurs d'acier. Des cœurs de petits soldats.

Demain est un autre jour.

.68.

Alexandrine de Vineuil remonte le rideau de fer de La Calanque. On est mercredi. Comme chaque semaine, depuis deux mois, Alexandrine vient travailler à la librairie. Deux jours. Seule.

Lorsque Leena a évoqué un nouveau projet et qu'elle a simplement murmuré qu'elle n'arrivait plus à se couper en quatre, Alexandrine a dit : « Je suis là. » Et cela a suffi pour que Leena lui donne les clés de la boutique. Alexandrine la remplace le mercredi, à cause des enfants, et le vendredi. Ce jour-là, il n'y a pas d'huîtres à aller chercher, l'Armelle livre les grandes tables pour le week-end. Le vendredi, il n'y a que la vente des livres à assurer et la réception des commandes, et cela lui va bien à Alexandrine : elle ne se voit pas servir, ni le café ni les slouchs. Elle est trop maladroite. Il faudrait parler aux gens un peu plus intimement. Alexandrine ne parle intimement que des livres et des auteurs.

Oui, Leena a besoin de libérer du temps pour une nouvelle aventure. Une de plus, elle ne veut pas s'arrêter de semer. Parce que les bras de Gaspard lui redisent chaque matin que la vie est précieuse, qu'on a tant à offrir et si peu de temps. Que La Calanque, depuis qu'elle revit, respire comme un être humain, pense, crée, propose, comme un être humain. La Calanque est une maison des livres, des phrases et des idées. Un poumon qui oxygène les esprits, réconforte, fait croître, inspire, une pousse où de plus en plus de monde s'installe, échange, gueule, rue dans les brancards… mais pour se rabibocher, c'est toujours chez Jocelyne que cela se passe. Bientôt, Gaspard aura terminé d'agrandir ce poumon. C'est Vivien qui l'irriguera.

Vivien indispensable, le jour.
Gaspard, la nuit.

Et puis, Alexandrine.

Dès qu'elle a posé son « Je suis là », Leena a su que la vie ne les séparerait plus. C'était simple, un nouveau don d'Hugo. Un de plus. Leena est amoureuse d'Hugo, mais elle ne le dit pas. Hugo, c'est toujours cette certitude que les choses se font parce qu'elles s'écrivent dans le sens dans lequel elles doivent s'écrire. Alors, c'est facile d'en tomber amoureuse : un homme dans le ciel qui répond à tous vos désirs.

Des coups de cœur littéraires, des coups de griffe, des coups de vent, Alexandrine et Leena en ont à revendre, de ces textes où elles sont en osmose dès la première ligne jusqu'aux ouvrages où elles se propulsent dans leurs contraires, où elles bataillent pour se positionner, leurs discussions à mots feutrés, à concepts à peine entrevus et immédiatement appréhendés, jusque tard dans la nuit, Gaspard qui écoute et s'endort, lessivé par le trop-plein de leurs deux volontés, de son béton à couler.

Tendre au monde un mode d'emploi calligraphié
par les mémoires des hommes qui pensent.
Et ne font rien d'autre.

Gaspard ne saisit pas tout. Mais Gaspard aime ne pas tout comprendre, avoir encore des arguments à rechercher. Sans avoir nécessairement envie de convaincre. Se mettre en phase avec ce qu'on est. N'être jamais rassasié. De murs à construire, de fenêtres à y ouvrir. Il a faim de Leena. Démesurément.

À la suite de son « Je suis là », Alexandrine a dévoilé une seconde page d'elle-même : « Au plus profond de mon âme, Leena, j'ai toujours su que je voulais lire. Lire les textes à voix haute. Arrêter le temps des habitants de la terre. Qu'ils viennent écouter le temps. Car, il n'y a que les écrivains qui le domptent et le contraignent à s'arrêter. Ils mettent entre parenthèses sa course folle. La seule chose que je saurais donner aux autres gratuitement, c'est du temps. Le reste, je le vends. »

Leena a tendu les clés. De toute façon, elle aurait dit oui, mais c'est bien plus qu'une proposition en cette deuxième année dans ces terres de brume, de pluie, de persévérance et d'ennui. Une entente. Leur amitié innerve la respiration de Leena, maintient ses mots à la surface du monde et fait émerger ceux qui disent sa face cachée. Oser. Leena y arrive à présent. Elle va offrir à tous le hors du commun d'Alexandrine. En plus de l'orbe des écrivains. Ce hors du commun qui prolonge le sien dans la construction d'un projet qu'aucune des deux ne maîtrise, mais qui les entraînera au loin d'elles-mêmes. Au loin d'une vie rétrécie. C'est le mystère de La Calanque : ce lieu atypique fait naître des idées hors normes. Il contraint à se laisser porter.

Dire oui
Chaque matin
À l'invisible

Alexandrine s'est jetée corps et âme dans son projet de lecture.

Sa priorité : lire aux enfants. Avant de laisser résonner dans le cœur des adultes sa voix que plus personne n'entend dans son manoir vide, elle veut passer par l'enfance. L'enchanter. Retourner au départ de la vie, lorsqu'elle n'essayait pas de la dompter, l'interrogeait seulement. Et qu'Eulalie lui répondait.

Alexandrine a ouvert un atelier *Lectures de contes*.
Chaque mercredi.

Elle marche des kilomètres pour le faire connaître, pose des affiches, balade l'ambulance rouge à la sortie des écoles et son aura fait le reste. Elle possède un véritable don pour raconter des histoires. L'heure du conte en trois semaines – miracle ! – fait le plein.

Pour les enfants, Alexandrine n'a rien changé à ses habitudes, elle se vêt de cette manière si extraordinaire qui n'appartient qu'à elle. Un jour, jardinière, capeline de paille, corset, taffetas de coton aux mollets et bouquet de primevères à la naissance du décolleté. Un autre, écuyère, jodhpur de daim, veste de velours, chausses boutonnées aux genoux. Un autre encore, reine de la nuit, robe longue, soie, manchettes noires aux coudes, petits boutons gainés aux poignets, pendentifs aux oreilles, strass et paillettes, personne ne sait que ce sont des vrais, ses diamants. On pourrait penser qu'elle se déguise, or Alexandrine est *elle*, extravagante, belle. Une seule chose a changé : elle ne se maquille plus, elle laisse son visage irradier. Et les enfants subjugués écoutent, questionnent, viennent poser leurs petites pognes sur son épaule quand elle s'assoit à leur hauteur. Ils lui ont ennobli son surnom : maintenant, elle est la « contesse » de La Calanque.

Alexandrine débute toujours par une histoire d'avions, elle en invente une par maquette. Et si elle l'oubliait – ce qui est impossible –, tous la lui réclameraient, leur histoire de ciel et de prouesses. Les gosses sont fascinés. Après, ils veulent tous acheter le livre. Elle leur explique que c'est un livre magique dont les pages invisibles ne s'ouvrent que le mercredi à quinze heures lorsque Hugo l'aviateur sort de sa sieste, quelque part dans le bleu, très haut. Une nuit, tous ensemble, elle et les enfants, ils iront observer la cachette d'Hugo dans le ciel. Pourquoi une nuit ? a demandé Éliette, cinq ans. Parce que c'est à ce moment-là, lorsque le ciel se sera tendu de bleu marine, lorsque tous les nuages seront au lit, que nous pourrons le mieux distinguer l'avion qu'Hugo s'est fabriqué en étoiles. Surtout son manche à balai, a affirmé Anthony. Il est en étoiles filantes ! Surtout, son manche à balai en étoiles filantes ! a confirmé Alexandrine. Pour le moment, les enfants observent les maquettes d'Hugo et se rabattent sur des albums pleins de couleur et de poésie, ou sur des romans où les tigres sauvent les princesses, où les pirates dénichent des joyaux dans des palais vidéo de maharadjahs.

Le vendredi, c'est autre chose.
Le vendredi, Alexandrine vend vraiment des livres.
Un jour, elle se lancera, elle lira à voix haute.
Dante et Tourgueniev,
Stifter et Hugo,
Jaccottet et Dickinson,
Lamartine et Wilde.
Ses auteurs.
Et, Jocelyne sera aux premières loges.

.69.

Le mercredi et le vendredi, Leena est au Jardin Littéraire. Enfin, à la friche de ce qui est en train de devenir Le Jardin Littéraire. Sur une de ses parcelles de terrain, trois hectares tout de même, la plus proche de la librairie, elle s'est mis en tête de créer un jardin de légumes, de phrases et de fleurs.

Grâce à Éliane…

Éliane a accepté de livrer les slouchs de tartes pour l'espace dégustation-lecture que Gaspard est en train de finir d'aménager à côté de La Calanque, mais à une seule condition : des légumes frais du jour et de saison, des fruits du jardin. Sa propre production ne pourra y suffire. Qu'à cela ne tienne, Leena n'a pas tergiversé : les légumes, c'est elle qui va les produire puisque ceux du manoir de Vaclanville ne suffisent pas. Vivien a opiné illico : il n'y a pas tant de boulot que ça au chantier naval de la Balise. Prof de voile, ce ne sera toujours que du mi-temps ; il y a tant de jours où les coques ne peuvent être mises à l'eau, alors que la terre est toujours là, elle a toujours besoin qu'on la câline, qu'on l'ensemence ; et puis, il faut l'aider Leena à se tuer à la tâche pour qu'elle oublie l'ordure d'ordure que lui, Vivien, le justicier, va châtier. Vivien sera du jardin, puisque Gaspard est de la maison. Guider le corps de Leena dans les rayons du soleil, deux fois par semaine en plus des balades sur les grèves, Vivien le veut. Éperdument. Il veut être avec Leena, respirer Leena, entendre ses silences que Gaspard lui apprend à écouter. Son frère a raison : Leena a des silences chantants et des mots déroutants qui sortent abrupts, rares et décalés, des lueurs d'amour, des créations poétiques qu'il faut savoir lire dans ses yeux.

Si tu veux un jour la posséder, Vivien.

Gaspard s'efface.

Bientôt, le chantier de l'espace dégustation sera terminé. Gaspard ne dormira plus dans la chambre au bois de rose, dans le cou de Leena, dans les draps blancs de Leena.

Gaspard est un homme du voyage. Il construit des ailleurs. Dans lesquels il ne vit pas. Tôt ou tard, il partira. Vivien est fait pour la terre d'ici, la mer d'ici. Il est le seul à parler à la mer à l'aube.

La dimension littéraire du Jardin, bizarrement, c'est une idée d'Orpère, quand Leena et Vivien l'ont contacté pour une désherbeuse.

Un potager, Leena, je veux bien, mais ton jardin secret, ce sont les phrases, pas les tomates, alors sois gentille, fais-les pousser tes phrases, entre deux massifs de scaroles et de roses…

Elle se tue Leena à arracher, bêcher, retourner, niveler, charrier, brouette, ongles noircis, sourire de contentement, de questionnement. Orpère vient inspecter l'avancée des sillons.

Il te faut un cheval, Leena, un cheval pour tirer la herse, tu veux tout faire bio, OK, mais tes bras eux, ne sont pas bioniques !

Vivien acquiesce : Les miens non plus !

Et le cheval est arrivé, il se nomme Gangster et il faut s'en occuper.

Elle se tue Leena à inscrire la perspective des collines, des bois, le lointain de la mer, à l'arrière, dans le dessin de ses terrasses, de ses cultures, de ses haies vives, de ce bocage qu'elle fait naître, dénivelés de points de vue qui se succèdent et ouvrent des chambres-mystères, des passages, des allées, des contre-allées, auteur par auteur.

Comme à La Calanque, Vivien et Leena tirent les phrases au hasard dans les cahiers, relisent des passages, une œuvre si nécessaire, et imaginent le clos de l'écrivain, son armature et son contenu. Petits pois au milieu des groseilles pour Kafka ; tulipes noires, cassis, mûres et iris d'un violet sourd pour Lautréamont ; courge musquée, Ratte du Touquet et roses jaune pâle pour Makine ; pensées grises, digitales blanches et pommiers pour Flaubert. Naturellement pour Flaubert. Ou pour son Emma…

Éliane sourit de leurs délires, de leurs déconvenues : certaines plantes ne s'accommodent pas ensemble ou à leur environnement. Rien ne retient le duo : ils déplantent, réessayent, relisent, repeignent les phrases des stèles à la gouache blanche, la belle écriture sur le noir des ardoises, ils rient, photographient, s'épuisent, se détrempent, s'endorment, sous le chêne central, centenaire, s'épouvantaillent, se chamaillent, s'observent, s'osiérisent sous l'immense saule pleureur, se bataillent, se butinent, se quittent, elle pour l'ambulance rouge et les transats – elle lit moins –, lui pour les voiles et les enfants, les cours et les gribouillages – il lit plus.

Le Jardin Littéraire les dessine :
deux lianes qui s'enlacent sans jamais se rejoindre.

. 70 .

Ce week-end, pour la première fois, Leena fera la route seule. Chambéry. Pour poster son colis. Vivien a décliné, il a à faire avec Orpère. Leena n'a pas posé de questions, mais elle a senti sa poitrine se serrer. Elle a surtout senti que Vivien était devenu son indispensable. Il lui a donné rendez-vous devant la mer à l'aube, ce samedi, avant qu'elle ne prenne le volant. La route sera longue. Pour lui aussi.

Il doit inscrire l'adresse sur le colis. Il y tient. C'est sa manière d'être avec elle durant ces trois jours.

Séparation.

Il ne sait plus envisager le mot.

La mer est basse, rien de très encourageant. Ce n'est pas de châtier Valentin Audouit qui turlupine Vivien lorsqu'il marche sur le sentier de la plage avec Leena, ni lui ni Orpère d'ailleurs, mais la promesse d'avoir à s'en confesser. Il sait déjà qu'ils ne regretteront rien. Gaspard lui a laissé un texto : « Frère, Leena a dormi paisiblement pour la première fois. » C'est un signe :

Leena anticipe déjà la paix qui ne manquera pas de naître du châtiment infligé à l'ordure d'ordure. Pour Vivien, c'est l'exact moment pour l'interroger :

Leena, pourquoi Chambéry ? Pourquoi Poitiers, Dijon, Toulouse, Lyon ?

Ils se sont assis en haut de la dune, non loin du bois de genévrier, elle tient son paquet, du kraft, des liens de scotch noir sur ses genoux, elle ne frissonne pas dans son tee-shirt blanc, elle a attaché ses cheveux, une queue dans un bout de ruban bleu, un turquoise, son châtain qui enveloppe les épaules, la nuque offerte au ressac qui brasse, houle, s'épuise et recommence. Leena ne répond pas aux questions. Les a-t-il posées ?

Ils observent le soleil qui s'élève, magnétise l'horizon, mais ce qu'ils aperçoivent, ce n'est pas le soleil. C'est une bande de nuages étirés, bleu pâle, traversés de filaments or. On dirait des losanges qui cherchent à s'encastrer les uns dans les autres ou se poursuivent ou ne veulent pas se quitter, pointe à pointe, côté à bord, médiane à trait, netteté des contours, géométrie d'un centre parme, nuances de violet, qui se foncent et se dérobent, une couleur singulière, une architecture du ciel : majestueuse et fascinante. Elle les absorbe.

Je n'ai jamais rien vu de pareil.
Peut-être parce que la mer est basse à l'aube, Vivien.

Sa main fraîche est pailletée de sable. Il l'embrasse, remonte lentement l'intérieur de la paume, et fait sien son grain de beauté. Sur le sable, l'eau se retire en laissant de légères bulles d'écume qui s'éteignent et dans les petits lacs qui parfois se forment, se reflète le violet lunaire qui ne cesse de s'intensifier. Un des losanges s'épaissit, plus de fils tissés, plus de pourpre, la trame s'entrecroise, ne peut s'effilocher.

Chambéry, c'est mon dernier voyage, Vivien.

Leena ne sait pourquoi elle lui répond cela. Pressentiment. Le losange vient de le lui livrer. Elle ne quitte pas la toile des yeux. Elle sait que cette phrase est vraie. Jeep va rentrer. Vivien caresse son grain, du velours, avec son souffle, avec son index, avec son pouce, main ouverte qui se donne.

Je vais être en retard. Il faut que je parte.

Ils ne se regardent pas. Leurs corps se rapprochent.

Leena, lorsque tu arriveras à Chambéry, la poste sera fermée et demain, c'est dimanche. Tu as quelqu'un à voir à Chambéry ?

Oui, Vivien. La montagne.

Leena ne veut pas cesser de prononcer ce prénom, elle aime sa sonorité, elle aime que cette sonorité emplisse sa bouche et la pénètre jusqu'à l'âme, sa gorge jusqu'au ventre, jusqu'à l'index qui caresse, perturbe, affole, elle prononce son prénom à l'intérieur d'elle. Vivien. Vivien. Elle se donnera. Elle le pourra. Elle le peut. Elle le veut. Tout est facile. Déligoté.

Les losanges s'incrustent, certains se cabrent, se chevauchent, l'œil au centre statique, du carmin s'installe, deux fils au-dessus, la trame se déploie. L'index est douceur sur les veines lorsqu'il en suit les contours.

À Chambéry, c'est moi que je vais rechercher.

En expédiant un colis par la poste ?

En marchant dans le brouillard des montagnes et le noir de leurs ombres. Ce sont des impressions dans ma tête, un tableau que je vois se peindre au-dedans de moi. C'est ma dernière destination. Vivien, je ne sais pas ce que je cherche. C'est aussi fort que ta peau sur ma peau. Je sais que je dois monter sur le versant d'une montagne. Très haut. J'ai besoin de contempler un sommet, m'enfoncer dans une forêt, m'arrêter au pied d'un lac, enlacer un tronc, sentir le froid de ce tronc m'ensevelir, me guérir. Je serai là mardi. Pour toi. Je serai là. Vivien.

Vivien ne veut plus aller punir Valentin Audouit. Il veut grimper le versant de la montagne de Leena, l'entendre murmurer son prénom.

Tu veux que je vienne avec toi ?

Je veux que tu fasses ce que tu as décidé de faire avec Orpère. Pour une fois qu'il demande un coup de main à quelqu'un. Orpère ne demande jamais rien. Il donne. Tout. À tous.

Tu seras prudente sur la route ?

C'est toi qui me dis ça !

Vivien sort un stylo de sa poche.

Donne-moi ton paquet.

Vivien connaît l'adresse par cœur.

Ton frère va revenir. J'en suis sûr.

Je crois, oui. Il va revenir.

Vivien écrit : le nom de Laxie, le nom de Jeep. Vivien écrit : New York, États-Unis. C'est si loin New York. Aussi loin que Chambéry. Il tend le paquet à Leena. Leena le pose au sol à sa droite. Elle se tourne vers lui, effleure ses paupières, ses pommettes, avec ses lèvres, fixe sa bouche, elle enveloppe son menton de ses paumes, se penche et la baise, sa bouche. Lenteur. Toi. Moi. Ça parle dans son ventre. Trois baisers qui s'effacent déjà dans le violet du losange.

Vivien est resté assis. Elle ne s'est pas retournée.
La route est longue jusqu'à Chambéry.

—

Fokker DR.1
Rouge sang
Deux mitrailleuses Spandau LMG 08/15
de 7,92 mm synchronisées
Alt maxi : 6650 m
Vitesse maxi : 225 km/h (à 2000 m)
Moteur linéaire 8 cylindres en V Hispano-Suiza
Fuselage en tubes de métal
Ailes en bois et acier à l'entretoise
Ailerons sur les ailes supérieures
Le Baron rouge

—

« Il expliqua que personne ne doit jamais penser qu'il est seul, car en chacun de nous vit le sang de ceux qui nous ont engendrés, et cette chose-là remonte jusqu'à la nuit des temps. Ainsi nous ne sommes que le méandre d'un fleuve, qui vient de loin et continuera après nous. »

Alessandro Baricco, *Cette histoire-là*[10]

.71.

Lorsque Valentin Audouit pénètre dans son appartement, l'odeur lui saute à la gorge. Encore plus tenace que dans l'entrée de l'immeuble. Une odeur qui brûle la poitrine et les yeux. C'est la gardienne qui l'a alerté. Elle l'a appelé dans sa propriété du cap d'Agde. Il était parti se reposer quelques jours. Il n'ose allumer la lumière de peur de provoquer une explosion ou un incendie. Et il ne comprend pas. L'origine. Il se dirige vers les hautes fenêtres du salon, en pousse les volets, et patauge, manque de glisser, se rattrape au guéridon où il a l'habitude de déposer ses clés, ça adhère sous les semelles, il évite de se coller aux tapis et ose espérer que ce cloaque n'a pas atteint ses Aubusson du XVIIIe. Les dénicher était déjà une gageure, les faire restaurer un pari insensé qui a coûté son pesant d'or, il a exigé qu'on teigne les fils tels qu'ils l'avaient été il y a plus de trois cents ans. Une restauration exemplaire qui lui a valu un article dans *L'Objet d'art*, mais surtout un bel écho auprès d'un commissaire-priseur de ses amis à Drouot qui n'attend qu'un mot de lui pour faire monter les enchères. C'est son jeu préféré, multiplier les zéros, il est joueur de golf et expert en multiplication. Là, il espérait un profit par quatre, mais avec ses connexions à Abu Dhabi, il se pourrait bien que…

ET MERDE !

Il l'a hurlé. La gardienne est restée sur le pas de la porte. Dès qu'elle l'a vu franchir l'entrée de l'immeuble, elle lui a sauté dessus. « Vous comprenez, cette odeur depuis vingt-quatre heures, ça n'est pas supportable. » Là, elle en rajoute : « Tout va bien, monsieur Audouit ? » Pour une fois, il a envie de continuer à être vulgaire, lui qui est la politesse même, l'incarnation de la courtoisie. Il se dirige vers la cuisine, il a déjà compris qu'il y en a partout au sol de cette saloperie. S'il tient le fumier qui a maculé son parquet au point de Versailles – qu'il a déniché dans une gentilhommière normande du XVIIIe siècle et qu'il a fait intégralement remonter – et ses poignées de fenêtres – bronzes de l'atelier de Thomire –, il va lui faire passer un sale quart d'heure, non, il va lui casser la gueule, c'est dit, et ça le soulage. Entrer dans une zone de non-conformité par un langage ordurier. De toute façon, dans la zone de non-conformité, il y est plongé jusqu'au cou, alors autant y aller à fond. « Mais bordel, où est ce putain de Sopalin ? » La concierge ne pipe mot. Valentin Audouit revient sur ses pas, tente d'essuyer cette suppuration infâme, elle coule dans le papier, entre ses doigts, il abandonne, coince la clenche dans le rouleau de carton et finit par libérer la lumière du jour. Elle est magnifique, elle tisse des camaïeux de rose sur la pierre blonde de la place. Mais là, à l'intérieur, elle est glauque, sinistre, comme si elle hésitait à éclairer la boue noire qui a tout recouvert, des éclaboussures sur les papiers peints, les meubles précieux, les œuvres d'art, les tapis, jusqu'à l'intérieur des bibliothèques. Pas un souffle d'air pour lever cette odeur pestilentielle.

Les fumiers ! Ils vont me le payer.

Il y a aussi des traces dans le couloir des chambres, monsieur Audouit. Qu'est-ce que c'est à votre avis ?

Je n'en sais fichtre rien.

Mme Ramert passe une tête, avec son porte-cigarette éteint et son peignoir rose.

Ça, mon petit gars, c'est du kérosène ! Et du vieux !

Qu'en savez-vous ?

Une aventure avec un mécanicien Air France, ça vous va comme réponse ? Un amiral, cet homme ! Un vrai ! Et vous, tout Audouit que vous êtes, vous êtes comme moi, le Valentin ! Pas prêt de vous en remettre de votre décollage !

Orpère, comment as-tu su qu'il n'y aurait personne dans l'appartement ?

Vivien, je ne le savais pas. J'ai laissé faire Hugo. C'est lui qui nous a fourni les dix bidons qu'on a chargés dans la camionnette. Ils étaient dans la Simca. Tout simplement.

Et pour le reste ?

Ouvrir une porte, ça ne m'a jamais arrêté. Prêt à honorer ta promesse ?

Bien obligé. Mais d'abord, on va se changer. C'est pas croyable ce que l'on peut puer !

Tes vêtements, Vivien, tu ne les rattraperas pas. On va se faire un feu de joie avec. Comme le Valentin avec ses meubles. Avec le kérosène, y a rien à garder. Surtout avec celui-là. C'est de la vieille cuvée. Soixante ans d'âge au bas mot ! Merci, Hugo !

.72.

Mardi soir, Leena a garé l'ambulance rouge devant La Calanque. Elle coupe le moteur. Fin du voyage. Toutes les lumières sont éteintes dans la librairie. Gaspard a dû terminer sa journée à côté. Il a dû rentrer à Vaclanville. Elle n'a pas précisé lorsqu'elle serait de retour. Elle trouvera les clés sous l'éboulis dans le jardin à l'arrière. Cet éboulis-là, elle a voulu le garder, une sculpture qui conte la généalogie de cette terre. Et a à voir avec la sienne. Leurs deux cartographies sinueuses laissent place à des endroits non encore répertoriés, dont les contours ne seront sans doute jamais tracés. Cet amas, son corps. Cet amas, son âme.

Cela peine Leena que Gaspard soit déjà reparti.
Ce soir, c'est à lui qu'elle aurait voulu parler.
De son voyage intime.

Cette pureté des sommets qu'elle a escaladés avec un guide ; il s'est moqué de son petit sac à main, lorsqu'elle s'est inscrite et a réglé la course ; il lui a intimé l'ordre de revenir le lendemain avec une parka, un pull et des chaussures adéquates. C'est un vieux guide, mais il est le seul à être disponible lundi, après l'ouverture du bureau de poste. Mathieu, l'autre guide – qui a la trentaine et qui est l'homme aux trois B : beau, brun et bronzé – n'était pas disponible. « Veinard ! », c'est tout ce qu'il a dit, Mathieu, à son collègue lorsqu'il est arrivé au bureau des guides pour raccrocher son piolet et débander ses muscles. « Si tu veux, René, pour lundi, je t'échange ma troupe du quatrième âge contre la damoiselle ! » Le vieux guide a décliné.

Néanmoins, elle a passé la soirée avec l'homme aux trois *B*. Il l'a invitée dans un restaurant végétarien ; la raclette, il déteste. Elle a accepté. Elle est capable de ça maintenant. Mathieu a fait la conversation, sans qu'elle lui réponde. Passionnant, l'homme aux trois *B*. Il a raconté sa montagne. Celle qu'il lui aurait fait découvrir. S'il l'avait emmenée. Elle reviendra. Elle le lui dit. Il est sûr du contraire. Il n'a pas tenté de l'embrasser. Elle n'est pas comme les autres. Elle ne porte pas de bonnet criard, de combinaison lamée aguichante, de débardeur à fines bretelles à l'ouverture de l'anorak, de rouge à lèvres fluorescent, elle ne manie pas le sourire de séductrice, elle ne possède pas de bourse bien remplie à dépenser avec un moniteur de ski saisonnier. Elle est *elle*. Difficile à cerner, un tee-shirt blanc, du turquoise dans ses longueurs châtain, secrète, lucide, mâture. Elle est un silence : celui qui s'installe, envoûtant, avant le déclenchement d'une avalanche. Elle cherche quelque chose de plus fort que la montagne. Elle l'a raccompagné chez lui dans son ambulance rouge. Mathieu lui a tendu la main, elle l'a serrée. « La montagne te ressemble, Leena. Demain, avec René, tu seras heureuse. Tu vas trouver l'arbre que tu recherches. Et bien plus… René est un vrai pro. Dénicher l'endroit où chacun est né ou doit naître, il fait cela parfaitement. »

Leena a trouvé la tenue adéquate, a laissé René poser deux traits de crème épaisse sous ses paupières derrière les lunettes aux triangles de cuir qu'il lui a prêtées.

Vous êtes sûre que vous voulez grimper ? Vous vous en sentez capable ?

Oui, monsieur.

Moi, c'est René. Alors comme ça, vous voulez monter seule ? Seule avec un guide ?

Oui. Jusqu'au refuge. On m'a dit que là-haut, je pourrai voir des arbres. Des arbres très hauts.

Vous venez pour les sommets ou pour les sapins ?

Pour un arbre.

Vous ne faites pas de sport ?

Non.

Vous savez quel arbre ?

Non.

Vous saurez le reconnaître ?

Oui. Ce sera le mien.

Si vous le dites, je vous crois. Allons-y.

Marcher dans les pas de René. Dans son souffle. Régulier. Dans les verts des prairies et des sentiers, dans le brun des dénivelés. Marcher en soi. Atteindre le bleu. Si haut.

Ce choc, elle aurait voulu le raconter à Gaspard. Quand elle l'a aperçu. Isolé, au beau milieu de nulle part. Sur une pente ensoleillée, au détour d'une sente qui sent la campanule, le violet, le désert des âmes et la lumière pure qui chavire à toute heure. Son arbre.

Lorsqu'elle a étreint son tronc, son âme est montée, au faîte, jusqu'au ciel. Déposer sur chaque branche le fleuve d'ancêtres dont elle est issue. Observer l'histoire de chacun couler dans la sève. Son arbre. Un mélèze. Graver chaque sillon de son écorce. Caresser, étreindre, se donner, recevoir. Hugo, Sheenan, Blaise, Jeep, et tous ceux qu'elle ne connaît pas, qu'elle devine. Une écorce âpre, résineuse, sensuelle, elle a résisté à tout, la neige, le froid, le gel, la violence du vent. Il n'a aucune protection, son arbre. Pas de compagnon à ses côtés. Il se tient debout. Dans le silence. Il grandit encore. Il défie.

Elle est debout, elle aussi. Devant La Calanque. Dans la traîne d'étoiles. À espérer Gaspard. À envisager la vie. Se donner à elle. Dans la confiance. Elle ferme les yeux. Elle entend des pas derrière elle. Une main caresse son grain de beauté. Remonte. Il baise. Longuement. L'avant-bras. Trois baisers qui s'effacent dans le velours de la nuit.

Ce soir, la vie s'ouvre.
Dans les draps de coton blanc.
Toi, Vivien, toi. Moi. La vie.

.73.

Jeep avance. Les blés sont déjà hauts. Soleil au-delà des bancs de brume qui s'étagent dans une mer de bleus. Sac à dos. Saxo. Jeep avance et ne sait pas où il va. À la gare, dans ce bout de Cotentin, à cette heure-là, il n'y avait pas de taxi. Un guichet. La préposée lui a indiqué la direction pour trouver le lieu-dit, pas si compliqué, cinq, six kilomètres à pied, pas plus, mais une mercerie, jamais entendu parler. Une mercerie, vous êtes sûr ? Ici, il y a longtemps que les commerces ferment. Oui, une mercerie. Mais Jeep n'est plus si sûr. Pour obtenir des informations de Me Lambert, il a dû le travailler au corps.

Votre sœur a racheté une mercerie, Jeep. C'est tout ce que je sais.

Une mercerie ?

Oui. Dans un village en ruine du Cotentin. Le plus à l'ouest possible du Cotentin, c'est tout ce qu'elle a dit.

Le Cotentin ?

Oui, Jeep, le Cotentin.

Maître, c'est vous qui l'avez mise sur le coup ?

Non. Je suis notaire à Nantes. Pas dans le Cotentin. Elle s'est débrouillée seule.

Vous savez pourquoi elle a quitté la librairie de Nantes ?

Aucune idée. Leena ne me donne de ses nouvelles que lorsque nous communiquons pour des raisons administratives. Elle gère l'appartement de la place Royale depuis votre départ. Elle voudrait le mettre en vente. Si cela vous agrée.

Pour faire sa vie dans le Cotentin ?

Ça, je ne sais pas. Je sais seulement que pour l'appartement de la place Royale, j'ai quelqu'un d'intéressé si vous vous décidez tous les deux. Quelqu'un de votre immeuble, un certain Valentin Audouit. Et sacrément intéressé, trois fois qu'il me relance. Il a su qu'elle n'y vivait plus. Je ne sais pas trop comment. Sans doute la gardienne. Les gens parlent trop. Ce qui n'est pas le cas de votre sœur.

Elle ne parle toujours pas ?

Très peu. Mais elle sait se faire comprendre. Leena est une jeune femme à part. Exceptionnelle.

Pour l'appartement de Nantes, je verrai avec elle.

Vous allez rentrer ?

Sur le long terme, je ne le sais pas encore. En tout cas, pas à Nantes. Là, j'ai juste un besoin urgent de la voir.

Elle ne veut pas.

Elle ne veut pas me voir ?

Pas exactement. Elle ne veut pas que je vous donne son adresse.

Maître Lambert, s'il vous plaît. Je sais que j'ai merdé. Mais, vous êtes la seule chance pour moi de la retrouver.

Sauf si vous rentrez à Nantes et qu'elle vous y trouve.

Je ne peux pas m'installer à Nantes, maître. Ma vie est à Boston pour le moment. Je ne peux pas rester longtemps en France. Pas plus d'un mois.

Ah… Et là, vous êtes où ?

À l'aéroport de Boston, en train d'embarquer pour Paris.

Je ne peux pas, comprenez-moi. C'est une ancienne mercerie, c'est tout ce que je peux vous dire.

Maître, c'est bien vous qui m'avez retrouvé aux États-Unis ?

Certes, mais là c'est différent. Vous, vous n'aviez pas interdit qu'on vous retrouve.

Vous croyez que Leena m'en veut.

Je ne sais pas. Je sais seulement qu'elle est fragile et que depuis votre départ, elle a fait un sacré bout de chemin.

Et elle ne parle toujours pas.

Je ne dirais pas ça. Elle a mis du temps à apprivoiser le décès, l'héritage, ce qu'il y avait à prendre en charge. Elle le fait parfaitement à présent. Je pense seulement que si elle est heureuse avec ses rubans, il faut les lui laisser. Ce n'est pas le notaire qui vous parle, mais l'ami de votre père. Qui est un père, lui aussi.

Maître, aidez-moi. Vous savez bien qu'elle n'a que moi.

Vous semblez avoir fait du chemin, vous aussi.

Si vous parlez de mes frasques, elles sont derrière moi.

J'espère. Pour vous. Autant que pour elle. Elle a beaucoup souffert. De ce que j'en comprends.

Moi aussi.

Je veux bien vous croire.
Alors ?
Vous ne me facilitez pas la tâche… Bon, je vous donne le nom du patelin où il y a la gare. Mais, pour le reste vous vous débrouillez. Et pas question de lui dire que j'ai vendu la mèche, c'est clair ?
Parfaitement clair.
Elle le saura bien assez tôt.

Jeep marche sur cette route, il tente de dompter la fatigue du voyage, le décalage horaire qui brouille les repères, il est affamé, il essaye d'oublier tout ça, dans ce ciel changeant, dans ce vent qui n'arrête jamais de batailler, qui lave l'horizon à grands coups de javel et le repeint quelques minutes plus tard à grands jets de plomb, d'azur ou d'eau. Averse diluvienne. Il marche. Trempé. Soleil qui crève le gris, vent qui secoue, le sèche, il sue, il grelotte, il va bien finir par la voir cette mer. Comme ses ancêtres, il marche sur ce bout de terre, il se laisse séduire, laisse le paysage lui parler, il fait corps, il fait âme. Il se pose un instant. Sous un pin. Au bord de la route. Il y a même des pins dans ce bout de nulle part. Majestueuse, cette corolle qui le protège des gouttes, des rayons, dans des débauches d'odeurs, eucalyptus et miel. Il ne sait plus où il est. Il sort son saxo, joue. Le morceau qu'il a composé. Pour sa sœur.
Puis Evans.
Il joue à s'en perforer les oreilles. Il se remet debout, les pieds sur terre. La musique le presse. Il joue. Soudain au loin, une voiture rouge. Elle s'approche, puis disparaît dans les collines, s'approche, se perd, réapparaît, deux gros phares ronds, capot en dôme, essuie-glaces en haut du pare-brise qui vont

et viennent : une antiquité des années cinquante. Il ne cesse pas de jouer. La voiture le dépasse. C’est une ambulance. Il la suit du saxo. Il a changé d’époque, il déraille, il est crevé. Oui, il déraille. L’ambulance ralentit, s’arrête sur le bas-côté. Au-devant de lui. Quelques dizaines de mètres. Il joue. Il ne s’arrête pas. Une femme en descend.

.74.

Une robe rouge. Un voile de coton, qui se soulève. Un coquelicot en plein ciel qui le regarde. Un turban ardoise dans des boucles rousses, des pendentifs indiens, de l'argent qui ruisselle le long de ses oreilles, de son décolleté, des bracelets, des dessins de porcelaine de tous les rouges sur ses bras nus, des orange, des perles de corail, elle lève sa main, ça cling, se protège du soleil, ou de la pluie, pour l'écouter. Ses bras nus bronzés, et le vent qui la soulève, tout entière.

Elle s'est avancée.
Il termine son morceau.
Elle applaudit.
Son sourire, énigmatique.

Drôle d'endroit pour donner un concert. Vous êtes musicien ?

Oui, je suis musicien.

Même à Boston, Jeep n'a jamais osé le penser ou l'affirmer, et là, devant ce rouge intemporel qui lui vrille le cœur, certitude : Je suis musicien.

Où allez-vous ? Je peux peut-être vous y conduire ? Les bus de ligne sont rares dans le coin. Même pendant la période estivale.

C'est ce que j'ai cru comprendre à la gare. En fait, je ne sais pas bien où je vais. J'arrive de Boston et je cherche une mercerie.

Alexandrine éclate de rire.

Et son rire, Jeep le fait danser avec son saxo.

Une mercerie ? Vous avez besoin de recoudre votre saxo ?

De recoudre mon cœur. Ou de me coudre à cette terre. Je ne sais pas.

Recoudre un cœur, ça, je sais faire. Recoudre quelqu'un à sa terre, c'est du ressort de Dieu. Peut-être faut-il que je vous conduise d'abord à la chapelle de Vaclanville avant de vous conduire chez moi. Choisissez votre itinéraire.

Chez vous, en premier. Pour dire vrai, je suis affamé et un peu fatigué. Dieu attendra.

On le serait à moins ! Depuis Boston. Vous offrir un repas, c'est sans doute plus facile que de recoudre un cœur ! Quoique ?

Jeep s'assoit dans l'ambulance rouge. Il se meurt là, à la seconde dans les yeux verts de cette femme. Il sait que cette teinte-là est la sienne. La renoncule d'Odessa s'efface. Il essaye de la retenir. Impossible. Dans les yeux d'Alexandrine, il y a la terre entière, sa musique, et il ne sait pourquoi, les appréhensions, les siennes à elle, les siennes à lui. Ils ont les mêmes. Il n'en doute pas. Cette femme va attacher son cœur au sien avec un ruban de notes dans le vent d'ici. Qu'il ne se perde plus. Il essaye de se raisonner. La voix de la femme s'élève, rieuse, et bleue, à peine perchée, un ru de montagne, le lac d'Ingrid.

Moi, c'est Alexandrine. Et vous ?

Elle lui tend la main. Il n'ose la saisir.

Jeep.

S'il lui prend la main, il ne pourra plus la lâcher.

Il n'a pas regardé la façade en granit, les deux ailes XVIIIe, le pignon droit ajouté au XIXe et sa tour néoclassique, ni même les dépendances et le jardin intérieur, ses massifs de roses et ses herbes folles. Il n'a vu que ses longues jambes sous le voile de coton qui s'échappent hors de la voiture, du rouge sur du rouge, chaloupent dans les couloirs de la demeure.

Je n'ai pas beaucoup de temps. Mais je vous laisse disposer du vôtre.

Dans la cuisine, il s'est assis à nouveau. Devant lui, une assiette en porcelaine, des roses de Sèvres et des bleuets qui s'enlacent.

Je ne vous accompagne pas. J'ai déjeuné.

Elle a déposé une terrine sur la table, du pain, des huîtres, du beurre et du cidre. La pièce est peu éclairée malgré le soleil qui perce. Elle a allumé deux flambeaux. Et son rouge s'est déployé sur les murs gris.

Vous savez ouvrir les huîtres ?

Non, je ne sais pas. À Boston, la spécialité, c'est le *lobster*.

Le *lobster* ?

Oui, le homard.

Elle empoigne un torchon de lin pour protéger sa main, ses lunules brillent, des perles, qui se meuvent, elle ouvre les valves, une à une, dextérité et grâce.

Vous me dites quand j'arrête. Vous pouvez toutes les manger, j'irai en rechercher, si besoin.

Jeep goûte, il succombe.

Laissez, je vais faire.

Pour que j'aie à vous recoudre la main, non merci. Je vous l'ai dit, ma spécialité, c'est le cœur, pas les tendons ! Alors, combien ?

Une dizaine !

Allons-y pour la dizaine.

Pendant qu'elle les lui tend une à une, elle précise :

Je dois rendre la voiture. Elle ne m'appartient pas. Je l'ai empruntée pour aller coller des affiches.

Des affiches ? Pour un spectacle ?

En quelque sorte.

Vous êtes comédienne ?

Pas exactement. Je suis diseuse. Diseuse de bonnes aventures.

Donc, vous lisez les lignes de la main ?

Vous ne suivez donc pas ? Celles du cœur seulement ! Je dois y aller. Je suis en retard. Vous pouvez rester là si vous voulez. Vous reposer. Je rentre à pied, après avoir déposé la voiture. Cela peut me prendre un moment. À moins que vous ayez changé d'avis et que vous souhaitiez que je vous conduise ailleurs.

Alexandrine est heureuse de cette rencontre, heureuse d'entendre sa propre voix résonner sur les murs du manoir entre deux coups de houle. Ce n'est pas arrivé depuis… En fait, ce n'est jamais arrivé depuis la mort d'Eulalie, de la joie dans ces murs, de la fraîcheur, et ce jeune homme porte une forme de sincérité qui réveille les vieilles pierres, ouvre les tombeaux. Il lui souffle sans en avoir conscience qu'il est plus que temps de dépoussiérer.

Si ce n'est pas trop abuser de votre hospitalité, j'aimerais rester un peu. Avant de reprendre ma recherche. Le décalage horaire, sans doute. Je suis vidé.

Ce n'est pas le décalage horaire, c'est l'air d'ici. Il faut s'habituer. Il y a une chambre prête au premier étage. Vous pouvez l'occuper, si vous voulez.

Une chambre prête pour quoi ? Jeep se ravise. Veuillez m'excuser. Je ne sais pas ce qui m'a pris. N'allez pas croire…

Je ne crois rien du tout. Je suis un peu plus âgée que vous, je connais la vie, ses détours et ses subtilités. Disons que dans ce manoir vide et étrange qui débarque dans votre histoire de Boston et de mercerie, il y a une chambre prête pour les bonnes aventures, ça me paraît pas mal comme réponse.

Je ne suis pas sûr d'être une bonne aventure !

Qui sait ? Vous prenez l'escalier, le couloir sur votre droite, la troisième porte. Vous ne pouvez pas vous tromper. De ce côté-là, c'est la seule pièce où il reste encore quelques meubles. Pour la salle de bains, c'est au bout du couloir, mais c'est un peu spartiate. De l'eau froide. La chaudière a rendu l'âme il y a plusieurs mois, je n'ai pas les moyens de la faire remplacer. La chambre donne sur la mer. J'espère que le bruit ne vous dérangera pas trop. Il faut essayer de faire abstraction de la houle. Le vent, ici, se déchaîne et cogne fort contre la falaise. Le vent, il faut s'en faire un ami, il nous rend plus aptes à accueillir l'imprévu. La preuve : vous êtes là ! Bon, je file. Reposez-vous. Il y a du riz au lait dans le bas du réfrigérateur. Fait maison. Si cela vous tente.

Merci.

Vous pouvez m'appeler Alexandrine !

Merci, Alexandrine. Je ne sais pas quoi dire.

Alors, ne dites rien. Cela me va bien, les hommes qui ne parlent pas. C'est la grande spécialité d'ici : un coin à taiseux. C'est le paysage qui veut ça. Sa démesure. Et le vent qui nous cloue le bec. Vous éteindrez les bougies en montant. Il y a l'électricité bien sûr, mais ces vieilles maisons sont bien plus attirantes avec la lumière qui les a vues naître.

.75.

Jeep s'est effondré. Il a dormi des siècles. Il n'a pas entendu le cognement régulier de la houle qui frappe le rocher. Il regarde son portable, six heures du matin. Il se lève. Aucun bruit. Seul l'écho du ressac le poursuit dans le couloir. Il ne sait pas si Alexandrine est rentrée hier soir dans son immense château, où est sa chambre. Il erre de pièce en pièce, la plupart vides, habillées de papiers peints désuets, courlis et ramages, rinceaux, de l'or et des poudrés, parfois un chandelier sur une cheminée, des stalactites de cire, une toile de lin aux fenêtres qui bruisse lorsqu'il pousse une porte.

Au deuxième étage, il découvre sous la soupente une pièce en bazar, une sorte de buanderie. Une lingère portes grandes ouvertes, des piles de draps brodés, des monogrammes en chute libre le long d'étagères, comme en apesanteur dans la lumière grise qui hésite à se frayer un espace, tout est occupé, tables, boîtes, fouillis de tissus, teintes impressionnistes, toiles imprimées, dentelles et passementeries, à côté d'une machine à coudre, vieux journaux de mode, carnets de croquis à la pointe sèche, boutons anciens, bobines de fils, et un mannequin en osier, il porte un chapeau de paille couvert de fleurs en soie, des pétales et leurs pistils en cours de montage sur un guéridon, des outils pour plisser la soie, la gaufrer, chauffer la cire, un jupon de tous les verts du printemps qui attend ses finitions, et des rubans, des centaines de rubans qui tissent un arc-en-ciel hors de leurs rouleaux usés.

Alexandrine coud.

Alexandrine crée des tenues excentriques au milieu des draps blancs, des étamines et des soieries.

Est-ce elle la mercière qui a vendu son commerce à Leena ? Sont-ce des tenues de spectacle ? Ou bien ses propres vêtements qu'elle invente ? Dans ce château Brontë où elle semble vivre seule. À qui sont destinées ces robes pendues à des cintres sur une psyché, le long d'un paravent où s'étalent des fresques de la Sérénissime ?

Jeep est amoureux.
Dans ce capharnaüm, Jeep n'entend que cela :
je suis amoureux.
Battement
je suis
Battement
Fou.

L'amour n'est pas coup de foudre. L'amour n'est pas désir. Ingrid lui a tout dit de l'amour. Jeep est là pour Leena. Il doit rentrer à Boston. Il n'a que trois semaines. Bride et Harper lui ont filé un travail monstrueux avant qu'il ne parte : des partitions, du solfège.

Il est doué pour le solfège, il apprend vite, il n'a pas dit qu'il avait dix ans de conservatoire derrière lui, dix ans de piano et de clarinette, ils lui ont imposé un maximum de sonorités à monter, descendre, engendrer. Son engagement, il y tient. Et puis, il y a Laxie qui l'attend derrière l'océan avec ses cinq maquettes et la phrase d'Alessandro Baricco, la dernière découverte, en rentrant du Vermont, sous le Fokker du Baron rouge : *Il expliqua que personne ne doit jamais penser qu'il est seul, car en chacun de nous vit le sang de ceux qui nous ont engendrés.* Il la connaît par cœur, comme les quatre autres phrases. Il y a toutes ces choses qui s'enclenchent. Depuis qu'il reçoit des avions d'un inconnu. Jeep ne peut pas aimer Alexandrine. Instinctif, charnel. Jeep n'a plus rien à rechercher. Il a fait le tour de la vie des autres qui ont enfanté l'esquisse de la sienne. À l'aéroport de Boston, il était sûr de lui : revoir Leena, lui annoncer enfin la mort de leur mère, expliquer son départ, les circonstances, livrer ce qu'il a appris, lever ses silences, lui dire qu'il aime, qu'il l'aime tant, qu'il va la protéger. Puis rentrer à Boston.

S'écrire avec le jazz.

Là, il ne sait plus qu'une chose et elle est aussi limpide que tous les plans qu'il a bâtis dans sa tête : il aime Alexandrine. Il aime Alexandrine qui a au moins dix ans de plus que lui et qu'il n'a vu qu'une heure dans son existence. Jeep ne veut que cela : rejoindre l'aile gauche du château où peut-être elle dort encore.

Jeep est fou.
Battement
Il est dans un rêve.

Battement
Et il aime cela : être fou dans un rêve.

Convoquer le *Strong Eye*. Avancer jusqu'à Alexandrine. Se balader de porte en porte, de couloirs en chambres, de parquets en grincements. Croiser son propre regard dans les miroirs d'une immense pièce, pleine de livres, du sol au plafond, tableaux à terre, retournés contre les murs. Deux yeux de fou, deux yeux de rêveur. Dans le rai de lumière derrière les volets. Bleu de la mer d'ici. Avancer. Enlacer.

La seule pièce habitée est au bout du couloir sur le pignon sud, la fenêtre s'ouvre sur le jardin – au loin, l'écume se bat avec le vent pour inventer de nouvelles courbes –, un flambeau à quatre flammes brûle, les draps sont défaits, une chemise de nuit traîne sur la courtepointe. Jeep souffle les bougies, s'approche de la fenêtre. Il l'aperçoit, pieds nus dans le jardin. Une robe mi-longue, fluide, épaules offertes, un bleu de fontaine, et une ceinture, organza blanc, qui souligne sa taille fine, sa peau bronzée boit les rayons roses de l'est, aucun bijou, ses boucles rousses dansent dans le souffle, elle se penche et tranche au sécateur des bouquets, agapanthes bleu de Delft et iris immaculées. Jeep dévale l'escalier.

Il dénoue l'organza. Le voile blanc s'affaisse dans l'herbe humide. Il embrasse la nuque. Lèvres murmurantes, baisers feutrés. La fermeture glisse sous les doigts de Jeep, le dos d'Alexandrine est un velours, il y pose d'infimes caresses, sa joue, elle monte, descend, ses lèvres effleurent, une terre qu'il s'approprie.

Il presse ses seins menus entre ses paumes. Il n'a plus rien à rechercher. Il le lui dit. Au creux de l'oreille. Je n'ai plus rien à rechercher. Ses reins, le parfum entêtant des iris, ses cuisses souples, ses fesses qui se tendent lorsque sa robe tombe. Elle est sa terre.

Elle aussi, elle sait.

.76.

Trois jours que la houle enlace Jeep et Alexandrine au rythme de ses coups de force. Trois jours que le bleu navigue en eux et se déchire dans des nuances opalescentes lorsque la nuit s'estompe. Trois jours qu'Alexandrine apprivoise la caresse qui n'est pas mensonge mais don de soi, la caresse lumière, la caresse qui enjoint à l'âme de se faire complice de l'autre, la caresse qui vous découvre capable de mourir pour lui, avoir faim de servir, de respecter, soulever le monde, trois jours qu'Alexandrine ensemence ce don auquel elle ne croyait plus, trois jours qu'elle se raisonne : Jeep lui a dit qu'il n'est en France que pour un petit mois, Jeep lui a dit que dans sa vie, il y a le jazz et Boston. C'est si loin Boston, un océan. Alexandrine a toujours eu le mal de mer. Jeep va la quitter. Trois jours qu'Alexandrine doit percer l'abcès. Trois jours que Jeep, lui, a tout oublié. Même Leena. Jeep est jeune. Jeep sait qu'il ne souffrira plus.

Mercredi.
Alexandrine doit ouvrir la librairie.
À l'aube, elle lève le silence.

Jeep, la mercerie que tu cherches, il n'y en a qu'une dans le coin. Elle a fermé, il y a des années. Elle est devenue une librairie et j'y travaille deux jours par semaine, le mercredi et le vendredi. Je dois m'y rendre ce matin. C'est une jeune femme qui l'a ouverte. Peut-être est-ce *elle* que tu cherches ? Plutôt qu'une mercerie.

En effet, je cherche une jeune femme qui a racheté une ancienne mercerie.

Elle s'appelle Leena.

C'est bien elle.

Il prononce ces mots. C'est *elle*. Un orbe se lève, monte et crève l'horizon, déchire les losanges, une plénitude, un trajet qui se termine : un cœur qui se coud.

Jeep, je n'ai aucun droit sur toi.

Alexandrine, Leena est ma sœur. Nous ne nous sommes pas vus depuis la mort de notre père, il y a deux ans. Mais cela fait des années que la vie nous a séparés. J'ai eu à faire un chemin. Moi de mon côté, elle du sien. Je veux la retrouver, lui parler, m'excuser, lui dire combien elle compte pour moi. Et que je suis là pour elle. Comme je le suis pour toi.

Jeep, tu as une sœur admirable.

Je l'ai compris pendant mes mois d'errance. Elle a ouvert une librairie, ici, dans ce bout du monde ? Elle ne sait même pas que c'est notre terre d'origine. Rien ne peut m'étonner. Rien ne doit m'étonner.

Je ne sais pas si on peut appeler cela une librairie. C'est plutôt un refuge. Un endroit où elle bâtit un monde poétique. Avec des cahiers. Des phrases d'écrivains qu'elle collecte. C'est un lieu à part. Difficile à décrire. Les gens peuvent partager des huîtres, un verre, ce qu'elle appelle des slouchs, au milieu des livres. Ils peuvent lire, emprunter, acheter, discuter, se disputer, s'enchanter. Elle ne parle pas beaucoup, elle anoblit. C'est elle la diseuse de bonne aventure. Leena est hors normes, et c'est exactement ce que le paysage d'ici réclame : de la démesure, de l'enthousiasme, des vies qui se donnent et surtout se reçoivent.

Alexandrine hésite, elle n'a jamais parlé à quiconque de ce qu'elle ressent pour Leena, pour sa folie silencieuse et son amour pour Hugo à qui elle a voué sa vie ; de son sourire, qui s'allume depuis quelque temps, un sourire de ciel qui aurait vaincu l'horizon. Lorsque Vivien passe une tête à La Calanque.

Leena a encore d'autres projets un peu fous. Un musée, une salle pour les slouchs, un jardin, un jardin littéraire. Il y a un aviateur…

Un aviateur ? Raconte-moi, Alexandrine.

. 77 .

Hugo l'aviateur était mon grand-père…

Alexandrine se livre, c'est inattendu, une bruine feutrée et transitoire qui résonne sur les murs de la chambre, cymbalise les oiseaux du papier peint, ils émergent d'un long sommeil hivernal.

… Son histoire et celle de ma grand-mère, c'est une histoire de vents contraires. Une histoire de ciel, de mécanique, de couleurs et de création, une fusion qui ne peut appartenir qu'au royaume des nuages. Personne au village n'a eu connaissance de cet extraordinaire qui fait naître la romance, la rumeur. Un amour secret, enfermé dans les toiles d'Eulalie et dans l'atelier d'Hugo, sous les toits de sa mansarde.

Elle commence, cette histoire, un peu avant 1910. En 1908, exactement. Lorsqu'un jeune apprenti forgeron de seize ans, qui rêve depuis l'enfance de voler, rencontre un dénommé Charles de Vineuil. Ce dernier, enfin son père et lui à sa suite, versé dans les affaires, du drap et de la cotonnade, torchons et serviettes en l'occurrence, fournisseur des grands magasins parisiens, Bon Marché en tête, mène une vie confortable et vient se reposer de temps à autre en villégiature dans ce manoir, là où nous nous trouvons en ce moment, à cet exact endroit : nous sommes dans son lit !

Jeep opine. Il aime fixer les opales d'Alexandrine, mais elle parle en tournant son visage vers la fenêtre entrouverte, vers le vent qui joue à soulever les voilages. Espiègle et libre.

Il se trouve que ce jeune homme, Charles, est un féru d'aviation, de modernité, de progrès. Dépoussiérer, faire bouger les choses, c'est son credo. Il faut cela pour le business au tournant du siècle. Lorsqu'il confie au père d'Hugo la réfection de la grille principale d'entrée du château, plus exactement la commande d'un nouveau dessin, et la réhabilitation complète des rampes de l'escalier central, c'est Hugo qui est envoyé sur le chantier pour parfaire son apprentissage et qui va proposer les nouvelles volutes. Entre Charles et Hugo, l'entente est immédiate. Charles a vingt ans, Hugo, seize. Charles a fait ses classes dans les grands magasins pour reprendre l'affaire familiale. L'apprentissage, il sait ce que c'est et il voit tout de suite qu'Hugo est à part : volontaire, travailleur, une forme d'intelligence, de pragmatisme qu'on ne rencontre pas souvent à cet âge. Hugo lit assidûment tout ce qui lui tombe sous la main. Il a son certificat d'études, une rareté. Ils parlent aéroplanes, biplans, place du moteur, à l'avant, à l'arrière, durée de vol, et, tout naturellement, Charles propose d'emmener Hugo à une première compétition aéronautique. Je ne sais même pas si je peux employer cet adjectif, parce que en 1910, les avions, ça n'est tout simplement que du papier, de l'osier, et parfois un peu de métal ; parfois, seulement ! Peu importe ! Hugo attrape le virus. Encore plus puissant. Encore plus haut.

Voler, c'est un rêve qu'on a tous, non ? Chacun à sa manière.

Sauf qu'à cette époque il faut une sacrée dose d'inconscience.

Ou de foi…

Ou de foi. Dès lors, Hugo n'a de cesse qu'il n'aille aux essais et aux compétitions des aviateurs sur la base d'Issy-les-Moulineaux. Charles lui rapporte des journaux, les agendas des manifestations, les comptes rendus des évolutions techniques, des autochromes, tu imagines… Voilà notre Hugo qui abandonne la forge parfois trois semaines, qui prend sa bicyclette, trace la route jusqu'à Courbevoie – en vélo ! –, et finit par apprendre avec un instructeur le maniement de ces bolides du ciel. Ne souris pas, Jeep. Ces hommes sont des fous, ils cherchent les records, il y a de la casse, beaucoup de casse. Hugo passe au travers, toujours. Il veut comprendre, anticiper, exceller en maniabilité, en vitesse, améliorer l'autonomie en vol. Il suit de très près la mécanique, devient un as de l'acrobatie, un piqué de l'adrénaline. Lorsqu'il ne peut payer ses cours, c'est Charles qui allonge les billets. Mais Hugo finit toujours par rentrer à la forge et rembourse sou à sou, par son travail, le crédit que lui octroie Charles. C'est une forte tête. Il n'a peur de rien. Il est sur bien des points hors du commun. Une sorte de pionnier. Charles, lui, ne pilote pas. Il regarde. Peut-être est-il un peu jaloux d'Hugo. Je ne sais pas. Ou alors, impossible pour lui de prendre autant de risques : il est héritier d'une grosse fortune à faire fructifier. Toujours est-il qu'en 1913 Hugo épouse Thérèse, une jeune femme du village dont le père est boulanger. Il a à peine vingt et un ans et, lorsque la guerre est déclarée, il saisit sa chance. Il est recruté haut la main, vol impeccable, et il en connaît tellement sur les moteurs, les fuselages et les entretoises qu'il a, paraît-il, subjugué les instructeurs. Il obtient immédiatement son brevet de pilote ! Ce qu'il ne pouvait pas se payer dans le civil, la guerre le lui offre et il va très vite prendre du galon ! Il sait se poser n'importe où, déjouer tous les pièges, le gazon, la plaine, la bouillasse, le marécage ; il sait piloter un hydravion, atterrir en milieu aquatique, battre des records de vitesse. Bref, un fou.

Un fou attachant !

Et talentueux. Comme John Coltrane. Bill Evans, Sonia Delaunay, Paul Klee, Mallet-Stevens, Mary Cassatt ou que sais-je. Ces doux dingues, irraisonnés et irraisonnables qui font avancer le monde. Hugo a combattu, jusqu'en 1917, aucune blessure, il rentrait à sa base de plus en plus déterminé. Et être aviateur durant la Grande Guerre, c'était courir un risque bien plus grand que dans les tranchées. Au dire d'Eulalie. Il y avait à la fois le risque de perdre la vie abattu par un as allemand, et surtout la peur que la machine ne te lâche. Hugo était très apprécié parce que capable d'enfiler les deux casquettes : mécanicien et pilote. Et puis, il fréquentait le milieu des pilotes, il devenait quelqu'un. En 1915, Thérèse a donné naissance à leur premier enfant, un garçon, Alphonse. Il est mort quelques années plus tard, à onze ans, des oreillons. Puis, Thérèse s'est retrouvée enceinte à nouveau en 1917, juste avant le drame. Ils ont été bombardés au sol. Hugo allait monter dans le cockpit, son mécanicien, un copain du village, le père de Barth l'ancien maire, qui l'avait suivi dans l'aventure et qu'Hugo avait formé, a perdu la vie, juste à côté de lui. Hugo ne s'en est pas remis. Il a eu l'impression que son sacrifice et celui de son ami n'avaient servi à rien. Il est rentré très amoché : le bas du visage arraché ainsi que son œil droit, bref, il ne pouvait plus s'exprimer correctement et surtout, il ne pouvait pas revoler à cause de son œil. Ça a été son drame. La naissance de sa fille fin 1917 n'y a rien changé. Elle s'appelait Marceline. C'est elle qui tenait, jusqu'à la fin des années soixante, la mercerie que ta sœur a rachetée. Hugo a été démobilisé, bien sûr, et il a détesté devenir la gueule cassée du village, celui qu'on mettait en avant à chaque lever de drapeau patriotique. Il a repris la forge, mais entre lui et Thérèse, c'était très compliqué. Et puis, il y avait tous ces gars qui n'étaient pas rentrés, une vingtaine, une saignée, comme dans toutes les campagnes françaises. Hugo ne trouvait plus sa place. Pour autant, ils ont eu en 1920 un second fils, Jacques. Jacques s'est marié, il a eu des enfants, pas Marceline. Elle est restée célibataire, a ouvert son commerce, et à la mort de Thérèse, en 1934, elle s'est occupée de son père et de son frère. Elle-même est décédée lorsque j'étais enfant, mais je me souviens parfaitement d'elle. Je garde un souvenir très joyeux de sa boutique, un capharnaüm plein de couleurs où Eulalie se rendait pour acheter du ruban pour mes queues-de-cheval. Sa boutique était magique. Marceline avait toutes les nouveautés de la capitale ! Beaucoup de goût. Pour un petit village comme le nôtre, c'était impressionnant. Elle avait des doigts en or. C'est avec elle que j'ai fait mes premiers apprentissages en couture, à la demande d'Eulalie. Ma grand-mère était attachée à Marceline, même si les événements n'ont pas été en sa faveur par la suite. Marceline, en retour, n'a jamais montré aucune animosité envers Eulalie. Si elle se doutait de quelque chose, en tous les cas, elle n'en a jamais rien laissé paraître. Je crois qu'elle admirait profondément Eulalie pour son indépendance d'esprit, son côté artiste. Son instruction, aussi sans doute. En 1920, l'année de naissance de Jacques, Charles de Vineuil s'est marié. Il épousait ma grand-mère Eulalie, de dix ans sa cadette, elle avait dix-huit ans, et il a invité Hugo et Thérèse à son mariage. Thérèse a décliné. Sa grossesse la fatiguait. Hugo est donc venu seul. Le coup de foudre entre Hugo et Eulalie a été immédiat. Pourtant, ils ont mis des années à se déclarer. Eulalie se mariait par convenance sociale : deux fortunes qui s'unissent, une parisienne, une provinciale. Elle a eu deux fils de Charles : Joseph en 1922 et Antoine en 1925. Puis leurs rapports de couple se sont dégradés jusqu'à devenir inexistants. Charles avait des maîtresses à Paris, Eulalie avait sa peinture et elle élevait ses fils au château. Un jour, elle a demandé à Hugo de poser pour elle. À Paris, elle fréquentait des milieux d'avant-garde et *Les Demoiselles d'Avignon*, la toile de Picasso, l'avait interpellée. Hugo a dit oui. Cela a scellé leur amour. Il venait au château lorsque les garçons partaient en cure en Suisse ou en croisière avec leur père. Il posait. Il parlait lentement. Très lentement. Une voix des profondeurs, sa gorge avait été touchée, il peinait à articuler. Eulalie l'écoutait, elle aimait la rugosité de cette voix, cette lenteur, elle disait que cela se mariait avec ses tracés. Pas un mot de trop. Le juste mot, parfaitement choisi, réfléchi et placé comme dans une grille de mots croisés. Ils avaient leurs codes.

Eulalie était belle, menue, élégante, simple d'accès. Surtout elle était libre. Disposée à écouter la souffrance. Ce que Thérèse ne parvenait pas à faire, parce qu'elle-même se débattait avec une santé fragile. Elle est morte de tuberculose, dans sa quarantième année. La souffrance d'Hugo, je crois, inspirait ma grand-mère. Hugo était ténébreux, reposant, mais au fond solide comme un roc, il voulait en découdre avec la vie. Eulalie caressait son visage pour pouvoir le peindre. Il se laissait faire. Elle le modelait aussi. Il parlait. De sa passion, de ses vols, ceux qu'il recréait dans sa tête à partir de maquettes, de son atelier qu'il avait installé dans une mansarde au-dessus de sa forge où personne n'avait le droit de pénétrer. Eulalie et lui vivaient en symbiose. Elle a passé son brevet de pilote pour lui offrir de revoler ! Ils ont volé ensemble, plus d'une fois. En 1935, ils ont eu une fille, Clara, dix ans après les fils de Charles. Il n'était plus possible pour Charles d'ignorer que sa femme avait un amant. Mais, il n'a jamais su qui c'était. Il était persuadé que Clara était la fille d'un peintre parisien. Pour autant, il n'a pas fait de soubresauts, il l'a reconnue et l'a élevée. Clara est ma mère. Et Charles et Hugo sont restés bons amis, chacun avec leurs secrets.

Alexandrine s'est levée. Tout en parlant, elle a enfilé un tailleur, pantalon et blouse en soie, de la fluidité qui l'enveloppe, les verts d'un alpage. Elle place un turban rouge dans ses longueurs et entortille deux fleurs marines dans une de ses boucles rousses. Trois bracelets en tourmaline habillent son poignet, un plus fin que les autres, un camée au centre. Jeep attend. Jeep observe. Jeep écrit une mélodie dans sa tête, piano et contrebasse en avant, seulement trois chaloupés de saxo : ses bracelets.

Les maquettes de mon grand-père sont restées introuvables pendant des années. Marceline, bien sûr, savait où elles étaient. Enfin, je pense. Eulalie n'a pas cherché à les récupérer. Elle avait ses tableaux. Elle a laissé à Marceline une part de son père, ce pour quoi il avait joué sa vie.

Alexandrine s'arrête soudain. Elle murmure :

Jeep, c'est ta sœur Leena qui est en train de redonner vie au talent d'Hugo. Elle a découvert la collection lors des travaux qu'elle a entrepris pour réhabiliter la forge et la mercerie.

Tu ne lui as rien dit ?

Non.

Pourquoi ?

Parce que le travail qu'elle fait pour mettre cette histoire à la portée du monde, en faire une histoire universelle est absolument incroyable. Elle et Hugo se parlent, j'en suis sûre. Ils ont en commun tant de vérités. Ils volent de concert.

Alexandrine poursuit, les tourmalines s'entrechoquent tandis qu'elle évoque comment Leena veut organiser l'espace pour exposer période à période les prototypes, les recherches qu'elle a entreprises dans les archives d'Hugo, les autochromes qu'elle a déjà classés. La sensibilité qu'elle déploie rejoint les œuvres d'Eulalie : ses portraits et ses ciels. Les ciels d'Hugo, des flamboiements de lumière, d'ardeur à coups de brosse et d'à-plats de couleurs crues, sans débord, posés en contraste dans un jeu d'ombres et de vérités. Ses visages, broyés, au tracé de contour brun, qui vous fixent et vous contraignent à les regarder, cet œil unique grand ouvert sur votre pupille. Et puis, Leena ne lâche pas son travail sur les phrases. Leena est multiple, toujours en mouvement dans son silence. Comme si le silence ciselait en elle des idées qu'elle doit à la seconde mettre au monde. Elle construit ses propres maquettes. Exactement comme Hugo.

Jeep pénètre l'intime de Leena par les effractions d'Alexandrine. L'intime d'Eulalie par les quelques toiles qu'elle est allée chercher. Grandioses et obsédants, ces profils, ces regards. Des grands formats, des nus d'Hugo, des visages écorchés étonnamment lumineux, des marées de ciels mouvants, iconoclastes, une présence physique de leur couple dans la pièce. Alexandrine raccourcit le temps. Il n'y a plus la culpabilité de toutes ces années où Jeep n'a pas su aimer sa sœur, la cerner. Alexandrine lui tend les clés de Leena. Ou peut-être est-ce Hugo. Alexandrine se livre en même temps : son immense avancée grâce à la confiance que Leena lui a offerte, grâce à cette juvénilité qui repousse les cloisons, fait fi des préjugés, regarde l'autre dans sa singularité. La singularité d'Alexandrine, quelle est-elle ? Elle n'a jamais pu la lire dans le regard de son entourage. Cette lignée de femmes hors du commun l'a étouffée : Eulalie, sa grand-mère, artiste-peintre, sa mère Clara, ingénieure en chimie moléculaire qui a épousé son cousin, Hubert de Vineuil, lui, ingénieur en énergie atomique, des discussions rébarbatives à la table familiale qu'il fallait endurer, ses deux sœurs aînées, l'une chirurgienne dans un grand centre hospitalier parisien, l'autre, directrice d'une ONG, en vadrouille permanente, et elle, Alexandrine, la dernière, qui s'est cherchée, sans jamais se trouver, à qui on a laissé avec condescendance la gestion de la maison de famille, la gestion des souvenirs. L'éternelle célibataire. Tous ces souvenirs qu'elle a tenté de balancer par-dessus bord dans les bras d'inconnus. Et la voix de Jeep qui résonne, là, à l'exact instant.

Alexandrine, cette histoire, tu devrais l'écrire.

Il l'enlace, sent son odeur d'eau fraîche, nichée au creux de ses seins. Lui croit qu'Alexandrine sait raconter les histoires.

Toi, Jeep, tu la mettrais en musique.

Tout est clair. Jeep écoute. Jeep découvre. Jeep reçoit. Jeep veut dire oui à tout, tout de suite : la vie avec Alexandrine, les livres avec Alexandrine, les partitions avec Alexandrine. La Calanque avec Leena. Cette histoire : des losanges de lumière. Ceux de sa sœur ont pris la forme de maquettes.

Jeep embrasse Alexandrine.
C'est long et pénétrant de prendre
la bouche d'une eau fraîche.

Je dois filer, Jeep. Là, je suis vraiment en retard.

Cette histoire est aussi la sienne.
Le dernier morceau du puzzle est entre ses mains.

S'il te plaît, ne dis pas à Leena que je suis ici.

.78.

Jeep a accompagné Alexandrine à La Calanque. Aucun risque que Leena ne vienne les surprendre dans la librairie le mercredi si tôt. Son aube du mercredi, Leena la vit avec Vivien sur les grèves, ou depuis quelque temps au Jardin Littéraire. Ce matin, tous les deux se sont rendus avec Orpère chez un pépiniériste afin de récupérer deux oliviers, un cyprès et un citronnier pour le clos d'Alessandro Baricco. Il y aura aussi du sable, des cistes, des santolines, des myrtes et de la ballote pour évoquer les rivages d'*Océan mer*, un piano sous un dôme en caillebotis de bois, que Gaspard est en train de construire, et, posé au sol, comme abandonné, un lustre en cristal brisé. Ni Gaspard, ni Vivien, ni Alexandrine n'ont compris pourquoi, mais c'est ainsi : le jardin d'Alessandro aura un piano et un lustre.

Jeep découvre l'univers de sa sœur, le charme de La Calanque, son étrangeté et l'irradiance qu'elle imprime. C'est bon et léger d'avoir un endroit où les humains ne sont pas prisonniers de leurs cages de verre, où tous les possibles sont répertoriés, vénérés, offerts, où le vent souffle où il veut, où personne ne peut le contraindre. Jeep voit Sheenan et Blaise s'enlacer entre les murs de cette librairie. Il aperçoit Leena, enfant, un oiseau frêle qui pianote au salon. Il n'y a plus de lèvres bleues, de mains qui se dérobent, de silence qui enferme. Il observe le mur orange, longtemps, celui qui magnifie Alexandrine, son trésor, lorsqu'elle s'assoit et conte l'extraordinaire. Il effleure les couvertures des livres, l'extrême sensibilité de Leena qui a su reconstruire le parcours d'une famille unique dans ce lieu perdu, dont elle ne sait même pas qu'il est leur sève originelle. Il parcourt les rayons, il n'y a qu'un exemplaire par œuvre, mais elles sont toutes là. Il fourre *Bel-Ami* dans sa poche. Il souffle à Alexandrine qu'il veut rencontrer Hugo. Elle n'a pas la clé de l'atelier sous les toits. C'est l'endroit de Leena. Personne n'y monte. Mais elle peut ouvrir la salle des slouchs, elle sait que Gaspard n'est pas sur le chantier ce matin.

Dans la forge, les travaux ont bien avancé, le projet prend forme, les nuages au plafond sont de vrais nuages, ils s'empoignent, se troussent, se poussent, il n'y a pas de losanges. Le *Strong Eye* se délite de lui-même. Jeep et Leena n'en ont plus besoin. Leena en a-t-elle jamais eu besoin ? Jeep ne sait pas que le *Strong Eye* de Leena, c'est la Voix qui l'a propulsée un matin de ses seize ans dans les bras d'Alessandro après qu'Audouit a fracturé sa virginité, saccagé sa jeunesse, installé son ombre tentaculaire. La Voix de la Renaissance. La Voix du Pardon. Ils ont tant à se laisser dire.

Jeep se balade dans cet univers singulier, onirique, paisible. Gaspard a installé les premières maquettes d'avions dans les cages de porcelaine et lorsqu'on entrouvre la porte, elles se balancent et émettent une sorte de cliquetis, le début d'une mélodie, un saxo qui vibre dans les mats : pfouff, tchack, boum.

Jeep empruntera dans La Calanque chacun des livres qu'Hugo lui a choisis, lorsqu'il lui expédiait ses maquettes. Non, il les volera. Voler pour voler. Dérober pour décoller. La même idée, le même sens. Il les gardera comme un mode d'emploi, une voie aérienne sûre qui s'ouvre ; et lorsqu'il sera de retour à Boston, ils seront ses talismans. Cinq livres.

Hugo va passer ses trois semaines
dans ce bout de bleu
à lire,
à jouer du saxo,
à enlacer Alexandrine.
À apprendre du vent.

. 79 .

Leena connaît parfaitement le stock qui palpite dans ses rayons. Aucun livre n'est immobile. Ils sont ses compagnons. Ils l'observent, l'appellent. Elle les ouvre, les interroge en silence, dès que La Calanque se réveille, ou s'endort. Il lui arrive la nuit de descendre les quelques marches qui lient son cœur professionnel à son cœur intime, d'allumer une ou deux nefs et de rester ainsi, debout, à écouter ces voix, leur poésie, leurs fragments, leurs batailles, et d'apercevoir chaque héros de papier combattre avec ses propres mots, auteur ou personnage. Au-delà du regard, une acuité visuelle la guide vers les textes dont elle a besoin à l'exact instant où elle en a besoin. C'est le texte qui la frôle, la déshabille. On est toujours nu devant la vérité des autres.

Au fil des années, à La Page du Temps, puis ici à La Calanque, sa mémoire visuelle n'a fait que s'aiguiser : savoir où se trouve le livre n'est rien dans la multitude d'œuvres, savoir où se situe le texte dans les milliers de pages est une forme de jouissance qu'aucune main d'homme ne peut lui offrir. Le libraire de La Page du Temps l'avait déjà compris, tant sa célérité à dénicher des exemplaires introuvables ou des paragraphes, était étonnante. Elle a photographié des milliers de pages dans sa carte mémorielle intérieure parce que chaque livre qu'elle caresse est une œuvre vivante qui lui insuffle la quantité précise d'oxygène dont elle a besoin pour tenir le monde dans ses mains.

Alors, quand *Bel-Ami* s'est volatilisé, un mercredi soir, elle a tout de suite su que Maupassant était orphelin. Elle ne posera toujours qu'un exemplaire unique par titre en rayon. Tous les livres doivent avoir une place et si, par le plus grand des hasards, on lui demandait deux exemplaires de la même œuvre dans la même journée, elle irait la chercher dans la réserve, à côté de l'atelier d'Hugo. Lui veille sur le stock des succès potentiels. Elle ne comblera pas la béance entre *Une vie* et *Les Contes de la bécasse*. Elle ne la mentionnera pas à Alexandrine, elle a vérifié les ventes du jour, elle sait que le livre a été emporté, elle sait qu'il lui faut attendre, mais elle s'amuse à sonder Yoann, un matin où il est en avance avant d'attraper le bus de ligne. Cela lui arrive encore à Yoann, de désirer Leena, d'avoir envie de commencer sa journée avec l'odeur de Leena.

Non, Leena, je ne t'ai pas emprunté de livres et surtout pas *Bel-Ami*, je l'ai déjà lu. Tout le monde l'a lu, on l'a étudié avec le prof de français. Je ne vois pas qui aurait pu te le prendre. Peut-être que tu l'as égaré dans le Samu rouge.

Leena sourit en lui versant un café, elle lui tend un des financiers qu'Éliane est passée déposer la veille.

J'ai déjà vérifié.

Alors là, mystère !

Yoann voit qu'elle est contrariée. La Calanque repose sur la confiance. Si des vols commencent à s'installer, c'est tout son projet qui prend l'eau. Elle le dit avec simplicité. S'il peut faire passer le message. Il opine.

Leena, je veux bien traquer ton voleur et me renseigner mais à une condition.

Laquelle ?

Tu me devras un baiser ! Un vrai, bien entendu.

Il veut la faire sourire. Le sourire de Leena est une nef à lui tout seul qui allume toutes celles qui volent au plafond. Et Leena est toujours aussi désirable, même si Charline est devenue sa muse.

Leena entre dans son jeu. Elle sait par Charline que Yoann est une tête de mule qui ne lâche jamais rien.

Charline ne te donne pas de vrais baisers ?

Charline est mariée à Joseph Conrad en ce moment, et Joseph m'a un peu mis en quarantaine !

Tu n'aimes pas Joseph Conrad ?

Oh que si, c'est moi qui le lui ai fait découvrir. J'aurais mieux fait de m'abstenir ! Tu la connais, lorsqu'un écrivain lui plaît, elle est un peu comme toi, elle dévore son œuvre en entier. Sauf que toi, c'est ton métier. Donc, je n'ai pas fini de les attendre, ses baisers.

Je te suggère de lire Joseph en même temps qu'elle. Vous feriez vos pauses simultanément et vous pourriez vous embrasser un peu plus.

Pas bête ! T'as du Conrad en stock ?

J'ai tout Conrad en stock. Je l'ai recommandé. C'est chez moi qu'elle est venue se servir !

Bon, si j'entends parler d'un voleur de livres, je te le promets, je te tiens au courant.

Tu veux que je te pose au lycée ?

Non. Je vais prendre le bus. Je n'ai que le temps de l'attraper. Si je te dis oui, ça va se remettre à jaser et en plus de la quarantaine, je vais me prendre une dérouillée.

Toi, Yoann, tu te laisserais faire ?

Je suis amoureux. On est con quand on est amoureux ! Merci pour le café.

Dans le bus, Yoann pense à cet homme dont on dit qu'il habite avec Alexandrine depuis peu, des bruits courent, un saxophoniste, un jeune, il joue parfois, le soir, sur la falaise du côté où elle s'abaisse, où le vent, enfin apaisé, niche des plages de sable immenses et désertiques derrière des dunes grises. Certains l'ont aperçu et au lycée, ils en ont parlé. Le type est immense. Et puis, un saxo, ça épate. Un mec tout seul qui joue du saxo dans ce trou, c'est du jamais vu, un mec tout seul qui joue du saxo sur une plage de ce trou et qui se fait la comtesse de Vineuil, c'est tellement inconcevable qu'il n'y a aucune raison d'alerter Leena sur sa présence. Il ne tiendra pas une vie. Il est saxophoniste, voleur de partitions – peut-être même de bijoux ou d'œuvres d'art pour entretenir la comtesse –, mais de livres, certainement pas ! Des livres, certains disent que la comtesse en a plus qu'il n'en faut, qu'elle n'a même plus que ça dans son château.

. 80 .

Deux jours après *Bel-Ami,* ce sont *Les Cœurs détruits* d'Elizabeth Bowen qui ont déserté. Leena a cherché, fouillé, rien à faire. Le dérobeur est un homme pointu. Ou une femme. Elizabeth Bowen, ce n'est pas le premier écrivain à qui l'on pense lorsqu'on veut entrer en littérature anglo-saxonne. Virginia Wolf la précède et encore... Austen, Trollope...

Attendre.

Se laisser faire par l'événement.

Interroger Hugo.

Lui sait que sa deuxième maquette accompagnait les vérités d'Elizabeth Bowen par-delà l'océan.

Mais dans son atelier, Hugo est muet, le jour filtre poisseux derrière le triangle. Ce n'est pas un temps à voler. Les avions sont cloués au sol. Le bonnet de cuir restera sur l'établi. Alors Hugo se tait et Leena remet à plus tard le choix de la septième maquette que Gaspard doit accrocher à l'intérieur des cages de porcelaine. Elle préfère le visiter à l'atelier.

Il termine les finitions du dôme au piano. Des copeaux de bois dans la tignasse, un regard de gosse et une odeur de vernis. Il ponce, mesure, vérifie, évalue. Gaspard nage dans l'euphorie. Dans quelques heures, il emboîtera ses caillebotis de bois sur la terre d'Alessandro Baricco. La livraison du piano est déjà actée. Il a hâte. Un ange devant La Merveille : sa première architecture extérieure va prendre vie. Il voudrait enlacer Leena pour la sanctifier. Elle l'a mis au monde. Lui a fait découvrir sa voie. Dès le premier croquis, elle a opiné : « Gaspard, je te suis. Tu as carte blanche. Tu écris le monde avec tes ciseaux à bois. Et ton monde est le mien. »

La confiance en cette aventure, elle l'a puisée, dès leur première nuit étoilée, dans son tee-shirt peinturluré. Depuis, ils n'ont pas cessé d'accrocher des étoiles au gris du ciel d'ici, pas cessé de défier le vent, s'en faire un héros, de s'aimer à leur manière, grave et complice. Aujourd'hui n'est pas une journée pour lui parler de cœurs détruits. Il s'approche, la soulève, la fait tournoyer, elle est si légère. « Regarde, Leena, tout ce que tu as accompli. » Il la repose. « Tu es magique. »

Dans la semaine qui a suivi, Leena a oublié cette histoire de livres qui reprennent leur liberté. Elle a tant à faire. Ce mercredi matin, elle retrouve Gaspard et Vivien au Jardin Littéraire. Aujourd'hui, on lui livre son piano. La mise en place du dôme est achevée. Une cabane de trappeur dont les cloisons s'ouvrent et s'effacent dans la structure, pour dégager l'espace et faire pénétrer le jardin d'Alessandro au pied du piano. Un dedans-dehors dédié à la musique.

Plus que La Calanque, le dôme au piano a réveillé des souvenirs, ces concerts auxquels, enfant, Leena assistait avec ses parents, salle Gaveau : Paris, l'excitation du voyage en train, de la nuit à l'hôtel, des bateaux-mouches, les phrasés de Chopin, de Debussy. Sheenan et Blaise, liés l'un à l'autre, leurs deux mains enchâssées, rare ; sa main à elle dans la main de Jeep.

Là, sa main est courroie
entre celle de Vivien et celle de Gaspard,
entre les textes et le monde,
entre les notes et le vent,
entre le vécu et l'engendrement.

Le lustre en cristal n'est pas encore au sol. Leena et Gaspard ont projeté un voyage à Murano. Gaspard le choisira, girandole ou flambeau, baroque ou épure, Gaspard qui a toujours écouté, retranscrit ses désirs, suggéré avec prudence, conseillé avec sagesse, calibré l'extravagance. Leena lui doit La Calanque. Elle le lui dit, devant le dôme, devant Vivien. Gaspard écoute, humble, lui répond qu'il est heureux, c'est aussi ténu que ça, elle a redonné vie au village, voir les gens s'arrêter, lire, choisir, se saluer, s'abriter, est un cadeau précieux. Il poursuit, il ose : « Leena, tu m'as transmis ton sens esthétique, ce regard sûr, ton exigence sur les finitions, tes fulgurances, cette démesure qui confine à la perfection, au sacré. Pas seulement à moi, à tous ! Terminer le chantier est un crève-cœur. T'abandonner à Vivien, un soulagement ! Tu m'aurais épuisé ! À la longue ! » Vivien sourit. Il n'y a jamais eu de compétition entre eux. Leena a introduit Gaspard dans la courbe de la création, voilà ce que pense Vivien. Il ne le dit pas. Gaspard libère ses envies devant le dôme : il peut quitter Vaclanville à présent, bâtir des projets d'architecture intérieure originaux, continuer à se former. « Après Murano, je partirai. À moins que je puisse vous soumettre une nouvelle idée ! » Vivien et Leena se regardent complices. « Lâche-nous le morceau, frère, ne te fais pas prier. » Mais il refuse. Il attendra.

Bâtir un village des écrivains mûrit tranquillement en lui : sur une des parcelles de Leena, celle qui domine la mer, de petits dômes en bois clair, où les auteurs pourraient venir poser leurs notes à l'abri, non loin des marées, dans ce silence de houle dont ils ont tant besoin pour faire avancer leurs idées, leurs observations, coucher les hommes sur des feuilles de papier avant que la vie ne se charge de les coucher entre quatre planches.

Pour le moment, tous les trois observent les livreurs qui installent la bête, un demi-queue, la font glisser avec précaution du camion au jardin, de la plateforme au centre du dôme, sur ce parquet rude, larges lattes, du bois de coffrage qui contraste avec les banquettes en tilleul douces et polies qui courent le long du cercle, qui contraste avec le vernis noir du piano. Médusés, les livreurs, lorsqu'ils ont terminé. Le patron n'a jamais vu ça. Un piano qui va dormir dehors sous les étoiles.

Pas tout à fait, il y a un toit !

Tout de même, on dirait un Hollywood Bowl miniature, votre cabanon.

Un quoi ? a demandé Vivien.

Hollywood Bowl. La salle de spectacle en plein air de Los Angeles.

Gaspard se tient les côtes de rire. Il va être célèbre. L.A. comme référence, ça vous pose un artisan.

Vous allez donner des concerts, mademoiselle ?

Pourquoi pas ?

Tu sais jouer ? a demandé Vivien, interloqué.

Oui, Vivien. Ma mère jouait magnifiquement. Elle a voulu que mon frère et moi apprenions. J'ai suivi des cours pendant près de dix ans, le Conservatoire.

L'accordeur intervient dans la foulée.

Leena laisse le vent lui voler ses notes. Alessandro tend l'oreille. Elle inaugure son dôme avec Clara Schumann. Dans chaque accord, elle supplie Hugo de lui rendre Jeep.

. 81 .

Au bout de dix jours, le doute n'est plus permis. *Le Testament français* de Makine s'est fait la malle lui aussi. Ce sont bien les livres, dont Leena a extrait les phrases qu'elle a expédiées à Jeep avec les maquettes, qui disparaissent. Et ils disparaissent dans l'ordre chronologique de ses envois.

Elle n'ose y croire. Jeep est quelque part.
Non loin d'ici.

Et ce matin, dans le jour laiteux, après ses pieds nus sur le mouillé du sable, après l'accolade d'Orpère, « Je ne te vois plus, ma sinueuse, tu m'échappes… », elle l'a embrassé sur le front, il l'a retenue sur son cœur un peu plus que de coutume, « les sinueuses ne se laissent pas attraper si facilement », après le bleu délavé de l'aube et le cri des sternes qui rayait l'air de leurs ailes argentées, elle a aperçu *Madame Bovary*.

Sur le comptoir de La Calanque, près de la caisse.

Elle a ouvert le livre,
un marque-page à la page 151 :
le texte envoyé à Jeep y est souligné
au crayon de papier.

Dans la matinée, Alexandrine est passée à la librairie, des albums à ranger, l'histoire de Poucette à emprunter. Leena l'a retenue. Un thé, quelques secondes volées au temps, entre deux livraisons à vérifier, deux commandes, campanules, bleuets, Hemingway, des ajustements dans les rayons, le dernier Thomas Wolfe, une réédition de Scott Fitzgerald.

Alexandrine, est-ce que quelqu'un s'est présenté à La Calanque, un jour où je n'étais pas là ? Un homme ?

Elle le décrit : jeune, boucles brunes, visage ovale, mâchoire de stentor, immense, un mélèze, un mètre quatre-vingt-treize, un coffre, sa poitrine, des yeux bleus qui se sont enfoncés dans des cernes noirs, des yeux de brume.

Alexandrine reconnaît parfaitement le portrait de Jeep. Sauf pour les yeux. Jeep a un regard franc, un regard d'éternité quand il se colle à Coltrane.

Non, je ne vois pas. Pourquoi ?

Alexandrine n'est pas mal à l'aise. Elle obéit à Jeep.

Des livres disparaissent depuis quelques jours.

Qu'est-ce qui te fait penser que c'est cet homme ?

Ce serait trop long à t'expliquer.

Leena sort une photo d'identité de son portefeuille.

Je te la laisse. Si tu le vois, s'il te plaît, dis-lui de m'appeler.

Tu le connais ?

C'est mon frère.

Il est voleur de livres ?
Voleur d'histoire.
Alors, je vais me méfier.

Au sortir de La Calanque, Alexandrine s'interroge. Jeep n'est venu qu'une fois à la librairie avec elle. Comment aurait-il pu piocher des livres dans le stock, un à deux par semaine ? Elle rentre au château, il répète dans la cuisine, Bill Evans, il le lui crie. Elle monte, pénètre dans sa chambre. Elle n'y a pas mis les pieds depuis qu'il l'a investie. Lorsqu'ils se retrouvent, c'est toujours dans son lit à elle, il n'y a que là que la cheminée fonctionne. Elle aperçoit la pile de livres sur la table de nuit. Elle redescend. Dans la cuisine, ça sent le gratin dauphinois. Il pose son saxo.

Une recette de ma grand-mère. J'espère que c'est réussi.

Jeep, Leena sait que tu es là. Je ne sais comment, mais elle le sait. Elle m'a posé des questions ce matin. Tu dois aller la voir. Lui dire que tu es rentré.

Non. Tant que je n'aurai pas terminé de lire les livres qu'elle m'a enjoint de lire.

Leena t'a demandé de lire des livres ?
En quelque sorte.
Tu l'as vue, alors ?
Pas exactement.
Je ne comprends pas.
Moi aussi, j'ai des choses à te raconter, Alexandrine. Ce soir.

Ils marchent dans le vent spacieux de la nuit qui ourle les courants ; et Jeep livre son histoire, sur cette sente, dans ces odeurs d'humidité, de cèdre, de rouille, qui surgissent de la falaise. Jeep avance vers cet horizon illimité qui le domine, le crève : le départ de leur mère, la drogue, ses conneries, le sms, l'impossible adieu, vivre avec l'absence, l'arrêt cardiaque du père, un séisme, avoir envie de mourir, le secret qu'on ne peut pas lever, être responsable de Leena, ne pas savoir l'aimer, ne pas s'aimer, Laxie, sa passion pour le jazz, et ces maquettes d'avions qu'il reçoit, incroyables, cet inconnu qui lui fait faire une partie du parcours avec des phrases d'auteurs, quelqu'un croit en lui. Vouloir réparer. Recommencer. Ou plutôt, commencer. Voler au-dessus du plafond qui limite les espérances, terrifie, écrase. Voler avec le *Strong Eye*, Ingrid et les autres, Jee, Lee, les paysages, le brun, le vert, les séquoias, *Naima*.

Et Hugo, l'Aviateur.

Ils marchent dans un noir où leur unique repère est le rouge clignotant du phare de la Balise. Ils marchent jusqu'à ce que le ciel s'ouvre et se teinte de violet. Jeep parle. Mais ce ne sont pas les mêmes confidences que celles à Odessa. Jeep parle à une femme, à sa femme. Jeep clarifie ses propos, chaque mot lancé à la mer est assumé. Il a ouvert son espace d'homme. Courage, lucidité. Il prend sa part du monde. Alexandrine ne relance pas, ne répond pas aux questions. Elle le laisse se créer devant ses yeux, son souffle de naissance au creux de son oreille. De ce voyage initiatique, Jeep s'est ramené lui-même, il s'est apprivoisé, il sait gérer ses peurs, certaines ont disparu dans le regard de ciel qu'Hugo lui a transmis : se regarder en vérité, se savoir misérable et fort de sa petitesse, pouvoir décoller parce qu'on est léger, ouvert à l'imprévu, capable de se laisser modeler.

Jeep parle de son père, Blaise – il pose son nom –, de sa passion pour la littérature, de sa désespérance, son abandon, il parle de Leena, emmurée, impénétrable, évoque l'amour qu'il leur porte, fragile et sincère, il n'omet rien. Il parle aussi d'Odessa, de son écoute, ses combats, ses vêtements d'ailleurs – elle aussi ! –, son refus de le faire souffrir. Il vient de le comprendre en s'en ouvrant à Alexandrine.

Il parle
de sa quête
qui ne se résume à présent qu'à un seul mot :
Alexandrine.

La quitter
Repartir
Avec elle
Sans elle

Le jazz…

Elle vacille.

Dans le bleu de la nuit, Alexandrine pleure. Enveloppée dans le fracas de la marée qui veut étreindre le rocher et le détruire. Alexandrine n'a pleuré qu'une fois dans sa vie. À la mort d'Eulalie. Lorsqu'elle a vu l'âme d'Eulalie rejoindre celle d'Hugo dans le gris des nuages. Une éclaircie bleue au milieu d'un orage de fronde qui crassait l'horizon. Ses larmes ont l'exact goût de la terre, de la mer et du ciel qui se confondent, des larmes de naissance. Elle s'enfante à l'amour de Jeep.

Alexandrine aime Leena plus que tout.
Elle aime Jeep plus que tout.
Leur histoire et sa propre résurrection se mêlent.

Ils s'arrêtent enfin, loin du monde des vivants, à l'abri du vent, dans leurs deux âmes qui se choisissent. Ils savent. Qui. L'Amour. Lorsqu'il est fracas et silence.

Jeep, comment es-tu entré à La Calanque ?

J'ai mes secrets. On peut fracturer la porte, mais c'est beaucoup plus simple que ça.

Tu m'expliqueras ?

Peut-être.

C'est Gaspard ?

Peut-être.

Vivien ?

Peut-être.

Orpère ?

Je ne sais pas qui est Orpère.

Il presse ses doigts sur sa bouche. Chut.

Il commence à la dévêtir. Dévêtir Alexandrine est un jeu, une exaltante attente qui magnifie le désir. Les vêtements d'Alexandrine sont des pièges dont elle seule détient les secrets, boutons ensevelis, fermetures introuvables, attaches prisonnières de tissus, d'ourlets, ses doigts cherchent, sa bouche boit les larmes, ses lèvres s'épuisent. La lune est mauve, au matin, à peine ombrée.

.82.

Leena attend. Elle n'est plus qu'attente. Il n'y a pas d'impatience, juste cette forme novatrice du silence lorsqu'il sait qu'il va produire de la déflagration.

Elle réinvestit les volées de notes.

Elle travaille Liszt au Jardin Littéraire dans les trouées de pluie à l'aube : les déchirures du ciel qu'Hugo lui envoie. Chaque aurore, le monde se crée et se fracasse sur le dôme au piano. Chaque aurore, elle et Hugo dansent dans le roulement des marées qui s'ajuste à la voûte ouverte. Chaque aurore, Vivien marche seul sur les grèves et laisse Leena aller à La Rencontre : il ne sait pas de quoi, il sait que c'est important et grandiose, comme l'amour qui les porte. Caresser ses mains qui jouent Liszt, seule, au dôme sous l'averse, dans les sillons du vent. Vivien se retire. Lui aussi attend.

Hugo a murmuré qu'il faut ôter du rayon le livre d'Alessandro Baricco : *Cette histoire-là.*

Un trou entre *Océan mer* et *Novecento : pianiste*.

Jeep viendra le lui demander. De lui-même.
Jeep lira *Cette histoire-là* des mains de Leena.

Leena n'essaye pas de savoir où il est, n'essaye pas de le guetter. Jeep sera là à l'exact instant. Leena a confiance : il est parvenu à entrer dans La Calanque, il se débrouillera. Alors, elle ne change rien à ses habitudes. Elle en cultive de nouvelles : sentir ses fleurs au matin, mettre les pieds nus sur sa terre, humide et colorée, ses mains dans l'herbe, comme avec Éliane, faire corps, faire âme, vibration des mélodies sous ses doigts, enchantements, tout passe par son corps, essence charnelle, la dimension de l'attente.

Lorsqu'elle rentre, qu'elle ouvre La Calanque, elle a les joues brûlantes, un regard de mer et Vivien qui descend parfois de la chambre au bois de rose voudrait l'aimer au milieu des livres, sous les nefs qui se balancent, mais il se raisonne : il sait que ce regard d'attente est passager, il a eu le même lorsque son père est mort, qu'ils ont débarqué ici, qu'il a fallu tout réinventer. Le regard d'attente est un miracle éphémère. Celui de Leena, Vivien le dépose à l'abri dans sa mémoire, profondeur inaccessible, l'osmose aux multiples bienfaits dont elle lui a fait cadeau : jeux d'impressions et piles de galets sur le sable, marée haute qui ne laissera plus de lames de mer refluer. Il sait que cela s'appelle le bonheur, que le bonheur est fugace, qu'on ne le capture qu'à l'intérieur de soi, que c'est *le* lieu où l'on peut l'emprisonner pour qu'il vous engendre. Vivien laisse Leena goûter les aubes au Jardin Littéraire. Elle le lui a murmuré : « C'est là que l'événement va me cueillir. » Une fleur dans sa rosée.

Dans la poche arrière de son jean, un livre ne la quitte plus. Vivien lui a demandé si *Cette histoire-là* était un chef-d'œuvre. Elle a eu cette réponse déroutante : « Un talisman. C'est mon histoire. »

On ne peut rien faire contre les talismans.
Juste les voler.
Leena attend son voleur.

.83.

Tôt, un matin, elle a plaqué un dernier accord.

Il est là. Non loin du piano, à l'ombre de la cloison repliée. Pieds nus. Lui aussi. Ses baskets à la main. Un tee-shirt blanc. Ainsi qu'elle. Ses épaules immenses, le coffre de sa poitrine. Son frère. Son frère est un livre. Un livre ouvert. Une sinusoïde des égarements, du voyage. Son regard a toujours le bleu de l'horizon mais son bleu s'est fixé à l'exacte jonction de la terre et du ciel. Les cernes noirs se sont effacés. Un coup de gomme sur du crayon de papier. Le regard qui émerge est limpide.

Elle a parlé en premier.
Des veines de crachin zèbrent le ciel.
Des intermittences qui ne la concernent pas.
Parler, lui n'y parvient pas.

Sa voix.
La voix de Leena.

Elle a l'éclat des notes qu'elle vient de frapper sur le clavier, de l'ivoire métallique, du blanc, un bémol de noir. Sa voix et leur enfance. Sa main, elle l'a mise dans la sienne, comme avant, elle parle, doucement, envoûte, c'est grave, ils avancent dans les allées à peine dessinées par le rythme du vent, il y a des ponctuations dans sa voix, des virgules qui embrument son phrasé, des deux-points qui parfois l'ouvrent, pas de points de suspension. Ce qu'elle a à conter est une histoire sans aucune zone d'ombre, tout a été exploré : c'est son histoire, *cette histoire-là*.

Ça vrille et ça chamboule Jeep, ça l'amplifie et ça le démesure : ce parcours du silence, la blessure du départ, le silence de Sheenan qui s'estompe, qu'elle visite, qu'elle recrée, Leena la retrouve, elle grandit avec les murmures de leur mère à son oreille, protégée des bruits extérieurs, des agressions. Pas tout à fait, il y a Audouit, le pilleur, la main de Jeep qui n'empoigne plus la sienne et ses cernes noirs, ils auréolent tous les silences, elle n'entend plus le monde, elle a coupé le fil, le *décortiqueur* a oublié de vivre, l'odeur du pain dans le four a disparu. Un matin avec un sms elle sait : ce silence-là est définitif. Audouit, le pilleur, Alessandro, le bienfaiteur. Les phrases des écrivains qui disent dans des cahiers la part d'harmonie du monde. De disharmonie, parfois. De survie, toujours. Orpère, la maison de l'aviateur, Hugo, il veille. Leena parle, affronte, elle est debout, Jeep est en attente, une marée qui se retire, dépose sur les grèves des scories usées si fines qu'elles ne peuvent plus être brassées par la houle, elles s'enfoncent dans le sable pour l'éternité. Leena parle, le projet, Vivien et Gaspard, les maquettes, Hugo, son sauveur, Alexandrine, sa muse, Jeep sourit, lui raconter sa Calanque, ce lieu où elle cherche en vain le *décortiqueur*, alléger la souffrance du *décortiqueur*, ne pas la saisir. Le Jardin Littéraire, ici, la sauve. Elle ne dit rien de son intimité avec Vivien. Vivien, ce n'est pas un amour filial qu'elle est en droit de recevoir. Vivien, c'est un amour qu'elle est en sensibilité d'offrir.

Le chant des oiseaux crève la voûte,
à tout rompre.

Les bras de Jeep l'enveloppent. Sa main à elle entortille, replace une boucle à l'arrière de la nuque. Comme en enfance.

Ils marchent encore un long moment. La bruine a laissé des rayons opaques lever le flou du paysage, crayonné des perspectives, des lointains. Ils montent dans l'ambulance rouge, elle ouvre La Calanque, Vivien s'est absenté, elle la referme, panonceau : « La Calanque dort profondément. Repassez… » Ils grimpent, main dans la main. Le mur turquoise, le vase, sa bulle.

À son tour.
Jeep se raconte.
Non, il les raconte.
Elle lui tend *Cette histoire-là.*

Il lui tend le double de clés qu'il s'est fait faire à l'insu d'Alexandrine. Elle lui dit de les garder. Entre deux sauts à Boston, La Calanque l'attendra.

.84.

Le lendemain.

Mercredi se lève sur le monde dans un soleil velouté, une brume caramel et des filaments d'ocre.

Alexandrine doit ouvrir La Calanque.

Elle a en tête pour sa troupe de bambins un vol extraordinaire d'Hugo, un Bugatti, bleu Cotentin, un oiseau d'acier, fuselage étroit, minuscule hélice, quatre pales noir chocolat, queue en v pistache et cabine de verre ; avec lui, Hugo fend le ciel et visite toutes les contrées de la terre, des forêts amazoniennes, des icebergs de l'Antarctique, des atolls et des alizés, des cités antiques et des gratte-ciel qui tentent de toucher le bleu, Ils y arrivent ? des déserts qui s'effacent et des capitales, des autoroutes, des sentiers de brousse, des prairies d'edelweiss et des neiges éternelles.

Alexandrine est heureuse. Jeep l'accompagne. Il a seulement dit : Je peux maintenant. Il a pris sa main et son saxo. Il va jouer *Naima* dans La Calanque. Ou peut-être *The Song is You*. Ou les deux. Alexandrine pense que ce sera pour l'enfant. Elle le sent pousser en elle. Alexandrine est intuitive. Cadeau du silence : il met les gens aux aguets. L'enfant est bien là. En eux.

Ce silence, crevé de poches de brun et d'or, se reflète sur la vitrine. Le rideau est levé. Sur la porte, une enveloppe kraft, un morceau de scotch noir, quatre lettres à l'encre bordeaux : JEEP. À l'intérieur, les clés de l'appartement du premier, un bristol et une feuille de papier pliée en deux. Le bristol n'est pas tapé sur la machine à écrire d'Hugo qui accroche cette encre rouge un peu pâteuse. Il est écrit à la main de la belle écriture sur l'ardoise.

« Elle me dit : Si tu aimes quelqu'un qui t'aime, ne démolis jamais ses rêves. Le plus grand, le plus absurde de ses rêves, c'est toi................................
J'admets que votre phrase sur les rêves n'est pas mal,
mais des phrases comme celle-là ne sont vraies
que dans les livres : dans la vie, elles sont fausses. La vie,
c'est bougrement plus compliqué, croyez-moi. »

Alessandro Baricco, *Cette histoire-là*[10]

Sur la feuille, la même écriture.

Jeep,
Il est temps pour moi d'aller
à la rencontre du décortiqueur.
Il est temps pour moi
d'appeler le décortiqueur : papa.
Or dad.

Leena

P.-S. Pour l'appartement de la place Royale, dis oui. Puis dis non. Dis oui. Puis dis non. Dis oui. Puis dis non. Fais monter les enchères. Puis dis non. Définitivement.

Elle a rayé ces derniers mots.

Et ajouté :

Puis dis oui. Définitivement.

Et encore un peu plus bas,

Oui.
Il m'est temps de tourner cette page.

Écrire ma propre phrase
sur une feuille vierge.

Notes

1. Cendors (Pierre),
Minuit en mon silence, Le Tripode, 2017.

2. Baricco (Alessandro),
Océan mer, traduit de l'italien par Françoise Brun, Gallimard, coll. Folio n° 3710, 2002.

3. Maupassant (Guy de),
Bel-Ami, Flammarion, GF n° 1356, 1999.

4. Bowen (Elizabeth),
Les Cœurs détruits, traduit par Jean Talva, Phébus libretto, 2009.

5. Márai (Sándor),
Les Braises, traduit du hongrois par Marcelle et Georges Régnier, Le Livre de Poche, coll. Biblio n° 3378, 2003.

6. Goffette (Guy),
Le Pêcheur d'eau, Gallimard, coll. Poésie/Gallimard n° 434, 2007.

7. MAKINE (Andreï),
Le Testament français, Gallimard, coll. Folio n° 2934, 1997.

8. FLAUBERT (Gustave),
Madame Bovary, Gallimard, coll. Folioplus classiques n° 33, 2004.

9. DOSTOÏEVSKI (Fiodor),
Les Frères Karamazov, traduit du russe par Henri Mongault, Gallimard, coll. Folio classique n° 2655, 1994.

10. BARICCO (Alessandro),
Cette histoire-là, traduit de l'italien par Françoise Gallimard, Brun, coll. Folio n° 4922, 2009.

Remerciements

Tout livre est une aventure collective…
Que ceux qui m'ont lue, orientée, corrigée, soutenue, trouvent ici l'expression de ma profonde gratitude.

Je veux remercier Héloïse d'Ormesson
qui en a aimé la poésie, le rythme
et l'enchantement ; Roxane Defer, mon éditrice,
qui en a sublimé la musique avec son expertise,
sa culture, mais surtout avec son regard intuitif
et son cœur immense ; et bien sûr, un grand merci
à l'ensemble des petites mains de cette belle
maison, qui œuvrent dans l'ombre et méritent,
chacune, d'être mises en pleine lumière :
Juliette, Charlotte, Anne-Marie, Valentine, Sascha.
Mes remerciements sincères vont également
à Hédi Kaddour pour son écoute, son acuité
et son exigence,
à Pierre Péju pour sa passion de l'écriture,
du conte, du détail-signe,
pour son soutien et ses encouragements,

à Laurence Tardieu qui, avec sa grande délicatesse, m'a permis de peaufiner ma partition musicale intérieure.

La Calanque de l'Aviateur appartient à ceux qui m'ont vue y travailler et se sont faits silence, patience, pour qu'elle puisse naître :
mes six enfants et mon cher époux.
Mes plus tendres pensées vous accompagnent.

La photocomposition de cet ouvrage
a été réalisée par
Graphic Hainaut
30, rue Pierre Mathieu
59410 Anzin

Imprimé en Espagne par:
BLACK PRINT
en février 2021

POCKET – 92, Avenue de France – 75013 Paris

S30942/01